Harry Luck
Schwarzgeld

Harry Luck, geboren 1972 in Remscheid, lebt mit seiner Familie in Gauting vor den Toren Münchens. Nach einer journalistischen Ausbildung beim »Remscheider General-Anzeiger« und dem Studium der Politikwissenschaften arbeitete er in München als Reporter und Redakteur für Radio und Zeitung. Heute leitet er das Münchner Büro einer Nachrichtenagentur. Als Korrespondent berichtet er zudem seit vielen Jahren über die bayerische Landespolitik. Vor seinem ersten Kriminalroman »Der Isarbulle« veröffentlichte er zahlreiche Bücher aus dem Bereich Humor und Satire.
Homepage des Autors: www.harryluck.de

Harry Luck

Schwarzgeld

KBV

KRIMI

Originalausgabe

www.kbv-verlag.de
E-Mail: info@kbv-verlag.de
Telefon: 0 65 93 - 99 86 68
Fax: 0 65 93 - 99 87 01
Redaktion, Satz: Volker Maria Neumann, Köln
Umschlagillustration: Ralf Kramp
Druck: Westermann Druck, Zwickau
Printed in Germany
ISBN 3-937001-16-6

Für Karl-Heinz Strote
mit Dank für sechs lehrreiche Jahre

»Wer Politik betreibt, erstrebt Macht.«
(*Max Weber, Soziologe*)

»Bislang sieht es nach einem ganz normalen Mord aus,
bei dem zufällig ein Politiker das Opfer ist.«
(*Frank Litzka, Lokalreporter*)

Erstes Kapitel

Politik ist ein schmutziges Geschäft. Das sagte mein Vater immer, schon als ich mit dem Politikstudium begann. Ausgerechnet er, der mit den Nazis mitmarschierte, um seine Beamtenlaufbahn nicht zu gefährden. Ich hatte mir geschworen, ihm das Gegenteil zu beweisen. Voller Ideale bin ich in die Politik gegangen, als jüngster Abgeordneter bin ich in den Kreistag gewählt worden. Du weißt, welchen Weg ich hinter mir habe, bis ich dort angekommen bin, wo ich heute stehe. Doch wenn ich heute zurückblicke, muß ich meinem Vater Recht geben.

Vielleicht muß ich mich dafür entschuldigen, daß ich Dir diesen Brief schreibe. Vielleicht erfährst Du Dinge, die Du nie erfahren wolltest. Andererseits: So wie ich Dich kenne, weißt Du sie vielleicht schon längst. Vielleicht werde ich diese Zeilen auch nur schreiben, um sie nachher wieder zu vernichten. Aber ich weiß, es wird mir gut tun, all das aufzuschreiben, worüber ich mit niemandem reden kann. Schon oft kam mir in den vergangenen Jahren der Gedanke, einen Schlußstrich zu ziehen, mit der Vergangenheit abzuschließen und ein neues Leben zu beginnen. Aber dafür war ich immer zu feige, das gebe ich zu. Und ich gebe zu: Ich bin süchtig nach Macht. Ich habe es in der Politik zu etwas gebracht. Und darauf bin ich stolz. Denn ich selbst habe inzwischen längst verdrängt, daß mein Weg von Dingen begleitet war, auf die ich nicht stolz sein kann, für die ich mich sogar schämen muß. Auch vor Dir schäme ich mich. Ich schreibe es trotzdem auf.

* * *

Sie regelten zuerst das Finanzielle.

»Französisch, Verkehr, hundert Euro, wie immer?«, fragte Sandy.

Er wusste, dass Sandy nicht ihr richtiger Name war. Aber schließlich nannte er sich vor ihr auch immer nur Tom, obwohl er Rudolf Schuster hieß und Stellvertretender Filialleiter bei der Sparkasse in Wolfratshausen war. Er behauptete immer, er sei Autohändler und verkaufe Sportwagen. Er fand, das klang gut.

»Ja, wie immer«, sagte er und steckte ihr einen Hundert-Euro-Schein zu, den sie sofort unauffällig in ihrer kleinen, roten Handtasche verschwinden ließ. Die Farbe der Handtasche passte zu ihren Fingernägeln und dem knallroten Lippenstift. Während er sich fragte, ob sie wie beim letzten Mal auch wieder die roten Spitzen-Dessous tragen würde, legte er mit drei gekonnten Handgriffen die Rückbank seines Kombis um und machte aus seiner Familienkutsche ein kleines Liebesnest. Das war zwar weniger bequem als Sandys Appartement im Bordell *La Luna* in der Machtlfinger Straße, aber die über dreißig Kilometer weite Fahrt nach München wäre für den einundfünfzigjährigen Familienvater schwieriger zu vertuschen gewesen als der monatliche Ausflug zum Rasthof Höhenrain an der A 95, den er daheim als Krankengymnastiktermin tarnte, um sich anschließend neben seine Frau in das heimische Ehebett zu legen. Und in den hundert Euro war Sandys Anfahrt inbegriffen. Für dasselbe Programm nahm sie an ihrem festen Arbeitsplatz nur die Hälfte. Um sein Gewissen zu besänftigen, überwies er jeden Monat denselben Betrag, den er bei Sandy ließ, der Caritas – als gute Tat. Seit anderthalb Jahren schon traf er sich regelmäßig und ausschließlich mit Sandy. Damit gelang ihm bei dieser Prostituierten das, was in seiner Ehe schon lange nicht mehr möglich war: sexuelle Treue.

»Gut schaust heute wieder aus«, sagte er, um irgendetwas zu sagen und nicht gleich anzufangen.

»Du auch, Süßer«, hauchte sie. Und er wusste, dass auch dieses Kompliment im Preis inbegriffen war.

Der Autobahnparkplatz war menschenleer. Das nahe gelegene Restaurant hatte bereits seit anderthalb Stunden geschlossen. Nur an der Tankstelle weiter vorne war noch Betrieb. Aber davon mussten sie sich hier nicht stören lassen. Einige Lastwagen standen auf dem großen Parkplatz. Offenbar hatten die Fernfahrer hier ihre Nachtruhe eingelegt.

Sie zog ihre schwarze Lederjacke aus und ließ auch ihren kurzen Rock und ihr tief ausgeschnittenes Oberteil auf dem Beifahrersitz zurück, sodass sie nur noch die schwarze Reizwäsche trug. Dann kletterten sie beide auf die Ladefläche seines erst vor drei Monaten geleasten Passat Variant. Dort löste Rudolf Schuster seine Seidenkrawatte, die teurer war als eine Begegnung mit Sandy, legte sein Jackett ab und zog auch seine übrigen Kleidungsstücke aus. Obwohl er sich schon so oft mit Sandy getroffen hatte, wurde er immer noch ein bisschen nervös, bevor es zur Sache ging.

Er blickte aus dem Fenster und sah, wie ein dunkler Opel Omega auf den Parkplatz fuhr und neben dem Altglascontainer hielt. Eine Gestalt stieg aus dem Wagen, er konnte auf dem dunklen Parkplatz nur einen Schatten wahrnehmen. Er glaubte, einen Mann mit Aktenkoffer in der einen und einer brennenden Zigarette in der anderen Hand zu erkennen, schenkte ihm aber keine weitere Beachtung. Der Mann war weit genug entfernt, um das, was gleich in dem blauen Passat vor sich gehen sollte, nicht mitzubekommen.

Schuster hatte nur noch seine Socken an und widmete seine ganze Aufmerksamkeit wieder der jungen Frau, die ihre Dienste regelmäßig in den Münchner Boulevardblättern unter der Rubrik »Massagen« mit dem Werbeslogan »Blutjunge Sandy – Vollbusiger Teeny (18) verwöhnt dich! Auch Haus- und Hotelbesuche« anpries.

»Wie machen wir es heute?«, fragte sie und öffnete ihren BH, und er konnte ihre offensichtlich mit Silikon angereicherten Brüste lustvoll anblicken. Obenrum war anfassen erlaubt, hatte sie ihm beim ersten Mal erklärt. Und seitdem machte er jedes Mal regen Gebrauch davon. Für die Erlaubnis zum Küssen hätte er jedes Mal dreißig Euro zusätzlich zahlen müssen. Und dazu war der Vize-Sparkassendirektor dann doch zu knauserig.

Plötzlich schreckte die beiden ein lauter Knall auf.

Sandy fiel die halb geöffnete Präservativ-Verpackung aus der Hand. Sie schrie auf: »Was war das?«

Ein zweiter Schuss peitschte durch die Nacht.

»Hilfe, Tom, was ist das?«, rief sie mit wimmernder Stimme.

Schuster blickte aus dem Fenster und sah, wie der Mann mit dem Aktenkoffer leblos vor dem Opel lag. Die Fahrertür stand halb offen, sodass die Innenbeleuchtung die Blutlache vor dem Kopf erkennen ließ.

»Oh, mein Gott, der ist erschossen worden!«, zischte Schuster und fügte sofort hinzu: »Kopf runter!«

Sie duckten sich beide.

Sandy flüsterte: »Glaubst du, wir sind in Ge...«

»Halt die Goschn. Ich glaub gar nichts«, fuhr er dazwischen, »ich sehe nur, dass da irgendjemand einen abgeknallt hat. Und wer sagt uns, dass der nicht auf alles schießt, was sich bewegt!«

»Du meinst so einen verrückten Heckenschützen? Wie in Amerika? Einen Sniper?«

»Du sollst den Mund halten!«

»Aber wir müssen dem doch helfen. Vielleicht lebt er noch. Hast du einen Verbandskasten im Auto?«

»Du spinnst doch, Madel!«

Eine knappe Minute war seit den Schüssen vergangen. Plötzlich näherte sich eine weitere Gestalt dem Opel. Schusters Herz raste, seine Erregung war wie weggeblasen. Er fühlte sich auf einmal unsagbar lächerlich – nackt bis auf die Socken, auf der Ladefläche seines Autos mit einer Prostituierten. Er wusste nicht, ob sie vor Angst oder vor Kälte zitterte. Jedenfalls zog sie sich ihr schwarzes Oberteil wieder an.

Sie beobachteten schweigend, wie die Person näher kam und sich umblickte. Es war ein Mann von mittelgroßer Statur. Er fühlte sich offenbar unbeobachtet und öffnete den Kofferraum des Omega, hob den auf dem Boden liegenden leblosen Körper hoch und hievte ihn ins Auto, was ihn offensichtlich einige Anstrengung kostete. Er schloss die Klappe des Kofferraums, nahm vom Beifahrersitz einen schwarzen Lederkoffer und warf auch die Fahrertür ins Schloss. Schuster sah jetzt, dass der Mann dunkle Handschuhe trug. Er ging wieder weg, nicht sonderlich schnell, aber zielstrebig zum Ende des Parkplatzes, wo die Auffahrt zur Autobahn war.

»Was macht er?«, fragte Sandy.

»Er haut ab. Das siehst du doch selbst.«

Der Unbekannte war in ein anderes Auto gestiegen und auf die A 95 Richtung Garmisch-Partenkirchen gefahren. Sie sahen seine roten Rücklichter verschwinden.

»Lass uns abhauen«, flüsterte sie. Und als er nicht reagierte, fügte sie hinzu: »Du kriegst deine Kohle zurück.«

»Hier ist ein Mord passiert. Wir können nicht einfach abhauen. Auch wenn's eine peinliche Situation für mich wird: Ich glaub, es ist besser, ich ruf die Polizei.«

Er tastete mit der Hand nach seinem Jackett, in dem sich sein Handy befand.

Sie legte ihre Hand auf seinen Unterarm und sagte: »Nein.« Und fast flehend fügte sie hinzu: »Bitte nicht! Nicht die Bullen!«

»Warum nicht?«

»Weil ... ich ...«

»Weil was? Mädchen, das hier ist kein Spiel. Wenn wir einfach abhauen, dann machen wir uns vielleicht selbst verdächtig. Das kann ich mir nicht leisten. Dann lieber erklären, warum ich mit einer Nutte ... entschuldige! Also, was ist? Ich ruf jetzt die Polizei an.«

»Es ist, weil ich nicht legal in München bin. Ich bin hier nicht gemeldet. Ich wohne eigentlich in Berlin, gehe dort drei Tage normal zur Uni und arbeite von Donnerstag bis Sonntag im *La Luna*, um mein Studium zu finanzieren.«

Schuster wusste nicht, ob diese Geschichte genauso ausgedacht war wie ihr Name.

Sie redete weiter auf ihn ein: »Wenn die Bullen meine Papiere sehen wollen, dann bin ich meinen Nebenjob los. Und glaubst du vielleicht, ich zahle Steuern und Sozialabgaben von dem Geld, das du mir bezahlst?«

»Und was schlägst du jetzt vor?«

Sie sagte nichts, sondern griff nach vorne auf den Beifahrersitz und holte ihre Handtasche.

»Ich müsste seine Nummer noch drin haben«, sagte sie leise, nahm ihr Mobiltelefon und scrollte durch die Liste ihrer gespeicherten Telefonnummern. »Ja, hier ist er«, sagte sie und drückte die grüne Taste.

* * *

Frank Litzka und Tanja Kollaritsch saßen im *Ayinger*. Es war mal wieder später geworden – wie so oft, wenn der Lokalreporter der *ATZ* und die Pressereferentin der Staatskanzlei sich »dienstlich-privat« in dem Wirtshaus Am Platzl trafen. Als »dienstlich-privat« deklarierten sie die Treffen, weil ihre berufliche Beziehung im Laufe der Jahre eine freundschaftlich-vertrauliche Ebene gewonnen hatte und weil sie die Spesenrechnung abwechselnd bei ihrem jeweiligen Arbeitgeber als Geschäftsessen einreichten, wobei sie als »Anlass der Bewirtung« meistens »Hintergrundgespräch« angaben. Und das war noch nicht mal gelogen, denn für beide erwies sich dieser Kontakt immer wieder als nützlich.

»Jetzt haben wir fast doch wieder nur über den Job geredet«, stellte Litzka fest, als er sein drittes Glas Cola ausgetrunken hatte. Ganz untypisch für Journalisten verabscheute er Kaffee und trank nur selten Alkohol. In seinem Volontariat, als das Kaffeekochen in der Lokalredaktion regelmäßig zu seinen wichtigsten Aufgaben gehörte, hatte er versucht, sich ans Kaffeetrinken zu gewöhnen, um nicht immer nur die anderen zu bedienen. Doch auch mit noch so viel Milch und Zucker konnte er sich mit dem bitteren Geschmack nicht anfreunden, bis er sich irgendwann mal fragte, warum er dieses Gebräu trinken solle, wenn er dieselben Giftstoffe doch auch mit einer leckeren Cola zu sich nehmen konnte. Und der hohe Zuckergehalt hatte sich bislang nicht auf seine schlanke Figur ausgewirkt.

»War ja auch ein wichtiges Thema«, entgegnete Tanja. »Die Kundgebung morgen wird schließlich der Höhepunkt des Wahlkampfes. Auf die Rede des MP kannst du dich jetzt schon freuen.«

»Ich hoffe mal, dass es diesmal etwas mehr Kampf als Krampf wird. Bei seinem Auftritt vor zwei Wochen in der Olympiahalle sah man ihm richtig an, dass er die Landtagswahl schon lange als gewonnen abgehakt hat. Für den geht's doch nur noch darum, ob er mit neunundfünfzig oder einundsechzig Prozent wiedergewählt wird.«

»Hast schon Recht, die Rede war eher ein Griff ins Klo. Das hat ihm der GS damals auch deutlich zu verstehen gegeben, dass es so nicht geht.«

Frank Litzka hatte nach vielen Gesprächen mit Tanja die Abkürzungen MP für Ministerpräsident und GS für Generalsekretär längst verinnerlicht und regte sich nicht mehr darüber auf. »Dann haben sich seine Redenschreiber hoffentlich ein paar gute Gags für ihn ausgedacht.«

»Todsichere Pointen«, sagte sie lachend und rührte in ihrem Milchkaffee. »Die Masse auf dem Marienplatz wird toben.«

Er winkte den Kellner herbei, bestellte eine weitere Cola und rechtfertigte sich im gleichen Atemzug bei seiner attraktiven, schwarzhaarigen Gesprächspartnerin: »Ich bekenne mich zu meiner Cola-Sucht. Ein Laster muss man ja haben.«

»Macht ja nichts. Helmut Schmidt ist mit seiner Cola-Sucht sogar ein guter Kanzler geworden. Wenn er auch leider in der falschen Partei war.«

Seitdem er Tanja kannte, fiel sie ihm immer wieder mit Gedanken und Meinungen auf, die er von einem linientreuen CSUler nicht unbedingt erwartet hätte. Er mochte an ihr, dass sie trotz ihrer Überzeugung anders als viele ihrer Kollegen und Parteifreunde auch über den eigenen politischen Tellerrand hinausschauen konnte. Doch manchmal fragte er sich auch, wie sie mit ihrer Einstellung überhaupt an diesen Spitzen-Job in der Staatskanzlei hatte kommen können.

»Kann ich das RM des MP vorab kriegen?«, fragte der neunundzwanzigjährige Vollblutjournalist mit der kleinen, randlosen Brille.

»Das was?« Tanja blickte ihn fragend an.

»Das Redemanuskript.«

»Du Depp«, schimpfte sie lachend. »Ich gieße dir gleich meinen MK über den Kopf.« Sie machte eine bedrohliche Ausholbewegung mit ihrer halb vollen Tasse. »Die Rede maile ich dir morgen früh zu. Die Redenschreiber werden sicherlich noch die ganze Nacht drüber sitzen.«

»Du bist ein Schatz.« Zu keinem anderen Pressesprecher in der Staatsregierung hatte Frank Litzka ein so unkompliziertes Verhältnis, was sicher auch daran lag, dass sie ungefähr im gleichen Alter waren. Außerdem war Tanja im ganzen Pressestab der Staatskanzlei nicht nur die jüngste, sondern auch die einzige ohne Jura-Examen. Während sie eine journalistische Ausbildung genossen hatte und eher durch Zufall nach der Pleite eines lokalen Fernsehsenders und dem damit verbundenen Jobverlust in die Pressestelle gekommen war, blickten ihre Kollegen und Chefs meist auf eine glanzvolle Karriere als Staatsanwalt oder Amtsrichter zurück. Manchmal fragte sich Litzka, ob sie sich auch so gut verstehen würden, wenn sie ein rein privates Verhältnis zueinander hätten. Und er vermutete, dass sie sich die gleiche Frage stellte.

»Wollen wir langsam zahlen? Wird ein harter Tag morgen für mich«, sagte sie.

»Für mich auch. War wieder ein netter Abend mit ...«

Beethovens Schicksalssymphonie unterbrach ihn. Diesen Handyklingelton hatte er sich aus dem Internet heruntergeladen. Und seitdem war das Klingeln seines Handys, das er rund um die Uhr nur beim Duschen nicht in Reichweite hatte, in der ganzen Münchner Presselandschaft unverwechselbar. Er schaute auf das Display und sah nur eine ihm unbekannte D2-Nummer.

»Litzka«, sprach er halblaut.

Er hörte konzentriert zu, sagte nur hin und wieder »Ja, ja« oder »Okay« und verabschiedete sich von seinem Gesprächspartner mit deutlicher Distanziertheit.

»Deine Freundin?«, fragte Tanja.

Manchmal rief Carisa ihn tatsächlich zu den unmöglichsten Zeiten an. Sie hieß eigentlich Carmen Isabell, nannte sich aber schon seit der Kindheit Carisa. Seitdem sie als Korrespondentin für die *Süddeutsche* in Washington arbeitete, führten sie eine Extrem-Distanz-Beziehung und sahen sich nur noch ein bis zwei Mal im Jahr. Aber er hielt für sich die Illusion aufrecht, liiert zu sein, und das vereinfachte ihm manchmal das Leben.

»Nein, es war nicht Carisa«, sagte er im Bewusstsein, Tanja unmöglich erzählen zu können, dass er soeben von einem Callgirl angerufen worden war. Und auch die Tatsache, dass sie ihm von einem Mord berichtet hatte, behielt er lieber für sich. Vielleicht war es ja auch nur Unfug und Sandy war auf Droge.

»War nur eine Frau, die ich mal interviewt habe«, sagte er ohne zu lügen und in der Hoffnung, sie würde keine weiteren Nachfragen stellen. »Also, lass uns zahlen.« Er hatte es auf einmal ein bisschen eiliger als vorher.

Sie verließen das Lokal, das schräg gegenüber des weltberühmten Hofbräuhauses lag. Zahlreiche offenbar äußerst gut gelaunte junge Italiener bevölkerten die schmalen Sträßchen im Herzen Münchens. Tanja ging zu Fuß zum Marienplatz, um von dort mit der S-Bahn zu ihrer Wohnung nach Laim zu fahren. Sie war »in Loam dahoam«, pflegte sie immer zu sagen.

»Danke dir für den netten Abend.«

»Gleichfalls. Ich könnte dich auch mit dem Wagen mitnehmen«, sagte er und wusste, dass sie dieses höfliche Angebot nicht annehmen würde. Denn auf seiner Heimfahrt nach Forstenried wäre der Abstecher nach Laim ein enormer Umweg. Und die S-Bahn brauchte nur zwölf Minuten.

»Wir sehen uns morgen auf der Kundgebung«, rief sie ihm hinterher.

»Also dann«, sagte er noch und war sofort mit seinen Gedanken ganz woanders.

Wieso rief dieses Mädchen ihn nach so langer Zeit wieder an und erzählte etwas von einem Mord? Die Idee, seinen Freund, Hauptkommissar Jürgen Sonne anzurufen, hatte er gleich wieder verworfen. Zu wahnsinnig klang Sandys Erzählung, die ihm, wenn er sich recht erinnerte, ihren bürgerlichen Namen Gabriele bei ihrem ersten Zusammentreffen verraten hatte.

Auf dem Weg zu seinem in der Hochbrückenstraße geparkten Auto fielen ihm nach und nach weitere Details der damaligen Rotlicht-Story ein. Es war eine Seite-Drei-Serie in der *ATZ* gewesen: der Blick hinter die Kulissen des *Leierkasten*, die Reportage über den Straßenstrich in der Freisinger Landstraße, das Porträt über die Hausfrau mit

Telefonsex-Service als Nebenerwerb und eben die Callgirl-Story über die achtzehnjährige Berliner Studentin mit dem Doppelleben, die sich ihr Literaturwissenschaftsstudium mit Prostitution finanzierte. Er öffnete die Tür seines elf Jahre alten VW Polo, der in dem Jahr vom Band gelaufen war, als er seinen Führerschein gemacht hatte.

Er fuhr über den Altstadtring zum Sendlinger Tor, dort auf die Lindwurmstraße, am Harras vorbei nach Sendling zur Auffahrt der A 95. Die Autobahn war frei, dennoch hielt er sich an die Tempo-Achtzig-Begrenzung. Am Autobahndreieck Starnberg kam ihm der Verdacht, dass ihm jemand eine Falle stellen wollte. Er griff zu seinem Handy, das auf dem Beifahrersitz lag, rief blind den Menüpunkt »Angenommene Anrufe« auf und aktivierte die Rückruffunktion. Er hielt das Telefon an sein Ohr und hörte die Mailboxansage.

»Schön, dass du anrufst, leider bin ich gerade beschäftigt.« Es folgte ein laszives Kichern. »Für dich nehme ich mir auch gerne Zeit. Schau doch einfach vorbei, von Donnerstag bis Sonntag in der Machtlfinger Straße 12, erster Stock links ...« Er klickte das Gespräch weg. Jedenfalls war die Anruferin wirklich Sandy gewesen.

Wenige Minuten später hatte er die Ausfahrt zum Rasthof Höhenrain erreicht. Er fuhr an der *BayWa*-Tankstelle und dem Werbetransparent für den günstigen Bio-Diesel vorbei. Im Schritttempo erreichte er den großen Parkplatz. Kein Mensch war zu sehen, es herrschte Totenstille.

Da hat mich also doch jemand verarscht, dachte er und beschleunigte bereits das Tempo, um den Parkplatz wieder zu verlassen. Doch dann sah er weiter vorne einen einsamen, dunklen Opel Omega stehen. Abrupt bremste er seinen Wagen. Die Scheinwerfer seines Autos erhellten ein Plakat mit der Aufschrift *Die wertvollste Ladung sind Sie*. Er schaltete den Motor aus, die Scheinwerfer wechselten auf Standlicht, sodass er die Schrift auf dem Plakat nicht mehr lesen konnte.

Etwa eine Minute verharrte er regungslos in seinem Auto, um sicher sein zu können, dass auf dem Parkplatz außer ihm niemand war. Dann zog er den Reißverschluss seines Anoraks bis ganz nach oben. Mit einem extrem mulmigen Gefühl stieg er aus seinem Auto aus und blickte sich noch einmal in alle Richtungen um. Niemand. Etwa fünfzig Meter trennten ihn von dem Opel. Langsam ging er hinüber.

Ein eiskalter Schauer lief ihm über den Rücken, als er die Blutlache neben der Fahrertür sah.

Er blieb stehen. In dem Auto saß niemand. Wieder schaute er sich um. Wolken verzogen sich und gaben plötzlich etwas Mondlicht frei. Er konnte jetzt sehen, dass von der Blutlache eine rote Spur hinter das Auto führte. Es gab keinen Zweifel, dass hier etwas Schreckliches passiert war. Einen Moment zögerte er noch, dann drückte er mit einem Taschentuch den Griff in der Mitte der Kofferraumhaube.

Sandy hatte nicht gelogen: In einer unnatürlich gekrümmten Haltung lag ein Toter vor seinen Augen. Nicht nur das Einschussloch über dem rechten Auge entstellte das blutverschmierte Gesicht; der Hinterkopf war halb zertrümmert. Mund und Augen waren weit aufgerissen und mit verkrustetem Blut überzogen.

Trotzdem erkannte Litzka das Gesicht des Toten genau.

* * *

Hauptkommissar Jürgen Sonne saß vor dem Fernseher in seiner Zweieinhalb-Zimmer-Wohnung in Freimann, als das Handy im obersten Brett des Bücherregals am Fenster mit dem stetig ansteigenden Klingelton »Brave Scotland« einen Anrufer aus der Gruppe »Kollegen/Freunde« signalisierte. Daheim musste Sonne sein Mobiltelefon immer an dieser unzugänglichen Stelle platzieren, weil es sonst nirgends Empfang hatte. Er drehte den Ton des Fernsehers ab, in dem gerade ein Magazinbeitrag über einen Bestechungsskandal in der nordrhein-westfälischen SPD gezeigt wurde, und griff zu seinem Handy. Im erleuchteten Display wurde der Name »Flitzer« angezeigt. Da Frank Litzka seine Artikel mit dem Redaktionskürzel »flitz« zeichnete, wurde er von Freund und Feind oft »Flitzer« genannt.

»Wat is, Flitzer? Du weißt doch, dass ich mich bei den Tagesthemen ungern stören lasse.«

Tatsächlich gehörten die ARD-Spätnachrichten als fester Schlusspunkt zu Sonnes streng geregeltem Tagesablauf – auch während der Wochen, in denen seine Mordkommission 4 Bereitschaftsdienst hatte. Im wöchentlichen Wechsel hatte jede der fünf Mordkommissionen von Montag bis Montag rund um die Uhr Rufbereitschaft.

»Du glaubst nicht, wessen Leiche ich soeben gefunden habe!«, sagte Litzka.

»Moshammer? Beckenbauer? Gauweiler? Keine Ahnung. Ich komm nicht drauf«, scherzte Sonne. »Verrätst du's mir?«

»Gauweiler war nur knapp daneben«, antwortete Litzka. »Richard Stiller. Der CSU-Politiker.«

»Ein toter Politiker kann wenigstens keinen Schaden mehr anrichten. Aber wer soll das sein?« Auch wenn sein Wechsel vom Kölner Drogendezernat zur Münchner Mordkommission jetzt schon über sechs Jahre her war, war sein berufsbedingter Zynismus immer noch größer als sein Interesse an der bayerischen Landespolitik.

»Landtagsabgeordneter aus Starnberg. Wäre beinahe CSU-Bezirksvorsitzender in Oberbayern geworden, hat aber eine Kampfabstimmung gegen Staatssekretär Homberger verloren.«

»Homberger? Nie gehört.«

»Ist ja auch egal. Jedenfalls liegt seine Leiche im Kofferraum eines dunkelblauen Opel Omega. Eine Kugel im Kopf und eine im Bauch.«

»Das klingt absolut nicht nach einem Herzinfarkt oder einem Verkehrsunfall. Wo genau bist du?«

»Rasthof Höhenrain auf der A 95, zwischen Wolfratshausen und Schäftlarn. Fahrtrichtung Garmisch.«

»Das ist nicht mehr im Landkreis, oder? Dann sind wir nicht zuständig. Das gehört zum Einsatzbereich der KPI Fürstenfeldbruck.«

»Willst du mich verarschen, Jürgen?«

»Okay, okay, bin schon unterwegs. Bring dich in Sicherheit!«

Sonne schaltete den Fernseher aus, der inzwischen einen Werbespot für Edelmarzipan zeigte, zog sich das Pistolenhalfter über die Schulter, darüber seine braune Wildlederjacke und legte im Laufschritt die Entfernung zwischen seiner Wohnung in der Situlistraße und dem Parkplatz in der Heinrich-Groh-Straße zurück, wo er zwischen Sparkasse und Feuerwehrwache den Dienstwagen abgestellt hatte, den jedes Mitglied der Mordkommission in Bereitschaft nachts mit nach Hause nehmen musste. Er fuhr mit dem roten Astra auf die Ungererstraße Richtung Mittlerer Ring und drückte die Kurzwahltaste für die Nummer von Horst Steinmayr, dem Leiter des Dezernats 11. Bei ihm liefen bei allen Mord- und Tötungsdelikten die Fäden zusammen.

»Horst, hier ist Jürgen. Der Reporter Litzka hat mich angerufen. Er hat einen toten Politiker im Kofferraum. Nicht im eigenen natürlich. Der Wagen steht auf dem Autobahnparkplatz Höhenrain. Hört sich alles nach Mord an. Schickst du die Kollegen los? Ich bin schon unterwegs.«

»Was für einen Politiker?«

»Stiller, Richard. Ein Landtagsabgeordneter der CSU. Kennst du ihn?«

»Glaub nicht. Und du bist sicher, dass der Flitzer dich nicht auf den Arm nimmt?«

»Absolut. Als Journalist fühlt er sich der Wahrheit verpflichtet.« Sonne lachte und fuhr auf den Petuelring.

»Alles klar, ich komme selber auch raus. Und ich geb den Kollegen in FFB Bescheid, dass wir erst mal übernehmen.« Steinmayr, der fünfeinhalb Jahre lang als Leiter der Mordkommission 3 Sonnes Chef gewesen war, bevor er Leiter des gesamten Morddezernats wurde, war auch in seiner neuen Funktion ein Mann der Praxis. Er legte Wert darauf, bei Tötungsdelikten immer auch am Tatort zu sein, um sich selbst einen Eindruck zu verschaffen. »Ich geb vorsichtshalber auch mal dem LKA Bescheid. Wenn's was Politisches ist, wird das ein Fall für die Jungs in der Maillingerstraße.«

Sonne fuhr am Olympiastadion vorbei, das noch hell erleuchtet war. Heute ist ja Grönemeyer, erinnerte er sich. Schon vor Monaten hatte er vergeblich versucht, für das Zusatzkonzert Karten zu bekommen. Es freute ihn, dass ein Westfale mit einem manchmal nicht nur für Bayern völlig unverständlichen Kohlenpottgenuschel hier solche Erfolge feierte.

Knapp zwanzig Minuten später erreichte er noch vor Steinmayr den Parkplatz Höhenrain. Eine Streife der Autobahnpolizei war bereits da und hatte den Tatort mit weiß-rotem Plastikband abgesperrt. Das rhythmisch flackernde Blaulicht erleuchtete die Szene. Sonne zeigte seinen Dienstausweis und die Kollegen ließen ihn durch zu dem Polo, vor dem Litzka stand. Sie begrüßten sich mit Handschlag.

»Siehst ganz blass aus, Flitzer. Von dem Schrecken noch nicht erholt?«

»Auch ein Polizeireporter findet nicht jeden Tag eine Leiche. Da drüben steht das Auto.«

Sonne zog sich ein Paar Einweghandschuhe an, die er immer bei sich trug, und öffnete den Kofferraum. »Das Gesicht kommt mir tatsächlich bekannt vor«, sagte er. »Ich glaub, ich hab ihn neulich im Fernsehen oder in der Zeitung gesehen.«

»Kann gut sein. Er ist ... war einer der Hoffnungsträger der Partei. Es gab immer wieder mal Spekulationen, dass aus ihm nach der Wahl was werden sollte. Er wurde für verschiedene Kabinettspöstchen gehandelt. Galt als Vertrauter vom Stadlbauer.«

Ministerpräsident Kurt-Anton Stadlbauer war einer der wenigen bayerischen Politiker, die sogar Sonne kannte.

»Interessant, aber jetzt verrat mir, wie du hierher kommst. Wenn du dafür keine absolut wasserdichte Erklärung hast, werden meine Kollegen dein Auto erst mal nach Waffen durchsuchen. Im Polizeifunk kannst du's ja diesmal nicht gehört haben.«

»Ich habe einen Tipp bekommen«, sagte Litzka. »Ein Anruf.«

»Details!«

»Sorry, Jürgen, aber mehr kann ich im Moment nicht sagen. Informantenschutz.«

»Du spinnst wohl, Alter! Du findest eine Leiche, bist der Einzige am Tatort und willst jetzt auf Geheimniskrämer machen? Du kommst in Teufels Küche!«

In diesem Moment fuhr Steinmayr mit seinem Dienstwagen, einem silberfarbenen Fünfer-BMW, auf den Parkplatz, gefolgt von mehreren Einsatzfahrzeugen und einem Notarztwagen, der routinemäßig den Dienst habenden Gerichtsmediziner brachte.

Was in den nächsten Minuten geschah, war das Ineinandergreifen zahlreicher kleiner Rädchen und wurde im Polizeijargon »Erster Angriff« genannt: Scheinwerfer wurden aufgestellt, die den Parkplatz taghell erleuchteten. Männer vom Kommissariat 311, dem Erkennungsdienst, in weißen Overalls mit Plastikhandschuhen und Kapuze stellten viereckige Schilder mit Ziffern auf und fotografierten jedes Detail. Mit den Spezialgeräten aus ihrem silberfarbenen Tatortkoffer sicherten sie jede nur denkbare Spur.

Unterdessen lief Kommissarin Natascha Steinberg mit einem Mini-Tonbandgerät um den Opel herum und diktierte jede Kleinigkeit, die sie sehen konnte: »Die Tür des Wagens ist zu etwa einem Drittel geöffnet. Punkt. Im Innern des Fahrzeugs liegt auf dem Beifahrersitz eine Straßenkarte, Komma, die aufgeschlagene Seite zeigt die Region südwestlich von München. Punkt. Absatz. In der Halterung der Freisprechanlage ist ein Mobiltelefon befestigt, Komma, Marke Siemens. Typbezeichnung von außen nicht erkennbar.«

Kriminaloberrat Steinmayr wandte sich Frank Litzka zu: »Seien Sie froh, dass wir Sie schon länger kennen, Herr Litzka. Sonst würde ich Sie jetzt vorübergehend festnehmen. Informantenschutz hin oder her.«

»Wie bitte?«

»Denn Sie wissen sicher selbst, dass die Aufklärung eines schweren Verbrechens mehr wiegt als der Informantenschutz. Und zwar erst recht, wenn der Journalist Kontakt mit dem Täter hatte.«

»Aber ich hatte doch keinen ...«

»Wer sonst, wenn nicht der Täter, hätte Sie anrufen sollen?«, sagte Steinmayr scharf. Er war auf Litzka, der schon oft mit seinen Recherchen der Polizei in die Quere gekommen war, nicht besonders gut zu sprechen. »Sie können die Aussage natürlich verweigern, wenn Sie sich damit selbst belasten.«

»Jetzt bleib mal auf dem Teppich, Horst«, schaltete sich Sonne ein. »Er hat mich schließlich selbst angerufen. Das hätte er sicher nicht getan, wenn er mit der Sache etwas zu tun hätte.«

»Eben«, bestätigte Litzka. »Und die Person, die mich angerufen hat, wird ihren Grund gehabt haben, warum sie nicht direkt die Polizei verständigt hat.«

»Vielleicht, weil sie der Täter ist«, sagte Steinmayr, ohne dabei eine Miene zu verziehen.

»Unsinn«, sagte Litzka.

»So kommen wir wohl nicht weiter«, stellte Sonne fest. Er vertraute dem Reporter, der ihm bei früheren Ermittlungen schon oft mit guten Tipps geholfen hatte. Und nachdem er in seinen Anfangsjahren bei der *ATZ* noch häufig als skrupelloser Sensationsreporter aufgefallen war, der für eine griffige Schlagzeile auch mal Kompromisse beim Wahrheitsgehalt machte, hatte er sich im Laufe der Jahre zu einem vernünftigen und verantwortungsbewussten Journalisten entwickelt. Seitdem er bei der *ATZ* fest angestellt war, musste er auch nicht mehr jede Story einzeln verkaufen. Sonne beschloss, mit Litzka später noch unter vier Augen zu sprechen.

Kommissarin Steinberg, das jüngste Mitglied der Mordkommission 4, kam zu ihnen, das Diktiergerät in der Hand.

»Die Sache scheint eindeutig«, begann sie. »Das Opfer wurde neben dem Wagen erschossen, mit zwei Schüssen. Der Täter muss die Leiche dann in den Kofferraum gelegt haben, das sagen jedenfalls die Blutspuren. Was allerdings interessant ist: Er muss längere Zeit neben dem Wagen gewartet haben.«

»Warum?«, fragte Sonne.

»In der Blutlache am Auto lagen zwei Zigarettenkippen, eine war bis auf den Filter zu Ende geraucht, die andere etwa zur Hälfte. Und im Wagen ist definitiv nicht geraucht worden: der Aschenbecher ist klinisch rein, der Zigarettenanzünder wie neu, und auch sonst ist nirgends Asche zu sehen.«

»Er wartete also auf seinen Mörder«, sagte Steinmayr.

»Anderthalb Zigaretten lang«, ergänzte Sonne. »Wie lange braucht man dafür?«

»Kommt drauf an, wie lange du zwischen beiden Zigaretten Pause machst«, antwortete Natascha Steinberg. »Apropos Zeit: Der Arzt sagt aufgrund der Körperkerntemperatur, der Tod sei höchstens zwei Stunden her. Die Totenstarre ist noch nicht eingetreten.«

»Wenn alle Spuren gesichert sind, sollten wir mal einen Blick in den Wagen werfen«, sagte Sonne, der als Chef der Mordkommission die Ermittlungen leitete, auch wenn Steinmayr als Dezernatsleiter sein Vorgesetzter war. Schon zu der Zeit, als sie gemeinsam in einer Kommission tätig waren, hatten sie immer ein sehr kollegiales Verhältnis gehabt. Niemand hätte von außen sagen können, wer Chef und wer Untergebener war. So hielten sie es auch heute noch.

Sie gingen auf das Fahrzeug zu, doch Kommissar Kellerbach vom K 311 kam ihnen schon entgegen. In der Hand hielt er ein Plastiktütchen.

»Die Kugel«, rief er triumphierend. »Zwei glatte Durchschüsse. Dieses Geschoss steckte im Fahrersitz, das andere steckt noch in der Tür.«

Er reichte das Tütchen an Sonne weiter, der es ausgiebig begutachtete und dann feststellte: »Kaliber 7,62 mal 51 Millimeter. Muss eine Langwaffe gewesen sein. Sieht also absolut nicht nach einem Nahkampf aus. Würde mich wundern, wenn an der Leiche Explosionsrückstände gefunden werden. Es gibt jedenfalls keine sichtbaren Abwehrverletzungen.«

»Übrigens haben wir weder im Wagen noch am Körper irgendwelche Wertsachen gefunden«, sagte Kellerbach, während er sich die durchsichtigen Plastikhandschuhe auszog. »Aber sein Handy steckt noch in der Freisprechanlage. Vielleicht bringt euch das ja weiter.«

Steinmayr nahm das Gerät aus der Halterung: »Siemens, das kenne ich.« Er drückte die grüne Taste und sah im Display die Liste der zuletzt gewählten Rufnummern. »Er hat seit gestern nur einmal telefoniert. Vorwahl 08151. Eine Starnberger Nummer. Frau Steinberg, bitte checken Sie das mal.«

»Warte«, sagte Sonne und nahm Steinmayr das Telefon aus der Hand. »Wenn er seit gestern nur eine Nummer gewählt hat, dann wissen wir ja noch gar nicht, ob er nicht auch angerufen wurde.« Er wählte den Menüpunkt »Angenommene Anrufe« und sagte: »Aha! Erst heute Nachmittag ein Anruf von einer Münchner Nummer, die er unter dem Namen ›Rose‹ abgespeichert hat.«

»Gut, Frau Steinberg, bitte finden Sie dann auch noch heraus, wer sich hinter dieser Rose verbirgt! Und was hat die Halterabfrage ergeben?«

»Das Auto ist zugelassen auf Richard Rüdiger Stiller, wohnhaft im Bismarckweg 18 in Allmannshausen. Das gehört zu Berg bei Starnberg.«

»Sherlock ist schon dabei zu checken, welche Angehörigen informiert werden müssen«, sagte Sonne und meinte Kommissar Gunnar Holmsen, einen gebürtigen Dänen, der im Dezernat nur Sherlock Holmsen genannt wurde und mit Sonne zusammen die »Fischkopp-Fraktion« bildete. Denn für die Einheimischen machte es keinen Unterschied, ob ein »Zuagroaster« aus Köln oder Kopenhagen kam. Und zu Litzka sagte er: »Für dich ist Feierabend für heute. Lass uns morgen in Ruhe reden. Dann machen wir auch ein Protokoll. Fahr jetzt nach Hause und penn dich aus, okay?«

»Okay. Also dann«, sagte Litzka. »Aber ich muss noch schnell in die Tanke da vorne. Ich brauch jetzt eine Coke.«

Er schaute auf seine Armbanduhr. Noch anderthalb Stunden bis zum Andruck der nächsten *ATZ*-Ausgabe. Das reichte noch, um einen aktuellen Dreispalter zu formulieren und telefonisch an den Spätredakteur durchzugeben. Bereits als er die Leiche gefunden und Sonne angerufen hatte, hatte er sich in der Redaktion sofort den Aufmacher auf der Seite eins und fünfzig Zeilen im Politikteil freihalten lassen. Leider hatte er seinen Laptop nicht dabei, sonst hätte er den Text direkt drahtlos in die Redaktion senden können.

Er atmete tief durch und schlenderte Richtung Tankstelle. Er musste einen klaren Kopf bekommen, bevor er sich an seinen Text machte. Er ging an dem Rasthof vorbei, der von sieben bis zwanzig Uhr Weißwürstl mit Brezl als Frühstück für dreifünfundneunzig anbot. Alternativ gab's ein Helles vom Fass für zweisechzig.

Frank betrat die aus grauen Betonplatten zusammengesetzte Tankstelle und sah an der Eingangstür ein Fahndungsplakat der Polizeidirektion Weilheim kleben: *Mord – wer kennt diese Frau*? stand dort auf deutsch und in einer ihm unbekannten zweiten Sprache. Er beachtete das Plakat nicht weiter, es ging um einen alten Fall, über den seine Zeitung schon vor Monaten berichtet hatte. Anscheinend tappte die Polizei hierbei immer noch im Dunkeln.

In dem hell erleuchteten Verkaufsraum ging er zum Kühlregal und nahm eine Halbliterflasche Coca-Cola heraus. An der Kasse griff er noch zu einem Caramac-Riegel und kramte Kleingeld aus seiner Jackentasche.

»Dreisechzig. Was ist eigentlich los da hinten?«, fragte Frau Pöschke, deren Name auf einem Schild an ihrem roten Sweatshirt verraten wurde.

»Weiß auch nicht genau«, antwortete Litzka. »Steht sicher morgen in der Zeitung.« Er reichte ihr einen Fünf-Euro-Schein.

Frau Pöschke gab ihm das Wechselgeld mit den Worten: »Glauben Sie denn etwa, was in der Zeitung steht? Die schreiben doch alle, was sie wollen. Es heißt doch nicht umsonst ›Lügen wie gedruckt‹.«

»Ja ja, diese Schweinejournalisten«, sagte Litzka grinsend und verließ die Tankstelle, während er sich seinen Kaugummi in den Mund steckte. Kauen regt die Gehirntätigkeit an, hatte er mal auf der Gesundheitsseite der *ATZ* gelesen. Aber wenn Frau Pöschke Recht hatte mit ihrer Meinung über die schreibende Zunft, dann würde der Kaugummi ihm jetzt nicht viel helfen.

Er setzte sich in sein Auto, holte einen Block aus dem Handschuhfach und begann zu schreiben. Doch minutenlang kam er über den ersten Satz nicht hinaus. Seine Gedanken kreisten um Sandy alias Gabriele. Warum hatte sie ausgerechnet ihn angerufen? Und warum war sie zur Tatzeit hier auf dem Parkplatz gewesen? Er griff zu seinem Handy und drückte die Wahlwiederholung. Kein Klingeln, sofort die Mailbox: »Schön, dass du anrufst, leider bin ich ...«

* * *

Hauptkommissar Jürgen Sonne war in Begleitung seines Kollegen Gunnar Holmsen auf dem Weg zu Rosemarie Keller. Eine Abfrage bei der Telefongesellschaft hatte ergeben, dass ihr die Nummer gehörte, die in Stillers Handy unter dem Namen »Rose« gespeichert war.

»Sie hat noch wenige Stunden vor seinem Tod mit ihm telefoniert. Vielleicht kann sie uns weiterhelfen«, sagte Sonne, der am Steuer saß.

»Artur-Kutscher-Platz 4 ist die Adresse. Das ist direkt an der Münchner Freiheit«, sagte Holmsen. »Wollen wir uns nicht vorher telefonisch ankündigen?«

Sonne blickte auf die erleuchtete Digitaluhr im Armaturenbrett des Wagens. »Noch vor Mitternacht. Ich denke, wir können einen unangemeldeten Besuch riskieren.«

Sie fanden einen Parkplatz in der Occamstraße vor dem Lustspielhaus und brauchten an der Tafel mit einigen Dutzend Namenschildern eine ganze Weile, bis sie im fünften Stock einen Klingelknopf mit dem Namen *R. Keller* entdeckten. Holmsen drückte den Knopf, und nur wenige Sekunden später ertönte eine Frauenstimme durch die Sprechanlage.

»Kommen Sie hoch, fünfter Stock, links durch die Glastür.«

Sonne und Holmsen schauten sich fragend an. »Wir werden anscheinend erwartet«, sagte Holmsen.

»Oder verwechselt.«

Sie betraten den Fahrstuhl des Mietshauses, der sie in die fünfte Etage brachte. Als sie die Glastür passierten, wurden in dem dunklen, fensterlosen Flur automatisch Neonröhren erleuchtet. An einer geöffneten Tür stand eine Mittvierzigerin mit feuerroten, schulterlangen Haaren und einem violetten Kimono. Neben der Tür zu ihrer Wohnung hing ein rotes Schild mit weißer Schrift: *Rosemarie Keller – Studio für spiritistische Energiearbeit*.

»Wenn Sie noch jemanden erwartet haben, liegt sicher eine Verwechslung vor«, sagte Sonne und zeigte seinen Dienstausweis aus grüner Pappe, der in einer Plastikhülle steckte. »Kripo München«, fügte er überflüssigerweise hinzu.

»Kommen Sie rein, meine Herren«, sagte die Dame. Sie schien wirklich nicht überrascht davon, dass sie spät am Abend von zwei Polizisten aufgesucht wurde. »Wenn Sie so nett wären und die Schuhe ausziehen würden. Wegen kalter Füße müssen Sie keine Sorgen haben: Ich habe Fußbodenheizung. Nehmen Sie hier Platz«, sagte sie und deutete auf zwei Stühle an einem Esstisch.

Der süßliche Geruch eines Duftöls in einem Glasteller über einer brennenden Kerze erfüllte den Raum.

»Wir kommen wegen Herrn Richard Stiller«, sagte Sonne. »Kennen Sie ihn?«

»Was ist ihm passiert?«

»Wie kommen Sie darauf, dass ihm etwas passiert sein könnte?«, fragte Sonne.

»Es ist ihm etwas passiert, stimmt's? Ein Unfall? Ein Überfall? Ist er tot?«, wollte die Frau wissen.

»Er ist tot. Er wurde erschossen«, sagte Holmsen.

Einige Sekunden herrschte Schweigen. Dann sagte sie: »Es wird Sie erstaunen, wenn ich sage: Es überrascht mich nicht.«

»Absolut. Das überrascht uns«, entgegnete Sonne. »Was soll das heißen?«

Sie wischte sich mit dem Zeigefinger eine Träne aus dem Augenwinkel.

»Ich habe ihn so oft gewarnt: Er ist vor ein paar Jahren in dieses Haus mit der Hausnummer 18 eingezogen. Das konnte nicht gut gehen.«

»Wie bitte?«, fragte Sonne.

»Negative Energie! Die Achtzehn besteht aus der Eins und der Acht, das ist die Konstellation Uranus in Kombination mit Pluto. So ziemlich das Schlimmste, was einem passieren kann.«

Sonne dachte an das Schild an der Tür: »Sie sind Spiritistin?«

»Hellseherin, Wahrsagerin, Astrologin, Spiritistin. Wie auch immer Sie es nennen möchten.«

»Und was hat das mit den Hausnummern auf sich?«, wollte Holmsen wissen.

»Zahlen sind immer Ausdruck von Energie. Jeder Mensch ist ein Energiewesen. Alles, was in Ihrem Leben geschieht, ist Manifestation dieser Energie, auch Ihre Hausnummer oder Ihre Telefonnummer.«

»Meine Telefonnummer sagt etwas über mein Schicksal aus?«, staunte Holmsen.

»Ja, natürlich. Es ist kein Zufall, welche Telefonnummer Sie bekommen. Zufälle gibt es nicht.«

»Das sage ich auch immer. Kommen wir aber mal wieder zur Sache«, hakte Sonne ein. »In welchem Verhältnis standen Sie zu Herrn Stiller? Und warum haben Sie ihn heute Nachmittag angerufen?«

»Ich habe ihn angerufen, weil ich einen Termin absagen musste. Und damit ist auch Ihre erste Frage beantwortet: Er war ein Klient. Einer von vielen, die meine spirituellen Fähigkeiten in Anspruch nehmen.« Sie schnäuzte sich die Nase in ein Papiertaschentuch. Sonne hatte das Gefühl, dass sie sich ihre Emotionen nicht anmerken lassen wollte.

»Er hat sich von Ihnen die Zukunft voraussagen lassen?«, fragte Sonne ungläubig. »Sie wissen, dass er ein einflussreicher Politiker war?«

»Was hat das eine mit dem anderen zu tun? Strauß hat sich regelmäßig von einem Wahrsager beraten lassen, von Ronald Reagan weiß das auch jeder. Und angeblich hat auch Helmut Kohl ...«

»Ging es bei Stiller um private oder berufliche, also politische Angelegenheiten?«

»Muss ich diese Frage beantworten?«

»Ich habe noch nie etwas von einem Schweigerecht für Hellseherinnen gehört«, antwortete Sonne.

»Na schön, es ging weitgehend um Privates. Er spekulierte an der Börse und fragte mich manchmal, ob er bestimmte Aktien kaufen sollte oder nicht. Und mit meinen Ratschlägen ist er immer gut gefahren.«

»Sie wollen sagen, dass Sie die Aktienkurse voraussagen können?«, fragte Sonne.

»Nein, natürlich nicht«, sagte sie lachend. »Das kann ich ebenso wenig wie Lottozahlen vorhersagen. Dann würde ich nicht in einer kleinen Zwei-Zimmer-Wohnung leben. Aber ich kann von einer Entscheidung, die jemand treffen will, sagen, ob sie sich für ihn positiv oder negativ auswirken wird.«

»Haben Sie auch Stillers Tod vorhergesehen?«, fragte Holmsen.

»Nein«, antwortete sie scharf. »Das ist für mich Tabu. Ich könnte es sicher, das ließe sich anhand der astrologischen Konstellationen relativ einfach berechnen. Aber das wäre ein Wissen, das mich belasten würde. Denn der Tod ist ein Ereignis, das sich nicht verändern oder beeinflussen lässt. Er kommt sowieso.«

»Na ja«, warf Sonne ein. »Bei Stiller hat schon jemand das Ereignis Tod massiv beeinflusst. Und zwar mit zwei Gewehrkugeln. Aber jetzt genug der Hexerei! Frau Keller, wann wäre der Termin mit Stiller gewesen, den Sie abgesagt haben?«

»Warten Sie, da muss ich nachschauen.« Sie stand auf und ging in einen Nebenraum. Von dort rief sie herüber: »Wissen Sie, ich habe all meine Bürounterlagen und Kalender in diesem Zimmer. Die Energie der Zahlen und Daten würde mich bei den Gesprächen mit Kunden nur verwirren und stören.«

»Ah ja«, sagte Sonne und drehte die Augen an die Zimmerdecke.

»Hier, ich hab's«, sagte sie, während sie mit dem Kalender in der Hand zurückkam. »Übermorgen, elf Uhr. Die Elf ist übrigens energetisch eine gute Zahl.« Sie legte den Kalender auf den kleinen Couchtisch und nach einem Blick auf die Uhr fügte sie hinzu: »Das heißt: es ist ja schon morgen.«

»Und was haben Sie heute beziehungsweise gestern Abend zwischen achtzehn und zweiundzwanzig Uhr gemacht?«, fragte Holmsen.

»Ich war im Internet. Ich biete jeden Abend von acht bis elf auf meiner Homepage einen eigenen Chat an. Das ist für viele eine gute Möglichkeit der ersten unverbindlichen Kontaktaufnahme, bevor es dann zu einem ernsthaften Beratungsgespräch kommt. Klicken Sie doch mal rein: www.astrosemarie.de.«

Sonne hüstelte nur ein wenig vor sich hin und verkniff sich eine Kommentierung des Wortspiels.

»Was kosten Ihre Dienste eigentlich?«, fragte Holmsen.

»Bei telefonischer Beratung einsneunundsechzig pro Minute. Ansonsten liegt mein Stundensatz bei hundert Euro. Aber wenn ich mir so die Berichte über die Kürzungen im Öffentlichen Dienst anschaue, könnte ich mir vorstellen, für Staatsdiener einen Sondertarif einzuführen.«

»Das war hoffentlich kein Versuch der Beamtenbestechung«, sagte Sonne und klappte seinen Notizblock zu. Er reichte ihr seine Visitenkarte mit den Worten: »Sollte in Ihrer Kristallkugel plötzlich ein Mörder auftauchen, dann können Sie uns ja anrufen. Oder gerne auch auf ... andere Weise mit uns Kontakt aufnehmen.«

»Kristallkugeln gab's vielleicht im Mittelalter«, sagte Rosemarie Keller völlig ungerührt.

Als die Polizisten wieder im Treppenhaus standen, murmelte Sonne vor sich hin: »Im Mittelalter gab's für Hexen auch Scheiterhaufen statt Fußbodenheizung« und fügte zerknirscht hinzu: »Diese Astro-Tussi hat doch nicht mehr alle Tassen im Schrank!«

Wieder im Auto sah Sonne, dass er eine SMS von Kommissarin Steinberg bekommen hatte: ZWEITE NUMMER IM HANDY GEHÖRT LUDWIG KAISER AUS STARNBERG, GESCHÄFTSMANN. IST IM AUSLAND. KOMMT MORGEN NACH MUC. NAT.

»Sherlock, wir haben Feierabend für heute«, sagte er zu Holmsen.

»Okay, Watson.«

Zweites Kapitel

Macht ist die Möglichkeit, das Schicksal anderer Menschen zu beeinflussen. Es gibt die negative Macht des Verbrechers, der mit Waffengewalt sein Opfer zu Handlungen zwingen kann, die diesem zum Nachteil sind. Diese Macht kann so weit gehen, daß der Verbrecher das Leben eines anderen Menschen auslöschen kann, um sich damit selbst einen Vorteil – zum Beispiel den, sich fremdes Eigentum anzueignen – zu verschaffen. Diese Art von Macht wird in unserer Gesellschaft geächtet.

Doch dann gibt es die positive Macht des Politikers. Er hat Kraft seines Amtes die Möglichkeit, Dinge zu beeinflussen und zum Guten zu lenken. Dabei können seine Entscheidungen für einen Teil der Bevölkerung durchaus negative Auswirkungen haben. Niemand wird es als positiv werten, wenn die Steuern erhöht werden. Doch wenn mit dem Geld Straßen und Spielplätze gebaut werden, dann kommt ein anderer Teil der Bevölkerung in den Genuß einer positiven Machtausübung. Macht muß daher in der Hand von Menschen bleiben, die nach einer höheren Moral handeln und durch die Macht nicht ihren eigenen Vorteil suchen. Macht heißt bewegen, verändern, gestalten. Daher habe ich die Macht gesucht, daher wollte ich Politiker werden. Und daher hoffe ich, daß Du mich verstehen kannst, wenn ich sage: Ich habe meinen Beruf geliebt! Und zwar mehr als alles andere in meinem Leben.

* * *

Wie jeden Morgen hatte Ministerpräsident Kurt-Anton Stadlbauer seinen engsten Mitarbeiterstab um acht Uhr zur Lagebesprechung in sein großes Arbeitszimmer im vierten Stock der Staatskanzlei versammelt. Zu diesem Zeitpunkt erwartete er von seinem Büroleiter Rainer Heisinger, dem persönlichen Referenten Dietmar Rost, Staatskanzleichef

Franz Däxl sowie seiner Pressereferentin Tanja Kollaritsch, dass sie genauso vorbereitet und in die Zeitungen des Tages eingelesen waren wie er. Jeden Morgen um sieben Uhr wurde Stadlbauer von einem Chauffeur in seinem Reihenhaus in Dietramszell abgeholt und auf der Fahrt nach München begann er bereits mit dem Aktenstudium.

Auf der heutigen Tagesbesprechung sollte eigentlich nur die am Nachmittag geplante Abschlusskundgebung für den Wahlkampf auf dem Marienplatz stehen. Doch alle waren bereits über den Mord am CSU-Abgeordneten Richard Stiller informiert. Als Tanja noch Journalistin war, hatte sie diese Frührunde, über die nie etwas durch die Glasfassade der Staatskanzlei nach draußen drang, immer wie ihre Kollegen »Küchenkabinett« genannt. Sie hätte nie gedacht, dass sie selbst einmal zu dieser Runde gehören würde.

Nach den üblichen zehn Minuten Verspätung war Stadlbauer aus seinem benachbarten Büro gekommen, während sein engster Mitarbeiterkreis sich bereits um den rechteckigen Plexiglastisch versammelt hatte. Der moderne Tisch bildete einen optischen Kontrast zu den rustikalen, blau gepolsterten Sitzmöbeln, deren Holzbeine Löwenfüße darstellten.

»Guten Morgen, entschuldigt's die kleine Verspätung. Ich habe schon mit Berlin telefoniert, wegen der Stiller-Sache.« Stadlbauer setzte sich wie immer an die Stirnseite des Tisches und legte einen Packen Papier vor sich ab, er platzierte seine Lesebrille daneben und griff zu der Kanne frisch gebrühten Kaffees.

»Es gibt keine Anzeichen für einen politischen Hintergrund«, sagte Büroleiter Heisinger.

»Nach den Informationen, die das Lagezentrum des Innenministeriums uns übermittelt hat, erinnert der Fall an den vermissten Bürgermeister aus Röckingen, der am Tag nach seiner Wiederwahl spurlos verschwand und Wochen später ermordet in Tschechien gefunden wurde«, sagte Tanja

Kollaritsch und holte einige kopierte Blätter aus einer Mappe. »Ich habe die Zeitungsartikel von damals aus dem Archiv herausgesucht. Ein Raubmord im Rotlichtmilieu, die Täter wurden von einem Bezirksgericht in Pilsen verurteilt.« Sie reichte die Kopien in die Runde.

»Es scheint diesmal auch nur ein Zufall gewesen zu sein, dass die Leiche nur wenige Stunden nach der Tat schon gefunden wurde«, sagte Heisinger. »Dem Bericht des LKA zufolge hat ein bislang unbekannter Zeuge die Tat beobachtet.«

»Wieso ist das LKA eingeschaltet, wenn es keinen politischen Hintergrund gibt?«, wollte Stadlbauer wissen.

Staatskanzleichef Däxl schaltete sich ein: »Reine Routine. Ich habe heute früh deshalb schon mit Kaserer telefoniert.« Kaserer war der Innenminister und damit oberster Dienstherr der bayerischen Polizei. »Er sagt, das LKA habe vorsorglich einen Mann bereitgestellt, der die Mordkommission unterstützen und einen politischen Hintergrund definitiv ausschließen soll. Vorerst ist und bleibt der Fall beim PP München. Die Kripo in FFB ist heilfroh, dass die Münchner das übernehmen. Denn die sind in Bruck immer noch mit ihrer Soko und der Suche nach dem vermissten Dachauer Pfarrer mehr als ausgelastet.«

Stadlbauer machte sich in seinem in Leder eingebundenen Block einige Notizen. Dann fragte er in die Runde: »Glaubt's ihr, die Sache hat Auswirkungen auf die Wahl?«

»Vielleicht können wir sogar etwas für uns rausschlagen, so eine Art Mitleidsbonus«, sagte Däxl. »Wir könnten das Ganze so auffassen, dass einer von uns wegen unseres effektiven Kampfes gegen Kriminalität und Terrorismus getötet wurde.«

»Sie meinen einen Racheakt des organisierten Verbrechens?«, fragte Stadlbauer.

»Zumindest könnten wir dies annehmen, bis das Gegenteil bewiesen ist. Und die Wahl ist ja schon bald. Vielleicht kriegen wir damit einen Mobilisierungseffekt hin.«

»Das wäre nicht das Schlechteste«, sagte Heisinger. »Angesichts der Umfragen, in denen wir kurz vor der Sechzig-Prozent-Marke stehen, könnten viele Wähler glauben, die Sache wäre schon entschieden, und daheim bleiben.«

»Ich halte das für riskant«, sagte Tanja Kollaritsch. »Meiner Meinung nach sollten wir jeden Eindruck vermeiden, dass ein Zusammenhang zwischen der Partei und dem Mord besteht. Wir sollten möglichst schnell eine PM rausschicken, in der Sie, Herr Ministerpräsident, Ihre Betroffenheit zum Ausdruck bringen ...«

»... und zugleich einen verschärften Kampf gegen das Verbrechen ankündigen«, fügte Däxl hinzu.

»Ein Kondolenzschreiben an die Witwe ist schon in Vorbereitung. Sie kriegen eine Kopie für die Pressemitteilung, Frau Kollaritsch«, sagte Rost. »Sollen wir die Rede für heute Nachmittag noch abändern, Herr Ministerpräsident?«

»Wir müssen auf jeden Fall kurz Bezug auf den Mord nehmen«, sagte die Pressereferentin. »Es wird der erste öffentliche Auftritt des Parteivorsitzenden nach Bekanntwerden des Anschlags sein. Die Journalisten werden auf eine Stellungnahme warten. Und auch nach der PM brauchen Funk und Fernsehen noch O-Töne.«

»Am besten fangen wir gleich mit ein paar betroffenen Worten an und leiten dann zu der Passage mit der Kriminalitätsbekämpfung über, die eigentlich erst«, Rost blätterte im Entwurf für die Wahlkampfrede, »kurz vor dem Dosenpfand und der Einführung des achtjährigen Gymnasiums kommen sollte.«

Durch die Glaskuppel sahen sie, dass sich eine dunkle Wolke verzog; das Sonnenlicht durchflutete auf einmal den hellen Raum mit seinen weißen Wänden und dem hellbraunem Holzfußboden. Wie von Geisterhand breiteten sich sofort Jalousien langsam über das Glasdach aus. Tanja hatte früher vermutet, es gebe einen Beamten in der Staatskanzlei, der nichts anderes tat, als den Himmel zu beobachten und den Sonnenschutz an der Glaskuppel der Witterung anzupassen. Damals wusste sie noch nichts von der durch Lichtsensoren gesteuerten Automatik.

»Ich denke, so sollten wir verfahren«, sprach der Regierungschef. »Wir wollen nicht den Eindruck erwecken, den tragischen Tod unseres Parteifreundes zu politischen Zwecken zu missbrauchen. Aber wir sehen uns durch die Ereignisse in unserem Null-Toleranz-Konzept bestätigt. Wir sind sicher, dass die bayerische Polizei dieses Verbrechen zügig aufklären wird und dass der Täter eine harte und gerechte Strafe bekommt.«

Tanja Kollaritsch hatte die Worte mitgeschrieben, um sie als wörtliches Zitat in ihre Presseerklärung einzubauen. »Wollen wir das Null-Toleranz-Konzept nicht lieber für die PM nach der Kabinettssitzung aufheben?«, schlug sie vor.

»Das Konzept kann nicht oft genug genannt werden«, antwortete Däxl, der zusammen mit Innenminister Kaserer der Erfinder dieses Projekts war und damit den Kampf gegen die Kriminalität zum zentralen Wahlkampfthema gemacht hatte.

»Wir müssen aber aufpassen, dass wir die Journalisten damit nicht überfrachten und sie die Sache nachher totschweigen«, gab Tanja zu bedenken.

»Ich bin sicher, Frau Kollaritsch, Sie werden das hinkriegen«, zeigte sich Stadlbauer väterlich.

»Diese Pressefritzen fressen Ihnen doch aus der Hand«, sagte Däxl, der schon einmal vergeblich versucht hatte, Tanja als seine persönliche Referentin abzuwerben. Doch wegen ihres fehlenden Jura-Studiums hatte er sich damit hausintern nicht durchsetzen können. Abgesehen davon hätte sie auf solch einen Job überhaupt keine Lust gehabt. Als Pressesprecherin hatte sie wenigstens noch intensiven Kontakt mit den Leuten, die den von ihr gelernten Beruf ausübten.

»Dann wünsche ich frohes Schaffen«, sagte Stadlbauer, schaute auf seine Armbanduhr und stand auf. Zu Däxl und Tanja gewandt, fügte er hinzu: »Wir sehen uns in zwei Stunden im Kabinett.«

* * *

Die Redaktionskonferenz begann pünktlich um neun Uhr dreißig.

»Eigentlich ja 'ne tolle Geschichte von Flitzer«, sagte Wolfgang Lohmann, »aber findet irgendjemand das Wortspiel in der Überschrift gelungen? Nicht nur albern, sondern auch noch grammatikalisch falsch.« Niemand widersprach dem Chefredakteur, der in seinem schwarzen Ledersessel am Kopfende des Konferenztisches saß. »Und Sie sollten aufpassen, dass Sie nicht irgendwann beim Abhören des Polizeifunks erwischt werden.«

Lohmann kannte Frank Litzka noch aus der Zeit, in der dieser als Praktikant bei der *ATZ* mit den sprichwörtlichen Reportagen über Karnickel-Ausstellungen die ersten journalistischen Gehversuche unternommen hatte. Und wenn er einmal jemanden duzte, dann blieb er für alle Zeiten dabei. Litzka ließ Lohmann in dem Glauben, er habe die Information über den Mord aus dem Polizeifunk erfahren. Das ersparte ihm unnötige Erklärungen.

»Der Fall wird uns sicher noch länger beschäftigen. Wir sollten daher rasch klären, wer die weitere Berichterstattung übernimmt«, sagte Lohmann scharf, dessen Führungsstil an den Umgangston auf einem Kasernenhof erinnerte.

»Was gibt es da zu klären?«, traute Litzka sich zu fragen. Denn für ihn bestand kein Zweifel daran, dass dies seine Geschichte war.

Peter Hilfringhaus, der erst vor kurzem vom Lokal- zum Politikchef befördert worden war, meldete sich zu Wort:

»Ich denke, dass die Story bei uns gut aufgehoben ist. Denn ganz offenkundig handelt es sich um einen politischen Mord. Und der Name Stiller ist schon öfter im Zusammenhang mit Skandalen und Affären genannt worden.«

»Das gilt ja wohl für fast jeden Politiker aus der Regierungspartei«, sagte Stella Schulze-Wagenknecht, die Kulturchefin, die in der Redaktion allgemein nur »die Schulze« genannt wurde.

»Es ist noch gar nicht sicher, ob es einen politischen Hintergrund gibt. Bislang sieht es nach einem ganz normalen Mord aus, bei dem zufällig ein Politiker das Opfer ist«, betonte Litzka.

Lohmann klopfte seine Pfeife im Aschenbecher aus und unterbrach die Diskussion: »Wofür haben wir eine Lokalredaktion in Starnberg? Die kennen ihren Abgeordneten selbst wohl am besten. Die weitere Berichterstattung ist vor Ort sicher gut aufgehoben. Wir hier in München haben schließlich eine Wahl vor der Tür stehen und damit genug zu tun. Damit wären wir auch schon beim nächsten Punkt. Die Kundgebung heute ...«

»Moment mal«, warf Litzka dazwischen. »Nichts gegen die Starnberger Kollegen. Aber Sie wollen allen Ernstes diese Top-Geschichte an Leute geben, die sich sonst um nichts anderes kümmern als um die Schwarzbauten auf der Maxhöhe, Kinderkrippen, Montessori-Schulen und das Tunnelprojekt? Mit Verlaub, Herr Lohmann, aber diese Sache sollte lieber in der Hand von Profis bleiben.«

»Herr Litzka, jetzt tun Sie unseren Kollegen in den Außenredaktionen aber Unrecht«, sagte Schulze-Wagenknecht.

Lohmann, der in der Konferenz nicht häufig Widerspruch erfuhr, sagte seelenruhig, während er sich seine Pfeife neu stopfte: »Flitzer, wenn du der Meinung bist, in der Außenredaktion arbeiten keine Profis, und damit meine Personalentscheidungen kritisieren willst, dann wäre dafür in deinem eigenen Interesse ein Vier-Augen-Gespräch wohl besser geeignet.«

Litzka hätte seinem Chef am liebsten ein geeignetes Schimpfwort an den Kopf geworfen. Stattdessen sagte er nur: »Der Fall Stiller wird also von der Provinzredaktion aus weiter betreut? Ist das Ihr letztes Wort, Herr Lohmann?«

Lohmann fragte in die Runde: »Hat jemand Einwände?«

Alle schwiegen und blickten vor sich auf die weiße Tischplatte.

Litzka packte seine Papiere zusammen und stand auf. Beim Hinausgehen zischte er dem Chefredakteur zu: »An einem Vier-Augen-Gespräch mit Ihnen habe ich auf absehbare Zeit keinen Bedarf. Verzichte dankend.« Mit einem »Auf Wiedersehen« knallte er die Tür des Konferenzraums hinter sich zu.

* * *

Sonne saß an seinem Schreibtisch im vierten Stock des Polizeipräsidiums in der Ettstraße. Erst vor einigen Monaten war das Dezernat 11 von dem unscheinbaren Bürohochhaus gegenüber dem Hauptbahnhof wieder in das ehrwürdige Mutterhaus der Münchner Polizei gezogen. Die Beamten der Kommissariate für Tötungsdelikte und Todesermittlungen hatten modernste Büroräume in einem neuen Anbau des ehemaligen Klostergebäudes bezogen. Über zwei Etagen verteilten sich die Zimmer der Kommissariate 111 und 112. Die übrigen Abteilungen des Dezernats, die Brand- und Umweltfahnder sowie die Vermisstenstelle, waren in dem Betonklotz in der Bayerstraße geblieben. Sonne leitete die Mordkommission 4 und genoss daher das Privileg eines eigenen Büros mit Blick auf den Liebfrauendom, während seine Kollegen, Kommissarin Natascha Steinberg, Oberkommissar Gunnar Holmsen und Hauptkommissar Alfred Winter sich ein Büro teilen mussten.

In letzter Zeit waren Holmsen und Steinberg häufig nur zu zweit, weil Winter seit einem Jahr fast ununterbrochen krank geschrieben oder in Kur war. Er war bei der Verfolgung eines Verdächtigen im Stachus-Untergeschoss auf einer Rolltreppe gestürzt und hatte sich einen Schlüsselbeinbruch zugezogen, der nicht mehr richtig verheilte. Sonnes Antrag, Winter mit seinen neunundfünfzig Jahren in den Vorruhestand oder wenigstens in eine andere Abteilung zu versetzen, ging seit Monaten durch die Mühlen der für Dienstpostenbesetzungen zuständigen Abteilung P1b. Und so lange konnte er den meist leeren Stuhl im Zimmer nebenan nicht neu besetzen lassen.

Sonne spuckte seinen Kaugummi in den Papierkorb und trank den letzten Schluck Kaffee, der nur noch lauwarm war, aus seiner Tasse.

Es war halb zehn und wie jeden Vormittag um diese Zeit biss er in einen grünen Apfel, den er sich vor der Fahrt ins Büro am Obststand am U-Bahnhof in Freimann gekauft hatte. Noch einmal griff er zur *ATZ*, die den Mord an Stiller an diesem Tag zum Aufmacher gemacht hatte. Zum dritten Mal las er den Text von Frank Litzka, der mit der Überschrift *Stiller Tod!* begann.

Es musste doch »Stiller tot« heißen, oder »Stillers Tod«, überlegte Sonne. Witzig fand er die Schlagzeile trotzdem, sofern bei einem Bericht über einen Mordfall Humor gefragt war.

Opfer eines feigen Mordanschlags ist gestern Abend der Starnberger CSU-Politiker Richard Stiller geworden. Zwei Schüsse töteten den Neunundvierzigjährigen auf dem Autobahnparkplatz Höhenrain an der A 95 Richtung Garmisch-Partenkirchen. Völlig unklar ist, was Stiller auf dem Parkplatz wollte. Es gibt bislang keine Hinweise darauf, dass das Verbrechen in Zusammenhang mit seiner politischen Funktion stehen könnte.«

Und es gibt auch keine Hinweise darauf, dass er ein Opfer von Al-Qaida wurde, dachte Sonne und ärgerte sich darüber, wie Journalisten immer wieder mit Formulierungen wie

»die Polizei schließt nicht aus« oder »bislang nicht bestätigt« eine wilde, jeder Grundlage entbehrende Spekulation ins Spiel bringen konnten.

Die Polizei rätselt jetzt darüber, ob der Mord in Zusammenhang mit einer Wahrsagerin steht, zu der Stiller kurz vor seinem Tod Kontakt hatte. Vom Täter fehlt jede Spur.

Neben dem Artikel war ein zweispaltiges Schwarzweiß-Foto von Stiller abgedruckt, im Bildtext darunter erfuhr Sonne, dass Stiller in Tutzing geboren wurde und neben seinem Beruf als Beamter in der Starnberger Baubehörde schon im Alter von einundzwanzig Jahren Kreistagsabgeordneter und Bezirksvorsitzender in der Jungen Union geworden war. Später wurde er Ortsvorsitzender der CSU, dann Schatzmeister im Kreisverband, dann Stellvertreter und schließlich Kreisvorsitzender. 1990 zog er in den Landtag ein, und vor zwei Jahren unterlag er bei der Wahl zum oberbayerischen CSU-Chef in einer Kampfabstimmung knapp Wirtschaftsstaatssekretär Georg Homberger.

Sonne schnitt den Artikel säuberlich mit einer Schere aus und legte ihn an die Seite, um ihn später zu den Akten zu heften.

»Magst du noch einen Kaffee?«, fragte Natascha Steinberg, die mit einer vollen Kanne durch die stets offene Verbindungstür in Sonnes Büro kam. Er nickte ihr dankbar zu, während sie seine Tasse bis zum Rand füllte und fortfuhr: »Ich hab ein paar Infos über diesen Kaiser gefunden.«

»Der Geschäftsmann, mit dem er von seinem Handy aus telefoniert hat?«

»Ja, genau. Und zwar um siebzehn Uhr vierzehn. Gesprächsdauer acht Minuten und zweiundzwanzig Sekunden. Ludwig Kaiser ist Inhaber der Starnberger Kaiser AG, geboren am 25. August 1945 in München. Die Firma hat eine eigene Homepage, darf ich mal?«

Sie stellte die Kanne ab und zog sich Sonnes PC-Tastatur heran, beugte sich vor, öffnete den Internet-Explorer und tippte die Adresse www.kaiser-ag.com ein. Auf dem Bildschirm erschien eine aufwändige Multimediashow: idyllische bayerische Postkartenmotive von der Münchner Frauenkirche, Schloss Neuschwanstein, Schloss Linderhof und Schloss Nymphenburg leuchteten auf und verschwanden wieder. Dann erschien der Schriftzug: *Bayerische Qualität – in der ganzen Welt bekannt*. Danach schwebte das Logo der Kaiser AG, verziert mit einer goldenen Krone, von links nach rechts über den Bildschirm, schließlich begann die Show wieder von vorne.

»Was ist denn das für ein Quatsch?«, fragte Sonne und Natascha klickte auf »Weiter«.

Wieder das Firmenlogo, darunter ein Porträtfoto des Inhabers. Es folgte die Aufforderung, einen der Firmenbereiche auszuwählen.

»Telekommunikation, Photovoltaik, Netzwerktechnik, Audiotechnik, Lichttechnik, Sicherheitstechnik, Satellitentechnik, Medizintechnik«, las Sonne laut vor. »Klick mal auf ›Das Unternehmen‹«, sagte er zu seiner Kollegin, die ihre Hand immer noch auf der Maus liegen hatte. Dann konnten sie beide lesen, dass die Kaiser AG Tochterfirmen in aller Welt unterhielt und die Firmenphilosophie darin bestand, Fachkompetenz in allen Bereichen der Elektrotechnik zu beweisen. Sie erfuhren zudem, dass das Unternehmen selbstverständlich »European InstaBus«-zertifiziert sei, konnten mit dieser Information aber beileibe nichts anfangen.

»Druck das mal aus«, sagte Sonne.

»Druck doch selbst! Du weißt doch, was dieses Zeichen in der Symbolleiste da oben bedeutet, oder?«

Sie klopfte ihm auf die Schulter und überließ ihm wieder die Kontrolle über seinen Computer.

»Und noch was«, sagte sie. »Kaiser kommt heute Mittag nach München zurück. Er landet mit der Maschine aus Zürich um«, sie schaute auf einen gelben Zettel, den sie in der Hand hielt, »dreizehn Uhr zwanzig am Flughafen. Ankunft Gate C mit dem Flug LX 1104.«

»Dann sollten wir ihm einen gebührenden Empfang bereiten«, sagte Sonne, griff zu seinem Telefon und wählte.

»*ATZ*-Redaktion, Litzka«, hörte er am anderen Ende der Leitung.

»Hallo, Flitzer, sagt dir der Name Ludwig Kaiser etwas?«

»Logo! Der Kaiser Ludwig, so nennt man ihn, dürfte einer der reichsten Einwohner Starnbergs sein. Und das will was heißen! Er besitzt ein kleines Firmenimperium. Angeblich hat er seinen Reichtum nicht immer auf ganz legale Weise angehäuft. Sein Name wurde auch schon mal im Zusammenhang mit Korruption genannt, aber beweisen konnte man ihm noch nichts. Warum? Was ist mit ihm?«

»Ihm gehört die Nummer, die Stiller kurz vor seinem Tod gewählt hat. Kaiser landet in«, er schaute auf seine Armbanduhr, »knapp drei Stunden am Flughafen. Treffen wir uns um zwölf dort? Dann kannst du mir erzählen, was du über diesen Typen noch alles weißt.«

»Mach ich gerne, aber ich bin raus aus dem Fall.«

»Was?«, fragte Sonne überrascht.

»Lohmann hat die Sache an die Starnberger Lokalredaktion gegeben. Ich soll mich ganz auf die Wahlberichterstattung konzentrieren.«

»Das tut mir Leid«, sagte Sonne, der an Litzkas Worten hören konnte, wie sauer er war. »Und er lässt nicht mit sich reden?«

»Du kennst Lohmann nicht. Gegen seine Anweisungen sind die Dogmen des Papstes unverbindliche Verhandlungsangebote.«

»Dann hast du vielleicht Lust auf eine verlängerte Mittagspause? Treffen wir uns im *Café Treffpunkt* zum Mittagessen? Das ist der Laden im Zentralbereich. Direkt hinter dem großen Zeitungsshop. Kennst du das?«

»Ja, ich weiß. Da, wo immer die Leute stehen, die einem eine American-Express-Kreditkarte aufschwatzen wollen.«

»Genau. Also um halb eins?«

»Gebongt.«

* * *

Es war das dritte Mal, dass das Null-Toleranz-Konzept auf der Tagesordnung des Kabinetts stand. Ministerpräsident Kurt-Anton Stadlbauer saß am Kopf des ovalen Kabinettstisches, an dem sich jeden Dienstagvormittag die bayerischen Minister und Staatssekretäre versammelten. Eigentlich war das Maßnahmenpaket zum Kampf gegen das Verbrechen schon von Parteivorstand, Landtagsfraktion und Ministerrat verabschiedet worden, doch in den letzten Tagen war an einigen Punkten scharfe öffentliche Kritik laut geworden.

Tanja Kollaritsch hatte die Artikel vor sich liegen. Besonders die *Süddeutsche Zeitung* hatte in ihren Kommentaren von einem Angriff gegen den Rechtsstaat gesprochen und vor einem Polizei- und Überwachungsstaat gewarnt. Die Pressereferentin nahm zusammen mit dem Regierungssprecher als Beobachter an der Kabinettsrunde teil, um anschließend das Bulletin vorbereiten zu können.

Justizminister Max Staudinger, der als dienstältestes Kabinettsmitglied auch am häufigsten in die Rolle des Querdenkers schlüpfte, sagte nachdenklich: »Wir sollten die Argumente gegen das Konzept ernst nehmen und vielleicht in dem einen oder anderen Punkt Entgegenkommen signalisieren.«

»Entgegenkommen heißt Schwäche zeigen«, erwiderte Innenminister Peter Kaserer, dem die Medien spätestens seit seiner Forderung, Drogenkonsumenten aus der gesetzlichen Krankenversicherung auszuschließen, den Spitznamen »Schwarzer Peter« verpasst hatten. »Wenn wir in einem

Punkt einknicken, werden die Roten das schon als Erfolg verbuchen und immer mehr Nachbesserungen fordern, bis von null Toleranz nicht mehr viel übrig bleibt.«

»Wer eine weiße Weste hat, der muss sich vor den Maßnahmen der Polizei nicht fürchten«, sagte Staatskanzleiminister Däxl.

»Aber wenn selbst schon unser eigener Datenschutzbeauftragter die erweiterten Befugnisse für das Abhören von Mobiltelefonen kritisiert, dann sollten wir darüber nicht einfach hinweggehen«, gab Staudinger zu Bedenken.

Stadlbauer, der die Diskussion bislang schweigend verfolgt und sich Notizen in seinen Block gemacht hatte, ergriff das Wort: »Ich sehe das grundsätzlich auch so, dass wir uns in unserer Linie nicht von den üblichen Querulanten beirren lassen sollten.« Staudinger räusperte sich hörbar und Stadlbauer fügte hinzu: »Damit meine ich die linke Kampfpresse und die Laienspielschar von der rot-grünen Opposition. Wir werden nicht deswegen immer wieder mit der absoluten Mehrheit wiedergewählt, um uns von Minderheiten vom richtigen Weg abbringen zu lassen. Wir werden an unserem Konzept keine Abstriche machen«, sprach er und ergänzte eine Sekunde später: »Jedenfalls nicht vor der Wahl.«

Tanja Kollaritsch hatte in ihren Pressestatements das Null-Toleranz-Konzept natürlich immer loyal verteidigt, jedoch stets ein etwas ungutes Gefühl dabei gehabt. Besonders die Argumente des Bayerischen Journalisten-Verbandes, der es als »Anschlag auf die Pressefreiheit« empfand, dass künftig Telefone von Journalisten, Anwälten oder Pfarrern auch zur Kriminalitätsprävention abgehört werden sollten, teilte sie. Sie war dankbar, dass Justizminister Staudinger, mutig wie immer, wieder das Wort ergriff.

»Ich möchte das Konzept ja nicht als Ganzes in Frage stellen«, sagte Staudinger. »Dass wir die Grenze für die Anwendung des Jugendstrafrechts herabsetzen wollen, dass wir verdachtunabhängige Verkehrskontrollen intensivieren, dass wir die Polizei personell verstärken und besser ausrüsten, dass wir die Rasterfahndung erweitern und so weiter ... das alles ist richtig und sinnvoll. Aber wir müssen aufpassen, dass wir nicht über das Ziel hinausschießen. Mit dem Begriff ›Polizeistaat‹ können Opposition und Presse sehr gut Stimmung gegen uns machen. Und das ist Gift im Wahlkampf, wenn Sie mich fragen.«

Wirtschaftsstaatssekretär Georg Homberger sagte: »Aber die Bevölkerung hat doch Verständnis, dass wir im Kampf gegen den internationalen Terrorismus zu besonderen Maßnahmen ...«

»Nach dem 11. September konnte man solche Dinge vielleicht durchsetzen, aber das ist jetzt auch schon wieder lange her«, unterbrach ihn Staudinger.

Däxl verwies darauf, dass bereits jetzt Handys von Personen mit Zeugnisverweigerungsrecht abgehört werden konnten, wenn der Verdacht bestand, dass sie Kontakt mit einem Straftäter hatten. »So viel verändert sich doch überhaupt nicht. Und ich sage noch einmal: Wer keinen Dreck am Stecken hat, muss vor der Polizei keine Angst haben. Außerdem würde ich mich heute mehr davor fürchten, von einem Paparazzo fotografiert als von einem Polizisten belauscht zu werden.«

»Ich verstehe nicht, warum wir diese Diskussion überhaupt führen«, sagte Homberger scharf. »Wir haben das Null-Toleranz-Konzept in einem demokratischen Willensbildungsprozess in der Partei erarbeitet. Jeder konnte seine Meinung sagen, der Nürnberger Parteitag hat das Papier einstimmig verabschiedet. Und irgendwann muss auch mal Schluss sein mit dem Gelaber. Wir müssen unseren Worten endlich Taten folgen lassen – im Kampf gegen das organisierte Verbrechen!«

Tanja hatte in letzter Zeit häufig das Gefühl, dass Homberger sich in den Kabinettsrunden darum bemühte, mit seinen Wortmeldungen das Wohlgefallen des Regierungschefs zu gewinnen – und das nicht ohne Erfolg. Als Vorsitzender der oberbayerischen CSU und damit Chef des größten und wichtigsten Bezirksverbandes war Homberger bereits jetzt ein einflussreicher Mann in Partei und Regierung. Stadlbauer umgab sich gerne mit Menschen, die ihm nach dem Mund redeten und von denen er keine Kritik zu erwarten hatte. Umso erstaunlicher war es, dass Staudinger sich schon so lange als Minister gehalten hatte.

»Wir werden uns in der politischen Diskussion bis zur Wahl auf die nicht umstrittenen Punkte konzentrieren. Das Konzept bleibt bestehen und wer es kritisiert, muss sich die Frage gefallen lassen, ob er mit den Kriminellen und Terroristen vielleicht heimliche Sympathie pflegt«, sprach Stadlbauer, ohne einen Zweifel daran zu lassen, dass es sich um ein Machtwort handelte.

»... heimliche Sympathie pflegt«, notierte Tanja in ihren Stenoblock. Sie wusste, dass deftige Zitate von den Zeitungsredakteuren gerne aufgegriffen wurden. Sie blickte auf ihre Uhr. Bis zum Mittag sollte der Kabinettsbericht an die Redaktionen verschickt sein. Und bis zum Okay aller beteiligten Ressorts würde noch eine Weile vergehen. Als Nächstes standen auf der Tagesordnung nur noch Interna, die für die Presse nicht von Interesse waren. Daher packte sie ihre Unterlagen zusammen und ging in ihr Büro.

* * *

Jürgen Sonne hatte gerade seine zweite Tasse schwarzen Kaffee leer getrunken, als Frank Litzka leicht abgehetzt in das *Café Treffpunkt* im Zentralbereich des Franz-Josef-Strauß-Flughafens gestürmt kam.

»Entschuldige die Verspätung«, sagte Litzka und setzte sich mit an den viereckigen Holztisch auf einen Stuhl, der an die Sitze in Schulzimmern erinnerte. »Ich bin mit der S-Bahn gekommen. Ich sag nur: MVV – mit viel Verspätung. Der neue Airport ist ja bekanntlich der einzige Flughafen der Welt, der nur aus der Luft pünktlich erreichbar ist. Wird echt höchste Zeit, dass die den Transrapid bauen.«

Für Sonne war es immer wieder erstaunlich, wenn Einheimische den schon über zehn Jahre alten Flughafen im Erdinger Moos als »neuen Flughafen« bezeichneten. Den alten in Riem, wo jetzt die Neue Messe war, hatte er nie in Betrieb gesehen.

»Ich war so frei, dir schon mal eine Cola zu holen«, sagte Sonne und zeigte auf das Glas, das vor Litzka auf dem Tisch stand. Auf einem Fernsehschirm neben der Selbstbedienungsbar lief Viva – ohne Ton. Sonne fand es ziemlich sinnlos, Musikvideos als Stummfilme zu zeigen. Auf anderen Bildschirmen war das Programm noch unspektakulärer: In grüner Schrift waren die Ankunfts- und Abflugzeiten der nächsten Maschinen abzulesen.

»Wie viel Zeit haben wir?«, fragte Litzka.

»Gute halbe Stunde, wenn der Flieger pünktlich landet. Die Beamten vom Grenzschutz wissen Bescheid. Er wird uns nicht durch die Lappen gehen.«

»Und du glaubst, der Kaiser Ludwig hat etwas mit dem Mord zu tun? Das wäre die Story für mich! Würde den Starnberger Provinzschreibern gerne beweisen, dass dieser Fall eine Nummer zu groß für sie ist.«

»Gemach, gemach, Flitzer. Zunächst mal wissen wir nicht mehr, als dass Stiller am Tag seines Todes Kaisers Nummer gewählt hat.«

»Vielleicht hat er sich einfach nur verwählt«, sagte Litzka und lachte.

»Dies ist nur eine von zwei Spuren, die wir bislang haben.«

»Die andere ist die Nummer von dieser Hellseherin?«

»Richtig. Eine seltsame Frau, diese Rosemarie Keller. Aber zurück zu Kaiser. Was weißt du über ihn?«

»Also«, setzte Litzka an und lehnte sich zurück. »Ich würde sagen, er ist ein Amigo wie er im Buche steht. Keiner besitzt in Starnberg und den Seegemeinden so viele Grundstücke wie er. Ohne ihn läuft da in der Geschäftswelt nichts.«

»Und wie ist er zu dem Reichtum gekommen?«

»Angefangen hat es damit, dass er mit der Erbschaft seines Vaters in Starnberg eine kleine Metallwarenfabrik gekauft und saniert hat. Der Betrieb wurde größer und größer. Er kaufte mehrere kleine Unternehmen dazu und baute im Laufe der Jahrzehnte ein kleines Imperium auf, das durch zahlreiche Tochterfirmen in aller Welt heute ziemlich undurchsichtig ist.«

»Ja, den Eindruck hatte ich auch, als ich die Homepage im Internet sah.«

»Von Wirtschaft habe ich wenig Ahnung«, sagte Litzka, »aber wir hatten vor ein paar Monaten ein Firmenporträt im Blatt, das habe ich aus dem Archiv kopiert. Demnach führt er die Aktiengesellschaft wie einen mittelständischen Familienbetrieb. Letztes Jahr lag das Ergebnis der betrieblichen Tätigkeit nach Ebita bei fast einer Million Euro. Was auch immer das heißen mag.«

»Klingt jedenfalls viel, muss uns aber im Moment nicht interessieren. Gibt es irgendwelche Verbindungen zur Politik, zur CSU, zu Stiller?«

»Er hat in Starnberg zu jedem Verbindung, der irgendwo Einfluss und etwas zu sagen hat. Wie ich schon sagte: Ohne ihn läuft nichts. Und anscheinend kriegt er für seine Projekte und Pläne auch jede Genehmigung.«

»Du meinst, er schmiert die Behörden?«, fragte Sonne und spielte mit dem Zuckertütchen, das er für seinen Kaffee nicht gebraucht hatte.

»Man verdächtigt ihn immer wieder mal, konnte ihm aber noch nie etwas nachweisen. Aber merkwürdig ist das schon, schau mal hier!« Litzka zeigte die Kopie eines zweispaltigen Zeitungsartikels. »Vor einem Jahr erweiterte er den Anlegesteg vor seinem Bootshaus am Starnberger See. Kurz zuvor sind die Grenzen des Naturschutzgebiets am Ufer neu festgelegt worden. Rein zufällig genau so, dass sein neuer Steg nicht mehr ins Naturschutzgebiet fällt. Die Nachbarn hätten sich am liebsten zu einer Bürgerinitiative zusammengeschlossen, weil sie ihre Stege nicht verlängern durften. Nur ein Beispiel, wie sich die Behörden und die Politiker immer rein zufällig zu Gunsten Kaisers entschieden haben. Kurz nach dem Steg-Skandal stiftete Kaiser übrigens ein neues Vereinsheim für den Bayerischen Yacht-Club sowie eine stattliche Summe für die Renovierung der König-Ludwig-Kapelle im Schlosspark von Berg.«

»König Ludwig, der Nichtschwimmer vom Starnberger See?«, fragte Sonne.

»Ja, das ist auch so ein Spleen von Kaiser. Der fährt auf den Kini ab wie sonst keiner.«

»Kini?«

»Kini nennen die Bayern ihren Märchenkönig. Vielleicht war Kaisers Vater schon so drauf und hat ihn deshalb Ludwig genannt, keine Ahnung. Jedenfalls hätte es das König-Ludwig-Musical am Forggensee und das dazugehörige Theater ohne Kaisers Spenden nie so lange bis zur Insolvenz durchhalten können. Und wahrscheinlich finanziert sich der König-Ludwig-Gedächtnis-Verein ausschließlich aus seinen Mitgliedsbeiträgen.«

»Ich verstehe den Kult nicht, der hier um diesen König gemacht wird. War er nicht schizophren und hat sich umgebracht?«

»Ersteres ja, das Zweite ist nie ganz geklärt worden. Aber wir können Kaiser ja gleich selbst fragen, was er am Kini so toll findet«, sagte Litzka und fügte dann hinzu: »Ich kann doch dabei sein, oder?«

»Meinetwegen«, antwortete Sonne nach kurzem Zögern, »aber du schreibst keine Zeile ohne mein Einverständnis, okay?«

»Klar, Mann!«

»Und du hältst den Mund und bleibst im Hintergrund. Und als Gegenleistung wäre es auch nicht verkehrt, wenn du endlich mit der Sprache rausrücken würdest, wer dich in der Mordnacht angerufen hat.«

Litzka atmete einmal tief durch. »Mach's mir nicht so schwer, Jürgen. Der Informantenschutz ist für einen Journalisten Ehrensache. Wenn ich meine Quellen offen lege, versiegen sie sofort. Kannst du das verstehen? Ich bin sicher, dass die Person, die mich angerufen hat, nichts mit dem Mord zu tun hat.«

»Wie kannst du dir da so sicher sein? Und seit wann haben Journalisten eine Ehre?«

»Ich mache dir einen Vorschlag: Ich versuche, sie zu überreden, sich selbst bei der Polizei zu melden. Einverstanden?«

»Also gut. Aber wenn die Person nicht spätestens in vierundzwanzig Stunden bei mir im Präsidium aufgetaucht ist, lasse ich dich einkerkern, bis du auspackst. Erzwingungshaft nennt man das.«

Beide lachten.

»Das wird nicht nötig sein«, sagte Litzka. »Ich habe schon ein Dutzend Mal versucht, sie zu erreichen, und ihr auch schon auf die Mailbox gesprochen.«

»Sie? Es ist also eine Frau?«

»Sie, die Person.«

Über die Lautsprecher wurde ein »urgent call« für einen Mister Marinos durchgesagt, der einen Flug nach Athen gebucht hatte und am Ausgang D2 erwartet wurde.

Sonne schaute auf seine Uhr und sagte: »Dann lass uns mal langsam zum Gate gehen.«

Der Flug war pünktlich. Die Grenzschutzbeamten hatten Sonne versprochen, bei der Passkontrolle den Passagier Ludwig Kaiser abzufangen und in das stickige, fensterlose Zimmer zu bringen, wo ansonsten mutmaßliche Drogenkuriere ihre Taschen entleeren und intensive Durchsuchungen über sich ergehen lassen mussten. In der Mitte des von Neonlicht erhellten Raumes stand ein viereckiger Tisch mit vier Stühlen. Sonne und Litzka warteten ungefähr zehn Minuten, bis sich die Tür öffnete und ein grün uniformierter Beamter mit umgehängter Maschinenpistole einen kräftigen, leicht untersetzten Mann mit schwarzen Haaren und Schnauzbart hereinführte. Er trug einen teuer aussehenden, schwarzen Nadelstreifenanzug, darüber einen anthrazitfarbenen Mantel, der bis zu den Knien reichte, in der Hand hielt er einen Aktenkoffer aus dunklem Leder.

»Können Sie mir sagen, was das hier zu bedeuten hat?«, fragte er verärgert.

»Sind Sie Herr Ludwig Kaiser?«, stellte Sonne die Gegenfrage.

»Ja, und wer sind Sie?«

Sonne zeigte seinen Dienstausweis: »Wir brauchen Ihre Zeugenaussage, Herr Kaiser. Mein Name ist Jürgen Sonne, Kripo München.«

Kaiser warf einen flüchtigen Blick auf den Ausweis. Er machte den Eindruck, als erschiene es ihm unangemessen, dass ein Hauptkommissar und nicht der Polizeipräsident persönlich mit ihm sprach. Er wirkte dennoch unsicher, fast nervös, als er sagte: »Steuerfahndung? Da sind Sie bei mir an der falschen Adresse.«

»Nicht Steuerfahndung. Mordkommission. Sagt Ihnen der Name Richard Stiller etwas?«

Beim Wort »Mordkommission« zuckte der Geschäftsmann beinahe unmerklich zusammen. Doch er hatte sich sofort wieder gefasst.

»Freilich. Der Politiker. Was ist mit ihm? Ist er ermordet worden?«

»So ist es.«

»Jetzt müssen Sie erlauben, dass ich mich setze«, sagte Kaiser. »Wann ist es passiert?« Er platzierte seinen schweren Körper auf einen der zwei freien Stühle.

»Am späten Montagabend. Er wurde erschossen.«

»Aber das ist unglaublich. Ich habe am Montag noch mit ihm telefoniert.«

»Eben drum wollen wir mit Ihnen reden. Warum hat er Sie angerufen?«

»Es ging um Bauprojekte. Wie Sie wissen ist ... war Stiller in der örtlichen CSU aktiv. Und für mich ist es immer wichtig, mit meinen Investitionen die lokale und regionale wirtschaftliche Infrastruktur zu fördern. Und dies kann natürlich nur in Abstimmung mit der Politik geschehen.«

»Um welches Bauprojekt ging es konkret?«

»Das sind Betriebsinterna, über die ich nicht reden möchte. Das muss ich doch nicht, oder?«

»Sie müssen nichts sagen, was Sie selbst belastet. Aber wenn Sie zur Aufklärung eines Mordes beitragen wollen, sollten Sie alles sagen, was Sie wissen!«

»Das sind sensible Angelegenheiten, Herr ...«

»Sonne.«

»Herr Sonne. Wenn ich eine Investition plane und ein neues Unternehmen gründe, dann schafft dies Arbeitsplätze. Sie können sich vorstellen, dass ein Landtagsabgeordneter ein immenses Interesse daran hat, dass diese Arbeitsplätze in seinem Wahlkreis entstehen. Dabei wäre es für mich doch viel billiger, etwa in der Tschechei zu produzieren. Wissen Sie, die Tschechei ist schon lange nicht mehr nur eine verlängerte Werkbank. Die gehören jetzt zur EU und sind in Sachen Lohnkostenniveau ein konkurrenzfähiger ...«

»Und welche Gegenleistung muss der örtliche Landtagsabgeordnete dafür bringen, dass Sie ihm ein so schönes Wahlkampfgeschenk verpacken?«

»Wieso Gegenleistung? Er macht seinen Job und betreibt Standortpolitik. Er macht sich bei der Staatsregierung vielleicht für öffentliche Fördermittel oder Investitionshilfen, günstige Kredite der Landesbank stark. Alles völlig legal.«

Litzka konnte sich genau vorstellen, welche Art von völlig legalen Geschäften Kaiser meinte. Er hatte als Reporter oft genug über Prozesse vor dem Landgericht berichtet, wo scheinbar integre Geschäftsleute oder Spitzenbeamte etwa aus der Baubehörde, die den Hals nicht voll genug bekommen konnten, plötzlich auf der Anklagebank saßen und als kriminelle Vorbestrafte den Gerichtssaal wieder verließen.

»Seit wann haben Sie Stiller gekannt?«, fragte Sonne.

»Lange. Er war schon in der Kommunalpolitik aktiv, als ich damit begann, mich in Starnberg wirtschaftlich zu betätigen. Das ist mindestens dreißig Jahre her.«

»Und ging Ihr Kontakt über das Politisch-Geschäftliche hinaus?«

»Natürlich haben wir auch mal ein Bier zusammen getrunken. Aber man kann nicht sagen, dass da eine dicke Freundschaft gewesen wäre. Mein Gott, und jetzt ist er tot.«

»Können Sie sich vorstellen, warum jemand ihn erschossen haben könnte?«

»Ich habe keine Idee, wirklich. Soweit ich das beurteilen kann, war er ein recht beliebter Politiker. Er wurde immer mit guten Ergebnissen gewählt, zeigte sich bürgernah. Ein Politiker zum Anfassen, wie man so schön sagt. Ein Mordmotiv fällt mir beim besten Willen nicht ein, Herr Kommissar.«

»Welche Summen sind bei diesen Absprachen geflossen, Herr Kaiser?«

Litzka konnte fast spüren, wie sich Kaisers Pulsfrequenz erhöhte. Sonne startete offenbar den Versuch der direkten

Konfrontation. Vielleicht war dies die einzige Erfolg versprechende Vernehmungsstrategie.

Kaiser lehnte sich auf seinem Stuhl nach vorne und schnaubte: »Was wollen Sie damit sagen?«

»Reden wir doch nicht drum herum: Eine Hand wäscht die andere ... Sie wissen schon. Und wenn ein Geschäftsmann gute Kontakte in die Politik hat, liegt der Gedanke doch nahe, dass er diese Kontakte auch Gewinn bringend nutzt.«

»Ihre Gedanken interessieren mich nicht, Herr Kommissar«, sagte Kaiser, dessen Gesicht rot anlief. »Sie wissen wohl nicht, wen Sie hier vor sich haben! So können Sie mit Ihrem kriminellen Pack umgehen, aber nicht mit mir. Seien Sie vorsichtig mit Ihren Unterstellungen! Wenn Sie mich der Korruption verdächtigen, dann verlange ich meinen Anwalt und werde Sie wegen Verleumdung belangen! Haben Sie mich verstanden?«

Sonne blieb ruhig. Kaiser wurde kurzatmig und schnappte nach Luft. Die Aufregung war offenbar zu viel für ihn. Er griff in die Innentasche seiner Anzugjacke und holte eine Arzneischachtel mit der Aufschrift *Isoptin 80* hervor.

»Ein Glas Wasser bitte«, sagte er.

Litzka sprang auf und füllte einen Becher, der an einem Waschbecken an der Wand stand. Kaiser schluckte die Tablette und beruhigte sich rasch wieder. »Entschuldigen Sie, das Herz«, stöhnte er. »Geht schon wieder.«

Sonne sagte in einem ruhigen, aber bestimmten Ton: »Sie können meinetwegen Politiker und Beamte schmieren, soviel Sie wollen, solange das nichts mit einem Mordfall zu tun hat. Und ich ermittle nun mal in einem Mordfall. Und ermordet wurde ein Mann, der kurz vor seinem Tod mit Ihnen telefoniert hat. Dass ich hier alle Möglichkeiten in Betracht ziehen und Ihnen auch entsprechende Fragen stellen muss, ist mein Job und völlig normal. Also markieren Sie jetzt bitte nicht den großen Zampano.«

Kaiser schluckte zwei Mal und sagte keinen Ton. Er schien es nicht gewohnt zu sein, derart angefahren zu werden. Nach einigen Sekunden fand er seine Fassung wieder und sagte: »Herr Kommissar, ich bin ein ehrenwerter Geschäftsmann mit einem tadellosen Ruf. Ich kann es mir nicht erlauben, mit kriminellen Machenschaften in Verbindung gebracht zu werden. Bitte respektieren Sie das!«

»Was haben Sie in der Schweiz gemacht? Und wie lange waren Sie dort?«

»Ich bin Montag früh geflogen. Warten Sie, ich zeige Ihnen das Ticket.« Er öffnete seinen Lederkoffer und holte einen Flugschein für den Lufthansaflug 5446 München-Zürich hervor, Abflug Montag, sieben Uhr fünfundvierzig.

»Okay. Und was war der Zweck Ihrer Reise?«

»Ich war dort zu einer Aufsichtsratssitzung der SMP. Ich bin Mehrheitseigner und Aufsichtsratsvorsitzender der Swiss-Medical-Pharma. Die Sitzung war am Montagnachmittag. Und heute früh bin ich zurückgeflogen. Übernachtet habe ich im Marriott-Hotel. Das können Sie nachprüfen.«

»Werden wir. Halten Sie sich bitte zu unserer Verfügung«, sagte Sonne. »Wir werden Sie sicherlich noch einmal brauchen. Sie können dann gehen.«

Als Kaiser gegangen war, wurde Mister Marinos noch einmal mit einem »Last urgent call« ausgerufen. Unmittelbar danach wurde über Lautsprecher ein weiblicher Fluggast, der in der Wartehalle im Gate D1 eine Plastiktüte vergessen hatte, aufgerufen, sich am Information-Desk zu melden. Litzka überlegte, welchen Inhalt eine Tasche haben musste, um vom Sicherheitspersonal eindeutig einer Frau zugeordnet werden zu können. Er verwarf den Gedanken aber sofort wieder und sagte zu Sonne: »Eine beeindruckende Person.«

»Absolut. Aber auch ein ziemlich widerwärtiger Kerl. Ich möchte ihn nicht zum Geschäftspartner haben.«

»Das werden seine Geschäftspartner auch sagen. Aber sie haben keine andere Chance. Übrigens kommt mir der Name dieser Schweizer Firma irgendwie bekannt vor. SMP sagt mir etwas. Da war mal irgendwas. Mir fällt es aber nicht ein.«

»Keine Ahnung, habe von dieser Firma noch nie was gehört«, sagte Sonne.

»Glaubst du, er hat was mit der Sache zu tun? Er hat mit seiner Auslandsreise ja ein gutes Alibi. Und ein Motiv ist nicht zu sehen.«

»Dieses Alibi ist nicht viel wert«, sagte Sonne. »Die Strecke München-Zürich schaffst du mit dem Auto in weniger als vier Stunden. Es sei denn, er hat wirklich an der Aufsichtsratssitzung teilgenommen. Und das wird sich ja wohl überprüfen lassen. Abgesehen davon scheint er mir ein skrupelloser Geschäftsmann zu sein, aber kein Killer. Und warum sollte er einen Landtagsabgeordneten aus dem Weg räumen, der ihm nur nützlich war?«

»Aber auch wenn er nichts mit dem Mord zu tun hat: Ich bin sicher, er ist nicht sauber«, sagte Litzka. »Nimmst du mich mit in die Stadt? Ich habe keine Lust, wieder vierzig Minuten mit der S-Bahn zu fahren.«

Sonne setzte Litzka unweit des Pressehauses ab. Sie verabschiedeten sich, und als Litzka aus dem Wagen gestiegen war, holte er sein Handy aus der Innentasche seiner schwarzen Jeansjacke. Auf dem Display sah er, dass er eine Kurzmitteilung bekommen hatte. Der Absender war die Nummer, die er in der vergangenen Nacht so häufig vergeblich angewählt hatte. Die Nachricht lautete: ICH HATTE MICH AUF DEIN WORT VERLASSEN. WARUM HAST DU MICH VERRATEN?

Hauptkommissar Jürgen Sonne hatte seinen Wagen auf einem der reservierten Parkplätze in der Ettstraße abgestellt. Durch das Tor mit den zwei Löwen auf den Pfosten ging er zum Haupteingang und betrat das Präsidium durch die renovierte Pforte. Über dreißig Jahre lang hatte das Gebäude durch einen provisorischen Seiteneingang in der Löwengrube betreten werden müssen. Aus Angst vor Terroranschlägen war das große Tor in den Siebzigern abgesperrt und nur für Staatsgäste und Filmaufnahmen geöffnet worden.

Sonne fuhr mit dem alten Paternoster in den vierten Stock. Er musste zunächst einige Meter über den Flur des Altbaus gehen, der mit vergammelten Fenstern und Heizkörpern sowie Rissen im Putz wie ein heruntergekommenes Schulgebäude wirkte. Erst als er durch eine alte Tür und ein Treppenhaus hindurchging, war er wie in einer anderen Welt: Lichtdurchflutete Gänge, moderne Glastüren und bunte Gemälde an den Wänden zeichneten den Neubau des Polizeipräsidiums aus. Sonne grüßte die verschiedenen Kollegen, die ihm schwer beschäftigt entgegenkamen. Auf dem Gang herrschte eine gespannte Stille, die den Eindruck einer hochkonzentrierten Atmosphäre vermittelte. Er ging auf seine geschlossene Bürotür zu und kam dabei am Vernehmungszimmer vorbei, wo sein Blick an einer überaus auffälligen Person hängen blieb. Derartige Gestalten traf man häufiger bei den Kollegen von der Sitte. Unter dem schwarzen Rock, der nur minimal unterhalb der Gürtellinie endete, trug sie – wie er auf den ersten Blick deutlich sehen konnte – schwarze, halterlose Netzstrümpfe. Sein Blick wanderte von ihren Beinen hoch zu dem engen, tief ausgeschnittenen Bustier. Hätte sie darüber nicht eine Lederjacke getragen, hätte sie ausgesehen wie eine Tänzerin in einer Tabledance-Bar. Den blonden, schulterlangen Haaren sah man am Ansatz an, dass sie gefärbt waren. Sonnes Blick blieb offenbar so lange an der aufreizenden Schönheit hängen, dass Kriminaloberrat Horst Steinmayr ihn mit einem »Servus, Jürgen« aus dem Tagtraum wecken musste.

»Grüß dich, Horst«, antwortete Sonne seinem Chef, der zusammen mit Kommissarin Natascha Steinberg und einem ihm unbekannten Mann der jungen Frau gegenübersaß.

»Wir sind gleich fertig mit der Zeugeneinvernehmung«, sagte Steinmayr. »Warst du erfolgreich? Hat Kaiser etwas erzählt?«

Sonne beantwortete die Frage nicht. Wenn Steinmayr als Dezernatsleiter an einer Vernehmung teilnahm, dann musste diese Zeugin mit dem Fall Stiller zu tun haben.

»Die Dame hat den Mord beobachtet«, sagte Steinmayr und bestätigte damit Sonnes Gedanken. »Eine wichtige Zeugin. Du bekommst das Protokoll, wenn es getippt ist.«

Sonne wurde nun einiges klar: Die Frau, die hier schweigend und mit heruntergezogenen Mundwinkeln auf dem Stuhl saß, musste die Person sein, die Litzka nicht nennen wollte und von der er über den Mord informiert worden war.

»Aber wie habt ihr sie ...«, setzte er an, wurde aber von Steinmayr unterbrochen.

»Geh schon mal in mein Büro. Ich komme gleich und erzähl dir alles«, sagte der Dezernatsleiter. »Frau Steinberg, machen Sie den Rest zusammen mit Herrn Hauptkommissar Stöckel. Wir haben ja alle Informationen.«

Sonne ging über die Treppe hinunter in die dritte Etage und durch das Sekretariatszimmer, die Vorzimmerdame grüßend, in Steinmayrs Chefbüro. Der hatte nicht nur das größte Zimmer im Dezernat, sondern auch das einzige mit täglicher Morgensonne. Vor seinem Schreibtisch stand noch ein Tisch mit sieben Stühlen, wo regelmäßig kleinere Besprechungen stattfanden. Sonne setzte sich und wartete auf Steinmayr, der kurz darauf hereinkam und die Bürotür hinter sich ins Schloss fallen ließ.

»Kannst du mir das erklären? Hat sie sich etwa plötzlich freiwillig gemeldet?«, begann Sonne ohne lange Vorrede.

»Nicht ganz«, antwortete Steinmayr kleinlaut, der offenbar etwas Unangenehmes zu gestehen hatte. »Das LKA hat sie festgenommen.«

»Wie bitte? Das LKA? Ich glaub, ich spinne. Und wie überhaupt ...«

»Sie haben Litzkas Handy angezapft. Tut mir Leid, ich wusste auch nichts davon.«

»Sie haben was? Leite ich hier eigentlich die Ermittlungen oder wer?«

»Ich hatte dir doch gesagt, dass ich das LKA vorsorglich informiert hatte, falls die Sache eine politische Dimension bekommen sollte. Und als sie davon hörten, dass Litzka unter Berufung auf Informantenschutz nicht den Namen des Augenzeugen rausrücken wollte, haben sie einen spontanen Lauschangriff gestartet.«

»Und welcher Ermittlungsrichter hat das so schnell genehmigt?«

»Gefahr im Verzug. Sie haben argumentiert, dass Litzka möglicherweise im Kontakt mit dem Täter steht. Präventive Abwehr einer weiteren Straftat. Richterliche Genehmigung wird nachträglich beantragt. Paragraph 53 Strafprozessordnung sieht hier keine Ausnahmeregelung für Berufe mit Zeugnisverweigerungsrecht vor.«

Sonne schlug wütend mit der Faust auf den Tisch: »Deine Scheißparagraphen interessieren mich nicht. Litzka ist mein Freund! Ihr könnt doch nicht einfach hinter meinem Rücken sein Telefon abhören. Er wird glauben, ich hätte das angeordnet. Und wenn ich ihm sage, ich hätte davon nichts gewusst, dann stehe ich als Chef der Mordkommission erst recht wie der Depp da!« Sonne sprang auf und lief vor der Fensterfront auf und ab.

»Jürgen, ich hätte doch schlecht sagen können, dass der Litzka dein Spezi ist. Dann wärst du den Fall nämlich sofort los. Willst du das vielleicht?«

»Warum gibst du den Fall dann nicht gleich ans LKA? Wenn die glauben, tun und lassen zu können, was sie wollen.«

»Willst du nicht vielleicht wissen, was dieses Callgirl zu erzählen hatte?«, versuchte Steinmayr seinen Kollegen zu beruhigen.

»Aber nur, wenn ich einen Kaffee kriege«, sagte Sonne und setzte sich wieder.

Steinmayr stand auf und ging zu seiner neuen Kaffeemaschine, mit der er jede Tasse einzeln aufbrühen konnte.

»Dunkle Röstung, nehme ich an«, sagte er, legte ein entsprechendes Pad mit Kaffeepulver in die nagelneue Maschine und betätigte einen Knopf, woraufhin ein heißer Kaffeestrahl in die bereitgestellte Tasse schoss.

»Wie gesagt, es tut mir Leid«, wandte er sich wieder an Sonne. »Ich hab's ja auch erst erfahren, als dieser Hauptkommissar Stöckel anrief und erzählte, sie hätten ein Callgirl namens Gabriele Weiherer alias Sandy vorläufig festgenommen. Auf der Mailbox-Ansage, die sie bei Litzkas Anrufversuchen mitgehört haben, nennt sie ihren Arbeitsplatz in der Machtlfinger Straße. Sie haben eine Streife hingeschickt, die sie während der Arbeit mitgenommen hat.«

»Während der Arbeit?«, schmunzelte Sonne, der sich wieder etwas beruhigt hatte. »Da wird wohl ein unzufriedener Kunde sein Geld zurückverlangen. Staatlich angeordneter coitus interruptus. Und was hat sie jetzt gesehen?«

»Sie war mit einem Freier, angeblich ein Autohändler aus Wolfratshausen, im Auto auf dem Parkplatz. Dann kam Stiller mit seinem Wagen, stieg aus, wartete eine Weile, und dann fielen zwei Schüsse. Ein Mann kam herbei und hob die Leiche in den Kofferraum. Dann fuhr der Unbekannte mit einem anderen Wagen davon. Typ, Farbe, Kennzeichen unbekannt.«

»Kann sie denn den Mann beschreiben?«

»Eine Allerweltsbeschreibung: mittelgroße Statur, dunkle Haare, dunkle Kleidung. Mehr konnte sie im Dunkeln nicht sehen.«

»Hatte er einen Schnauzbart?«, fragte Sonne.

»Davon hat sie nichts gesagt.«

Auf dem Schreibtisch läutete das Telefon. Steinmayr stand auf und nahm den Hörer ab.

»Ja, danke, Frau Goldbrunner, stellen Sie durch!« Und zu Sonne sagte er: »Es ist für dich. Litzka.«

»Scheiße«, sagte Sonne.

* * *

Als Litzka an seinem Arbeitsplatz im Großraumbüro der *ATZ* den Hörer auf die Gabel knallte, wusste er trotz der Heftigkeit seiner Geste, dass er Sonne glaubte. Er hatte seinen Arbeitsplatz in der hinteren Ecke am Fenster. Es sah hier immer chaotisch aus, und nur er selbst konnte sich in dem Stapel von Blättern, Mappen, Zeitungsausschnitten, Disketten, Fotos und Büchern zurechtfinden. Auf einem Sideboard mit einem Hängeregister stand eine halb vertrocknete Yucca-Palme, daneben ein Kasten Anderthalb-Liter-Flaschen Coca-Cola, an der Wand hing ein Plakat mit dem unscharfen grobkörnigen Foto einer fliegenden Untertasse und dem Satz *I want to believe*.

Es war sicher wirklich nicht die Idee des Kommissars gewesen, seine Leitung anzuzapfen. Dennoch war es für ihn ein Schock zu erfahren, von der Polizei belauscht worden zu sein. Da war es schon ein Witz, dass sie ihm nachträglich gestatteten, die Abhörprotokolle einzusehen. Als ob er nicht selbst wisse, was er am Telefon gesagt hatte. Und was war jetzt mit Sandy? Nie und nimmer würde sie ihm die Geschichte mit dem LKA abnehmen. Es war sicherlich das letzte Mal, dass sie sich vertrauend an ihn gewendet hatte.

Für sie würde es so aussehen, als habe er sie in die Pfanne gehauen und der Polizei ausgeliefert.

Er atmete tief durch und versuchte sich auf die Wahlkampfkundgebung zu konzentrieren, die am Nachmittag auf dem Marienplatz stattfinden sollte. Dem Manuskript zufolge, das Tanja ihm gemailt hatte, würde das umstrittene Null-Toleranz-Konzept wieder einen großen Raum in Stadlbauers Rede einnehmen. Litzka war auch vorher schon gegen die geplanten Erweiterungen der Polizeibefugnisse gewesen. Aber nachdem er nun am eigenen Leib gespürt hatte, wie leicht ein Journalist in die Fänge der verdeckten Fahnder geraten konnte, fühlte er sich in seiner Meinung mehr als bestätigt. Er las noch einmal die Pressemitteilung des Journalistenverbandes, die vor ihm lag. Dort stand, dass in Deutschland Jahr für Jahr rund eine Million Telefonanschlüsse abgehört würden, während es in den USA nur fünfundzwanzigtausend seien. Der Verbandsvorsitzende wehrte sich »entschieden gegen den geplanten, massiven Eingriff in das Grundrecht der Pressefreiheit«. Dieses Zitat würde er in seinem Bericht verwenden, beschloss er.

Litzka sah zur Uhr. Er hatte noch etwas Zeit, bis er sich auf den Weg zum Marienplatz machen musste. Er nutzte sie, um in eine Internetsuchmaschine den Namen Rosemarie Keller einzugeben. Der erste Treffer war die Homepage www.astrosemarie.de. Er klickte auf den Link und es erschien das Gesicht einer rothaarigen Frau, darunter eine 0190-Nummer und der Hinweis *Spirituelle Licht- und Energiearbeit – Hellsehen – 1,69 Euro pro Minute.* Er surfte durch die verschiedenen Rubriken, von schamanischer Technik über energetische Traumarbeit und Blockadelösung bis zum Entfernen von Fremdenergien und Karmaheilung. Dann klickte er auf die Rubrik »Persönliches Wochenhoroskop«, gab sein Geburtsdatum ein und las das Ergebnis:

Betrachten Sie die Steine, die man Ihnen in den Weg legt, als Herausforderungen, nicht als Hindernisse. Doch seien Sie vorsichtig: Die wahren Gefahren lauern dort, wo Sie sie nicht erwarten. In der Liebe hingegen stehen die Sterne gut. Nutzen Sie die Gunst der Stunde!

Er beschloss, die Gunst der Stunde zu nutzen und seiner Freundin Carisa eine E-Mail nach Washington zu schicken.

* * *

Sonne und Oberkommissar Holmsen fuhren über Percha, Kempfenhausen und Berg nach Allmannshausen.

»Von diesen Ortschaften habe ich noch nie was gehört«, sagte Sonne. »Du?«

»Klar«, antwortete Holmsen. »Ich komme schließlich hier aus der Gegend.«

»Ach«, staunte Sonne. »Ich denk, du bist Däne.«

»Ja. Bin in Hjorring geboren. Mein Vater war Fischer am Skagerrak. Er ist dann aber mit meiner Mutter zuerst nach München und später nach Aufkirchen gezogen. Das ist hier ganz in der Nähe.«

Sonne fiel auf, dass er über seinen neuen Kollegen, der schon seit einem halben Jahr in seiner Mordkommission arbeitete, fast nichts Privates wusste.

Sie fuhren an einer Klinik vorbei. Sonne hatte von diesem Krankenhaus schon mal etwas im Zusammenhang mit einem Politskandal gehört. Er konnte aber nicht länger darüber nachdenken, weil Holmsen ihn fragte: »Aber du bist auch kein echter Münchner, oder?«

Ihm fiel jetzt auf, dass er selbst seinen Kollegen auch wenig über sich erzählte, und er entschloss sich, Holmsen die Kurzfassung seines Lebenslaufs zu berichten: »Ich bin in Köln-Mülheim geboren. Mein Vater war Finanzbeamter und er wollte unbedingt, dass ich auch Beamter werde. Akten zählen kam für mich nicht in Frage, so ging ich zur Polizei. Von der Streife zum Drogendezernat in Köln.«

»Und wie bist du vom Rhein an die Isar gekommen?«, wollte Holmsen wissen.

»Nachdem Schluss war mit Tina, meiner Ex, nach sieben Jahren, hatte ich keinen Bock mehr auf diese Scheiß-Stadt. Wollte einfach nur weg. Und das war dann die Zeit, als die Münchner Kripo bundesweit Leute suchte. Ich bewarb mich für die Mordkommission.«

Sonne erzählte nicht, dass kurz nach der Trennung von Tina auch seine Eltern bei einem Unfall ums Leben gekommen waren und er damals eine ausgewachsene Lebenskrise durchgemacht hatte. Er hatte nicht mehr in der Stadt leben wollen, in der ihn jede Straße, jeder Platz an seine unbeschwerte Kinder- und Jugendzeit erinnerte. Er wusste selbst nicht genau, warum er niemandem vom Tod seiner Eltern erzählt hatte, außer seinen Freunden Steinmayr und Litzka. Er hatte seine Vergangenheit hinter sich gelassen und den Schmerz verdrängt.

»Hier rechts«, sagte Holmsen, als sie am Ortsschild von Allmannshausen vorbeigefahren waren.

»Du kennst dich ja wirklich aus, Sherlock! Was is'n das hier für ein Kaff?«

»Hier rechts in den Zieglerweg«, lotste Holmsen seinen Kollegen. An der Straßenecke saß eine Familie auf Campingstühlen. »Dieses Kaff, wie du es nennst, wurde erstmals im zwölften Jahrhundert erwähnt. 1611 erwarb Hans Georg Hörwarth das heruntergekommene Gut Unteralmanshausen ...«

»Die Kurzfassung bitte!«, unterbrach ihn Sonne. »Du weißt wohl zuviel!«

»Okay, Chef!« Holmsen lachte. »Heute gibt es in Allmannshausen noch einen Fischer, zwei Bauernhöfe und die Valentins-Kirche da vorne.« Er zeigte auf ein kleines barockes Kirchlein mit einem schlanken, hohen Zwiebelturm und einem ockerfarbenen Anstrich. »Diese Kirche birgt Votivtafeln aus dem siebzehnten bis neunzehnten Jahrhundert und war in früherer Zeit am Valentinstag das Ziel einer Wallfahrt der Flößer aus Wolfratshausen. Ach ja, der Ballack vom FCB wohnt auch hier in der Nähe. Du musst hier rechts einbiegen, in den Bismarckweg. Wir sind gleich da.«

Die kleine Straße führte zu einem Park, in dem ein turmartiges Denkmal zu Ehren des früheren Reichskanzlers Bismarck stand. Die Hausnummer 18 war ein verwinkeltes, von vielen Bäumen und Sträuchern zugewachsenes, aber gepflegtes Einfamilienhaus.

»Grüß Gott, mein Name ist Sonne, Kripo München, das ist mein Kollege, Herr Holmsen«, sagte Sonne, als ihm eine Frau Ende vierzig mit kinnlangen, braunen Haaren die Tür öffnete.

Irmgard Stiller war bereits in der Nacht von den Kollegen über den Mord informiert worden.

»Kommen Sie herein«, sagte sie. »Mein Sohn ist bei mir.«

Sie gingen durch einen Korridor in ein geräumiges Wohnzimmer, das durch große Fenster erhellt wurde. Ein Mann Ende zwanzig mit heller Stoffhose, dunkelblauem Oberhemd und Halstuch kam ihnen entgegen und streckte seine Hand aus.

Jurist oder Betriebswirt, dachte Sonne und grüßte freundlich.

»Ich bin Wolfram Stiller, Rechtsanwalt. Ich nehme die Interessen meiner Mutter wahr.«

Volltreffer, triumphierte Sonne innerlich und sagte: »Angenehm. Aber warum glauben Sie, dass es Interessen zu vertreten gibt? Niemand beschuldigt Ihre Mutter. Wir möchten nur ein paar Routinefragen stellen.«

»Lass nur, Wolfi«, sagte Irmgard Stiller. »Die Herrschaften tun doch nur ihre Pflicht.« Und an Sonne und Holmsen gewandt, fügte sie hinzu: »Nehmen Sie doch bitte Platz. Ich kann es immer noch nicht glauben. Wer tut denn so etwas Schreckliches?«

»Das werden wir herausfinden«, sagte Holmsen und stellte ein Diktiergerät auf den Wohnzimmertisch. »Sie gestatten doch?«

Sie nickte stumm. Das Haus war teuer und geschmackvoll eingerichtet. Es hingen alte Ölgemälde an der Wand. Eine Standuhr, die nicht ging, zeigte viertel sieben. Sie diente offenbar ausschließlich als Möbelstück. Auf einem Klavier stand ein gerahmtes Foto, das Stiller zeigte, wie er Ministerpräsident Stadlbauer die Hand schüttelt, beide im Smoking.

»Spielte Ihr Mann Klavier?«, fragte Holmsen.

»Nein«, sagte Wolfram Stiller, bevor seine Mutter antworten konnte. »Ich habe früher auf dem Instrument gespielt, als ich Klavierunterricht hatte. Aber wie sich herausstellte, liegen meine Talente auf anderen Gebieten als in der Musik.«

»Seitdem Wolfi für ein Auslandssemester nach Oxford gegangen ist, steht das Klavier hier unberührt«, sagte die Mutter.

Sonne konnte es nicht fassen, dass sie ihren erwachsenen Sohn vor Fremden »Wolfi« nannte. »Sind Sie auch politisch aktiv?«, fragte er ihn.

»Ich bin Mitglied in der Jungen Union, habe vor Jahren mal für den Gemeinderat kandidiert. Mehr nicht. Ich bin vor wenigen Monaten in die Münchner Anwaltskanzlei Däxl und Partner eingestiegen.«

»Däxl?«, fragte Holmsen. »Ist das der Däxl, der ...«

»Der Staatskanzleichef, richtig. Ihm gehört die Anwaltskanzlei«, antwortete Stiller junior. »Er selbst hat sein Mandat natürlich ruhen lassen, als er ins Kabinett berufen wurde. Es arbeiten insgesamt fünfzehn Anwälte in dieser Kanzlei.«

Sonne fiel ein, dass er an der Kanzlei in der Theatinerstraße direkt am Odeonsplatz schon oft vorbeigegangen war.

Das Schild mit den vielen Anwaltsnamen war ihm schon mal aufgefallen.

»Entschuldigen Sie, ich habe Ihnen gar nichts zu trinken angeboten«, sagte Irmgard Stiller. »Kaffee oder Tee?«

»Danke, nein«, sagte Holmsen.

»Sehr gerne, Kaffee, schwarz«, sagte Sonne.

»Bist du so lieb, Wolfi?«

Ihr Sohn verließ das Zimmer.

»Den Job in der Kanzlei hat Ihr Mann ihm doch verschafft, oder?«, vermutete Sonne.

»Ich weiß nicht. Kann schon sein, dass er bei Herrn Däxl ein gutes Wort für unseren Wolfi eingelegt hat. Aber das ist doch auch nichts Schlimmes. Ich bin so dankbar, dass der Wolfi heute früh sofort aus München hierher gekommen ist. Ich weiß ja gar nicht, was jetzt alles auf mich zukommt. Die Beerdigung, die Formalitäten, das Haus ... ich kann doch auch hier nicht allein wohnen bleiben ... Ich kann's immer noch nicht begreifen. Mir ist ständig so, als würde jeden Moment sein Auto über den Kiesweg vorfahren und er in der Tür stehen.«

»Frau Stiller, wann haben Sie Ihren Mann zuletzt gesehen?«, fragte Holmsen.

»Montag früh. Ich bin wie immer mit ihm zusammen um sechs Uhr aufgestanden, habe ihm das Frühstück gemacht, während er sich im Bad rasierte. Dann hat er am Tisch die Zeitungen durchgeblättert. Er schaute jeden Morgen zuerst in den Lokalteil und in den Bayernteil der *Süddeutschen* und des *Merkur*, ob etwas über ihn geschrieben wurde. Gegen dreiviertel Acht fuhr er dann los. Wir verabschiedeten uns wie immer, er hatte den ganzen Tag Termine.«

Sie schluchzte leise, während Sonne »dreiviertel Acht« in hochdeutsche Zeit umrechnete.

Dann fuhr sie fort: »Mittags rief er mich aus seinem Büro im Maximilianeum an und sagte, es sei abends noch ein

Termin dazugekommen. Ich solle nicht mit dem Essen auf ihn warten.«

Wolfram Stiller kam mit einem Tablett wieder herein, servierte Sonne den Kaffee und setzte sich dann zu seiner Mutter auf das Sofa. Er legte seinen Arm um sie.

»Er sagte nicht, um was für einen Termin es sich handelte?«, fragte Sonne und griff zu der Kaffeetasse aus feinem Hutschenreuter-Porzellan.

»Nein. Es war aber auch nicht ungewöhnlich. Es passierte häufig, dass in irgendeinem Ausschuss oder in der Fraktion eine Sondersitzung angesetzt wurde. Oder dass er im Wahlkreis auf einen Empfang musste oder so etwas.«

»Hatte Ihr Mann Feinde?«, wollte Holmsen wissen.

»Politische Gegner, ja. Aber Feinde? Die ihn ermorden würden? Das kann ich mir wirklich nicht vorstellen.«

»Hat er vielleicht Drohbriefe bekommen? Oder Anrufe von irgendwelchen Verrückten?«, fragte Sonne.

»Seine Post ging meist direkt an seine Büros im Landtag oder im Wahlkreis. Er sprach jedenfalls nie von irgendwelchen Drohungen.«

»Wie sah es denn um die politische Zukunft Ihres Mannes aus?«

»An seiner Wiederwahl in den Landtag hatte niemand einen Zweifel. Er sagte immer, die CSU könne hier in Starnberg auch einen Besenstiel aufstellen, ohne dass die Roten eine Chance hätten. Da fürchtete er schon mehr diese FDP-Frau, diese frühere Ministerin mit dem Doppelnamen. Sie wissen schon. Über Details haben wir zu Hause nie gesprochen. Aber er machte manchmal Andeutungen, dass er nach der Wahl etwas werden könnte. So drückte er sich aus.«

»Etwas werden? Was meinte er damit?«, fragte Sonne.

»Ich weiß es nicht. Er sagte, dass er mit dem Stadlbauer inzwischen ein ganz gutes Verhältnis hätte. Ich glaube, er machte sich Hoffnung auf einen Sprung ins Kabinett.«

»Noch eine Frage, Frau Stiller«, sagte Sonne. »Sagt Ihnen der Name Ludwig Kaiser etwas?«

Wolfram Stiller nahm die Antwort vorweg, bevor sie etwas sagen konnte: »Kaiser ist der bedeutendste Geschäftsmann hier in der Region. Natürlich sagt uns der Name etwas.«

»Kennen Sie Herrn Kaiser persönlich? Und wissen Sie, was Ihr Mann mit ihm zu tun hatte?«

»Ja«, übernahm nun Frau Stiller wieder das Wort, »er war zwei oder drei Mal bei uns zum Essen. Ist aber schon länger her. Das ist nichts Ungewöhnliches. Richard bat mich manchmal, für einen Gast zu kochen, den er mitbrachte.«

»Worum ging es bei diesen Treffen?«

»Beim Essen wurde nie über Politik geredet, nur allgemeine Belanglosigkeiten. Danach habe ich die zwei dann immer unter sich gelassen.«

»Und er hat Ihnen danach nichts erzählt oder angedeutet?«

»Nein, es wird um wirtschaftliche Belange gegangen sein. Davon verstehe ich nichts.«

»Und der Name Rosemarie Keller?«, fragte Holmsen.

»Nie gehört. Wer soll das sein?«

»Eine ...«, Sonne überlegte, welche der Berufsbezeichnungen er nennen sollte, »Astrologin.«

Irmgard Stiller zuckte mit den Schultern.

»Und Sie?«, wandte sich Sonne an den Sohn. »Sagt Ihnen der Name etwas?«

»Nein, ich bin Jurist. Mit Hokuspokus habe ich nichts am Hut.«

Holmsen schaltete, nach einem kurzen Blick zu seinem Kollegen, das Diktiergerät aus und Sonne sagte: »Hat Ihr Mann hier im Haus ein Arbeitszimmer? Dürfen wir da mal einen Blick hineinwerfen?«

Sie führte die beiden Beamten über eine Marmortreppe ein Stockwerk höher. Dort standen ein aufgeräumter Schreibtisch und ein Aktenregal. Sonne machte Frau Stiller mit einer unmissverständlichen Geste deutlich, dass sie sich gerne allein umsehen wollten. Anders als die ordentliche, fast sterile Wohnstube herrschte hier eine eher staubige und düstere Atmosphäre. Eine Metall-Jalousie vor einem schmalen Fenster verhinderte, dass zu viel Tageslicht in das Zimmer drang. Das Arbeitszimmer schien nicht oft benutzt worden zu sein. Holmsen schaltete eine altmodische Schreibtischleuchte ein und nieste, als er die Beschriftungen der Ordner überflog. Hin und wieder griff er eine Akte heraus und blätterte sie durch.

»Nichts Politisches. Nur Privatkram. Handwerkerrechnungen, Kontoauszüge ... Die Hütte hier ist anscheinend seit drei Jahren abbezahlt.«

Und dieser Schnösel erbt das alles mal, dachte Sonne. Er hatte einen Ordner mit der Aufschrift *Notar* in der Hand. »Das ist ja interessant«, sagte er und nahm ein Dokument aus dem Ordner heraus. »Wenn das Haus abbezahlt ist, warum hat er dann wieder eine Hypothek aufgenommen?«

»Zeig mal!« Holmsen nahm das Papier. »Tatsächlich. Hunderttausend Euro. Und schau mal auf das Datum! Das war vor einer Woche.«

* * *

Traditionell ertönte der Defiliermarsch zum Einzug der Parteigranden. An der Spitze zogen Ministerpräsident und Parteichef Stadlbauer im Trachtenanzug sowie seine Frau Hildegard durch die rhythmisch applaudierende Menschenmasse auf dem Marienplatz. Stadlbauer schüttelte zahllose Hände, die ihm über die Absperrungen hinweg von begeisterten Menschen entgegengestreckt wurden, lächelte und winkte in die Fernseh- und Fotokameras.

Der Ministerpräsident hatte nach einigen Minuten das direkt vor dem Rathaus aufgebaute Podium erreicht, das er zusammen mit seinen Stellvertretern und Staatskanzleichef Däxl erklomm. Immer noch spielte die Blaskapelle. Mehr als fünftausend Menschen bevölkerten den Platz im Herzen der Stadt – so viele kamen sonst nur, wenn der FC Bayern mal wieder seine Meisterschaft feierte.

Als die Blasmusik verklungen war und die jubelnden Menschen sich beruhigt hatten, trat Däxl in seiner Eigenschaft als Münchner CSU-Chef und damit Gastgeber der Kundgebung ans Mikrophon, das vor einer weiß-blauen Kulisse mit dem Slogan *Schönes Bayern – Starkes Bayern* aufgestellt war.

»Liebe Freunde aus nah und fern, die ihr heute hierher gekommen seid, um die heiße Phase des Wahlkampfes einzuläuten. Heute soll von München das Signal ausgehen: Deutschland braucht Bayern! Bayern braucht die CSU! Und wir brauchen Kurt-Anton Stadlbauer, ein Vorbild für Deutschland. – Das Wort hat der bayerische Ministerpräsident und Parteivorsitzende.«

Ein Tusch der Kapelle, der in nicht enden wollendem, tosendem Beifall unterging.

Frank Litzka kritzelte das Wort »Massenhysterie« auf seinen Notizblock. Er saß seitlich der Rednertribüne in einem Bereich mit für die Presse reservierten Sitzplätzen. Er ließ seinen Blick schweifen. Unter die jubelnden Fans hatten sich hier und da ein paar Demonstranten gemischt, die *Stoppt Stadlbauer*-Plakate hochhielten und auf ihren Fingern pfiffen. Die Menge der Zuhörer reichte über den Platz hinaus bis in die Seitenstraßen, an Kaufhof, Deutscher Bank, Hugendubel, Donisl und Kaufhaus Ludwig Beck vorbei. Auch in den Häusern rund um den Marienplatz standen Menschen in den offenen Fenstern. Litzka sah sogar Menschen auf der Aussichtsplattform des Alten Peter stehen, vermutete aber zugleich, dass es sich um Touristen handele. Er hatte schon über viele Parteikundgebungen berichtet und musste sich jedes Mal für seine Stimmungsreportage einen neuen Aufhänger einfallen lassen.

Er ließ seinen Blick durch die ersten Reihen der Zuhörer gleiten und entdeckte auf Anhieb die fünf Sicherheitsbeamten, die sich alles andere als unauffällig positioniert hatten. Er erkannte sie nicht nur an dem verkabelten Knopf im Ohr, sondern auch daran, dass sie so ziemlich die einzigen Männer unter vierzig in dunklen Anzügen waren, die sich um diese Zeit, zu der Anzugträger normalerweise noch im Büro oder in Meetings sind, auf dem Marienplatz zu einer CSU-Kundgebung einfanden. Er nahm sich vor, mal eine Reportage über einen Personenschützer zu schreiben. Ist sicher spannend, dachte er sich.

Stadlbauer hatte unterdessen mit seiner Rede begonnen. »Sehr verehrte Damen und Herren, liebe Freundinnen und Freunde. – Es sind nur noch wenige Tage bis zur Wahl. Und viele glauben, die Sache wäre schon für uns gelaufen. ›Ihr habts doch eh scho gwonna‹ höre ich oft, wenn ich im Land unterwegs bin. Aber diese Einstellung auch derer, die unsere Politik unterstützen, kann uns noch am gefährlichsten werden. Der Nichtwähler ist der Gegner, den wir am meisten zu fürchten haben. Und nicht dieser verschreckte Haufen von Sozialdemokraten, die so viel mit ihren Genossen in Berlin zu kämpfen haben, dass ihnen für Opposition in Bayern überhaupt keine Zeit mehr bleibt!«

Stadlbauer hatte es in seinen Wahlkampfreden bislang stets vermieden, seinen Herausforderer Körber beim Namen zu nennen. Stadlbauers eigentlicher Gegner, da waren sich alle Beobachter einig, saß in Berlin.

»Die können es nicht! Die sollen einpacken und abtreten. Avanti Dilletanti!«, rief er und verursachte damit lauten Beifall und begeisterte Lacher. Bislang hielt Stadlbauer sich exakt an das Manuskript, das Tanja zuvor an die Journalisten verteilt hatte. Doch der Ministerpräsident war bekannt dafür, sich gelegentlich weit vom Redetext zu entfernen, was bei seinen Pressesprechern und Redenschreibern immer für heftige Adrenalinstöße sorgte. Stadlbauer attackierte im Weiteren den »Spaßkanzler« in Berlin und wies darauf hin, dass man überall in Deutschland bayerische Verhältnisse als Maß aller Dinge betrachtete. Höchstes Wirtschaftswachstum, niedrigste Arbeitslosenquote, höchste Selbstständigenquote, höchstes Bildungsniveau, Spitzenwerte in der Pisa-Studie – das waren die Schlagworte, die jede Stadlbauer-Rede wie ein schwarzer Faden durchzogen.

An einem späteren Punkt der Rede wich Stadlbauer plötzlich vom vorgegebenen Text ab und Litzka bemerkte sofort, wie alle Kollegen um ihn herum sich in ihren Stühlen aufrichteten und gespannt lauschten.

»Die tolle Stimmung, die wir heute bei dieser Veranstaltung haben, wird durch ein schreckliches Verbrechen getrübt. Einer aus unserer Mitte, einer unserer engagiertesten Mitstreiter, einer der begabtesten Politiker dieses Landes ist Opfer eines feigen Mordanschlags geworden. Richard Stiller war nicht nur ein politischer Wegbegleiter, er ist auch mein Freund geworden. Mit uns trauert ganz Bayern. Lassen Sie uns daher eine Minute schweigend Richard Stillers gedenken.«

Die Menschen auf der Tribüne erhoben sich von ihren Sitzplätzen, auch die Anti-Stadlbauer-Demonstranten schwiegen für einen Moment.

Nach gut zwanzig Sekunden war die Schweigeminute zu Ende und Stadlbauer setzte seine Rede fort. »Dieses verabscheuungswürdige Verbrechen, das uns alle so schockiert hat, hat uns aber auch deutlich gemacht, wie dringend notwendig der Kampf gegen die Kriminalität heute ist. Auch wenn wir in Bayern schon lange hart gegen das Verbrechen mit null Toleranz durchgreifen und uns dafür oft die Kritik anderer Länder oder der rot-grünen Chaos-Truppe in Berlin gefallen lassen müssen, macht uns dieser Anschlag noch einmal deutlich: Wir sind noch nicht am Ziel. Und darum kämpfen wir dafür, dass unser Null-Toleranz-Konzept ohne Abstriche und Kompromisse auf den parlamentarischen Weg gebracht und geltendes Recht wird. Kämpfen wir alle für den Sieg des Rechtsstaats über feige Mörder! Das sind wir unserem Freund und Kollegen Richard Stiller schuldig!«

Bei den letzten Worten überschlug sich fast seine Stimme, so sehr hatte er sich wieder in Fahrt geredet. Der tosende Beifall Tausender gab ihm, zumindest wohl in seinen eigenen Augen, vollauf Recht.

Litzka schaute auf seine Uhr. Siebenundfünfzig Minuten hatte Stadlbauer jetzt schon geredet. Unter anderthalb Stunden blieb er normalerweise nicht. Noch sechsundzwanzig ungesprochene Seiten im Manuskript. Und tatsächlich streifte der Ministerpräsident in der nächsten halben Stunde noch jedes nur denkbare politische Thema. Er hätte die Sache mit Stiller besser an den Schluss gestellt, dachte Litzka. Denn so eine fast beängstigende Zustimmung würde er sicher nicht noch einmal an diesem Tag hervorrufen können.

Als Stadlbauer endlich mit den Worten »Stark für Bayern. Stark für Deutschland. Eine starke Politik mit einer starken CSU« geendet hatte, stoppte Litzka die Dauer des Applauses. Sechs Minuten, neununddreißig Sekunden.

Die Blasmusik spielte auf. Wie bei jeder CSU-Veranstaltung ertönte zum Schluss die Bayernhymne. »Gott mit dir, du Land der Bayern.« Selbst für den hartgesottensten Parteigänger waren neunzig Minuten Stadlbauer pur ein mentaler Kraftakt, von dem man sich erst einmal erholen musste. Stadlbauer reckte noch einmal siegesgewiss seine Faust nach oben und zeigte dann mit zwei Fingern das Victory-Zeichen. Dann trat er vom Rednerpodest herunter, streckte vor den TV-Kameras beide Daumen nach oben und ging an die Seite der Bühne, um dort über eine kleine Treppe vom Podium hinabzusteigen.

Im entscheidenden Moment, den sich Litzka später noch so oft in Erinnerung rufen sollte, der wochen- und monatelang die öffentliche Diskussion des ganzen Landes beherrschen sollte, schaute er gerade an zwei Kollegen vorbei zu Stadlbauer hinüber, den er – aus einer Entfernung von gerade mal acht oder zehn Metern – ungehindert im Blick hatte.

Der Ministerpräsident zuckte zusammen und fasste sich blitzschnell an seine rechte Schulter. Litzka sah noch, dass zwischen seinen Händen Blut hervorschoss, bevor Stadlbauer in sich zusammensackte. Sekundenbruchteile, die Litzka wie Ewigkeiten erschienen, geschah gar nichts. Erst als sich zwei Sicherheitsbeamte auf den liegenden Ministerpräsidenten warfen und zwei weitere mit gezogenen Pistolen Deckung gaben, verstummte die Blaskapelle, die den Schuss übertönt hatte. Die Menge wurde unruhig, die meisten hatten offenbar gar nicht mitbekommen, was passiert war. Die Großleinwand hinter dem Rednerpult wurde zuerst schwarz und zeigte dann nur das blaue Parteilogo. Wieder vergingen einige Schrecksekunden, bevor Litzka zu seinem Handy griff und die Nummer des Chefs vom Dienst in der Redaktion wählte.

»Schüsse auf Stadlbauer«, rief er mit schriller Stimme durch die Leitung. »Ein Attentat!«

* * *

Siebenundzwanzig Minuten nach den Schüssen auf dem Marienplatz kam in der nur wenige hundert Meter entfernten Staatskanzlei der Kabinettsausschuss zu einer Krisensitzung unter Leitung von Innenminister Peter Kaserer, dem stellvertretenden Ministerpräsidenten, zusammen. Außer ihm waren noch die Ressortchefs für Justiz, Finanzen sowie der Wirtschaftsstaatssekretär und der Staatskanzleichef im Kabinettssaal im vierten Stock direkt neben dem Büro des

Ministerpräsidenten anwesend. Sie alle waren als Mitglieder des CSU-Vorstandes auch auf der Wahlkampfkundgebung gewesen.

Für Tanja war es das erste Mal, dass sie an einer solchen Krisensitzung teilnahm. Der Kabinettsausschuss, die außerordentliche Versammlung der wichtigsten Regierungsmitglieder, war zuletzt nach den Terroranschlägen vom 11. September zusammengekommen. Ihr Herz klopfte vor Aufregung.

»Welche Erkenntnisse haben Sie über den Zustand des Herrn Ministerpräsidenten?«, wandte sich Kaserer an Staatskanzleichef Däxl und ließ seinen Blick durch die verglaste Fensterfront über den südlichen Zipfel des Englischen Gartens schweifen.

»Er liegt auf der Intensivstation des Klinikums rechts der Isar. Eine Kugel hat ihn in der Brust getroffen, er wurde in ein künstliches Koma versetzt. Der Zustand ist lebensbedrohlich, er wird zur Stunde operiert.«

»Was sagen wir der Presse?«, fragte Tanja. »Selbst CNN hat schon angerufen und gefragt, in welchem Krankenhaus er liegt. Die wollen ein Kamerateam postieren.«

»Ich würde sagen, wir verhängen eine Nachrichtensperre, bis wir die näheren Umstände geklärt haben«, sagte Kaserer. »Veröffentlichen Sie ein kurzes Statement, dass sich der Ministerpräsident nach einem Attentat in kritischem Zustand befindet. Mehr geben wir erst mal nicht nach draußen. Und das gilt auch für das Klinikpersonal.«

Tanja machte sich entsprechende Notizen.

»Glauben Sie, dass wir es mit einem terroristischen Anschlag zu tun haben?«, fragte Justizminister Staudinger.

»Weder der Verfassungsschutz noch die Pullacher haben Erkenntnisse über eine verstärkte Tätigkeit terroristischer Netzwerke in den vergangenen Wochen. Es wurde und wird von einer abstrakt erhöhten Gefährdungslage ausgegangen – aber keine veränderte Situation in den letzten sechs Monaten«, antwortete der Innenminister. »Ich halte einen verwirrten Einzeltäter für wahrscheinlicher. Aber mehr wissen wir sicher, wenn erste Spurenauswertungen vom Tatort vorliegen.«

»Ich beantrage, dass wir Artikel 48 zur Anwendung kommen lassen«, warf Däxl ein.

»Ist das nicht etwas voreilig?«, entgegnete Staudinger. »Der 48er ist in der gesamten bayerischen Geschichte noch nicht angewandt worden.«

»Könnten Sie einem Nicht-Juristen vielleicht kurz erläutern, was es mit diesem Artikel auf sich hat?«, bat Homberger. Er vertrat den Wirtschaftsminister im Kabinettsausschuss, der sich mit einer Delegation aus Industrie und Handel auf einer zweiwöchigen Asienreise befand, was in der heißen Phase des Wahlkampfes innerparteilich zu scharfer Kritik geführt hatte. Staudinger holte aus seinem Aktenkoffer eine Ausgabe der Bayerischen Verfassung hervor und zitierte: »Artikel 48, Absatz 1: Die Staatsregierung kann bei drohender Gefährdung der öffentlichen Sicherheit und Ordnung das Recht der öffentlichen freien Meinungsäußerung, die Pressefreiheit, das Brief-, Post-, Telegrafen- und Fernsprechgeheimnis und die Versammlungsfreiheit zunächst auf die Dauer einer Woche einschränken oder aufheben. Absatz 2: Sie hat gleichzeitig die Einberufung des Landtages zu veranlassen, ihn von allen getroffenen Maßnahmen unverzüglich zu verständigen ...«

»Ich bin dafür«, sagte Homberger.

»Ich auch«, bekräftigte Däxl.

»Was soll das bringen?«, fragte Staudinger. »Schüren wir damit nicht nur unnötig Panik in der Bevölkerung? Was ist, wenn sich herausstellt, dass das ein Verrückter war? Wie bei Schäuble und Lafontaine, oder der schwedischen Außenministerin? Deswegen müssen wir doch hier nicht quasi das Kriegsrecht ausrufen.«

»Kriegsrecht? Ich bitte Sie, Herr Minister«, zeigte sich Däxl empört. In diesem Moment klopfte es an der Tür und ein abgehetzt wirkender Mann im grauen Anzug betrat den Kabinettssaal.

»Es ging nicht schneller, meine Herren«, sagte er beim Eintreten. »Ich kam so schnell ich konnte. Sie können sich vorstellen, dass bei uns die Hölle los ist.«

»Schön, dass Sie da sind, Herr Doktor Lehnartz«, sagte Kaserer und bot dem Präsidenten des Landeskriminalamtes einen der freien schwarzen Polsterstühle am Kabinettstisch an, in dessen Mitte ein Würfel mit Ziffernblättern an allen vier Seiten und dem bayerischen Wappen unter der Zwölf immer dazu mahnte, die Zeit nicht aus den Augen zu verlieren. »Was können Sie uns mitteilen?«

»Nicht viel in der Kürze der Zeit«, antwortete Lehnartz. »Nach Auskunft der Sicherheitskräfte vor Ort kam der Angriff völlig überraschend. Nach den bisherigen Erkenntnissen wurden zwei Schüsse aus großer Entfernung abgefeuert, möglicherweise aus einem der zahllosen Fenster der Häuser rund um den Marienplatz. Eine Kugel traf den Ministerpräsidenten, die zweite schlug in das Holz der Rednertribüne ein. Das Geschoss befindet sich bereits auf dem Weg ins Labor. Unsere Ballistiker werden anhand des Einschusslochs und des Schusskanals ziemlich genau feststellen können, von wo geschossen wurde.«

»Herr Doktor Lehnartz«, sagte Kaserer, »halten Sie es für möglich, dass ein Zusammenhang zwischen dem Anschlag auf den Ministerpräsidenten und dem Mord am Abgeordneten Stiller besteht?«

»Um darauf eine sichere Antwort zu geben, ist es noch zu früh.«

»Welchen Zusammenhang sollte es geben, außer dass beide Opfer CSU-Politiker sind?«, fragte Homberger.

»Das reicht doch wohl schon, um von einem terroristischen Hintergrund in beiden Fällen auszugehen«, sagte Däxl.

Und Kaserer stimmte zu: »Das sehe ich auch so. Auf jeden Fall beauftrage ich als Dienstherr der bayerischen Polizei hiermit die Staatsschutzabteilung des LKA mit den Ermittlungen in beiden Fällen. Herr Lehnartz, ich erwarte von Ihnen eine tägliche Unterrichtung.«

»Selbstverständlich, Herr Staatsminister. Ich werde unverzüglich alles in die Wege leiten.«

»Was ist nun mit Artikel 48?«, kam Däxl auf seinen Vorschlag zurück.

»Wir behalten uns diese Entscheidung vor«, antwortete Kaserer. »Der Kabinettsausschuss kommt bis auf Weiteres täglich um neun Uhr hier zusammen.«

»Und was machen wir mit der Presse?«, meldete sich Tanja noch einmal zu Wort. »Wollen wir die wirklich mit einem schriftlichen Statement abfertigen? Radio und Fernsehen drängen auf Interviews und O-Töne. Wir sollten vielleicht doch eine PK in Betracht ziehen.«

»Na schön«, antwortete Kaserer, »wir werden wohl nicht drum herumkommen. Setzen Sie für«, er schaute auf seine Uhr, »achtzehn Uhr eine Pressekonferenz an.«

Tanja war froh über diese Entscheidung. Denn andernfalls hätten sie und ihre Kollegen in der Pressestelle den restlichen Tag damit verbringen müssen, den anrufenden Journalisten unbefriedigende und ausweichende Antworten zu geben.

* * *

Sonne lief grußlos durch das Vorzimmer von Frau Goldbrunner, riss die Tür von Steinmayrs Büro auf und fuhr wutschnaubend seinen Vorgesetzten an: »Kannst du mir sagen, was das soll?« Er winkte mit einem Blatt Papier. »Was ist denn das für eine Art, mir eine dreizeilige Notiz auf den Schreibtisch legen zu lassen, wo mir mitgeteilt wird, dass ...«

»Beruhig dich mal wieder, Jürgen«, sagte Steinmayr, der von seinem Schreibtisch aufgestanden und auf Sonne zugegangen war. »Ich wollte es dir ja selber sagen. Aber du warst mit Sherlock unterwegs, als die Anweisung kam. Tut mir Leid, aber es ist eine Anordnung von ganz oben.«

»Was heißt das, von ganz oben? Der Polizeipräsident?«

»Noch höher. Der Innenminister persönlich. Er hat übrigens zudem noch vorübergehend die Amtsgeschäfte vom Stadlbauer übernommen. Gegen die Anordnung dieser geballten Amtsmacht werde ich kaum Widerspruch einlegen, das wirst du verstehen, oder? Komm, setz dich. Magst du einen Kaffee?«

»Nein, lass mal. Erklär mir bitte mal die Begründung dafür, dass ich den Fall weggenommen kriege.«

»Ganz einfach: Artikel 7 des Polizeiorganisationsgesetzes. Ich hab's eben selbst nachgeschlagen.« Steinmayr schlug eine Broschüre auf, die auf seinem Schreibtisch lag und zitierte: »Absatz 5: ›Dem Landeskriminalamt obliegt die polizeiliche Verfolgung politisch motivierter, krimineller und terroristischer Vereinigungen nach Paragraf 129 Strafgesetzbuch.‹ – Die Sache ist eindeutig.« Er blätterte um. »Hier: ›Darüber hinaus werden dem LKA auf dem Gebiet des polizeilichen Staatsschutzes auch bei anderen Straftaten die Ermittlungen im Einzelfall vom Bayerischen Staatsministerium des Innern übertragen. Dies erfolgt vor allem dann, wenn ihnen besondere politische Bedeutung zukommt und spezielle Sachkenntnisse für die Bearbeitung erforderlich sind.‹«

»Spezielle Sachkenntnisse?« Sonne wurde wieder laut. »Dass ich nicht lache! Sind wir hier nur Polizisten zweiter Klasse, oder was?«

»Was soll ich machen, Jürgen? Die Abteilung 4 hat schon die Akten über beide Fälle angefordert. Damit ist es ein Fall für den Staatsschutz.«

»Es gibt überhaupt keinen Beweis für einen Zusammenhang zwischen den beiden Anschlägen«, sagte Sonne. »Selbst wenn das Attentat auf Stadlbauer auf das Konto von Terroristen geht, kann der Mord an Stiller immer noch ein ganz gewöhnlicher Raubüberfall sein.«

»Du sagst doch selbst immer, dass du nicht an Zufälle glaubst. Dies hier wäre aber ein gewaltiger Zufall. Innerhalb weniger Tage wird auf zwei Politiker geschossen. Das mag auf dem Balkan oder in Afrika vielleicht üblich sein, aber nicht im Freistaat Bayern!«

»Weißt du, was ich glaube, Horst?«, sagte Sonne. »Ich glaube, dass das LKA sein eigenes Versagen vertuschen will. Schau mal hier.« Er nahm die Broschüre, aus der Steinmayr soeben zitiert hatte, und schlug eine Seite auf, die ein Organigramm der Strukturen des Landeskriminalamtes zeigte. »Abteilung 4: Polizeilicher Staatsschutz«, sagte er und zeigte mit dem Finger auf die entsprechende Spalte, »da gibt es das Dezernat 42: Ermittlungen, operative Auswertung, Terrorismus. Und was haben wir hier?« Sein Finger rutschte anderthalb Zentimeter nach unten. »Dezernat 43. Personenschutz, Einsatzplanung, Schutzmaßnahmen für den Ministerpräsidenten und das Kabinett.«

»Und was willst du damit sagen? Dass die Leibwächter auf Stadlbauer geschossen haben? Oder was?«

»Unsinn. Aber die Leibwächter haben ja offenbar kläglich versagt. Es ist doch ihr Job zu verhindern, dass so was passiert. Und jetzt will dieselbe Abteilung, die für Stadlbauers Personenschutz zuständig ist, die Ermittlungen übernehmen. Das riecht doch absolut danach, dass hier Schlampereien unter den Teppich gekehrt werden sollen. Und außerdem: Wenn die Sache wirklich einen politischen Hintergrund hätte, dann müsste sie ans BKA gehen!«

»Jürgen, du siehst Gespenster! Die Anweisung kam außerdem nicht vom LKA, sondern vom Innenministerium. Und warum sollte der Minister ein Interesse daran haben, dass der Anschlag auf Stadlbauer nicht aufgeklärt wird? Glaubst du vielleicht, er steckt selbst dahinter, um an die Macht zu kommen? Ein Putsch, Jürgen? Ist es das, woran du denkst? Wach wieder auf! Wir sind in München, nicht im Kongo.«

»Du hast doch selbst erzählt, dass der Kaserer und der Lehnartz zusammen golfen gehen. Was weiß denn ich, welche Seilschaften und Spezl-Verbindungen da bestehen?«

»Jetzt mach aber amoi an Punkt«, sagte Steinmayr, der im Zorn oft ins Bairische verfiel. »Wos du do daherredst, des klingt für mi noch Verfoigungswahn oder Realitätsverlust. I kon doch a nix dafür. I kon bloß Anweisungen weidagem und dafür sorng, dass' ausgführt wern. Mir san d'Händ bunden.«

»Na super. Das heißt also, ich darf meine Vernehmungsprotokolle jetzt noch fürs LKA abtippen und dann die Hände in den Schoß legen?«

»Warum bist du denn so heiß auf den Fall, Jürgen?«

»Ich war doch mit Sherlock bei der Frau Stiller. Ich hab das Gefühl, dass da was nicht stimmt. Und zwar etwas, das nichts mit Terrorismus oder Landesverrat zu tun hat.«

»Sondern?«

»Ich weiß nicht. Es kommt mir komisch vor, dass der Stiller kurz vor seinem Tod eine Hypothek auf sein bereits abgezahltes Haus aufgenommen hat. Wir haben seine Frau gefragt, was es damit auf sich hat. Und sie weiß nichts davon.«

»Eine Hypothek?«

»Ja, hunderttausend Euro. Solch eine Summe brauchst du doch normalerweise nicht, ohne dass deine Ehefrau Bescheid weiß. Es sei denn, es steckt ein krummes Ding dahinter. Oder eine andere Frau.«

»Hmm«, sagte Steinmayr. »Das klingt allerdings wirklich interessant. Jürgen, du siehst krank aus.«

»Wie bitte?«

»Ich glaube, die ganze Aufregung ist dir auf den Magen geschlagen. Und da wir die Ermittlungen in deinem aktuellen Fall eh abgeben, wäre das doch eine gute Gelegenheit, Urlaub zu nehmen.«

Sonne wunderte sich über diesen außergewöhnlichen Vorschlag. Die Beamten des Dezernats schoben seit Jahren zigtausende Überstunden vor sich her. Wegen Mutterschutz oder Krankheit unbesetzte Planstellen wurden aus Kostengründen nicht wieder besetzt, sodass eine der Mordkommissionen derzeit sogar mit drei statt der üblichen sechs Beamten auskommen musste. In dieser Situation war der Dezernatsleiter noch nie auf die Idee gekommen, einem Mitarbeiter freiwillig Urlaub anzubieten.

»Urlaub?«, fragte Sonne nur.

»Ich will dich die nächsten zwei Wochen hier nicht mehr sehen. Den Urlaubsantrag kannst du der Goldi hinlegen. Und wie ich dich kenne, wirst du die freien Tage eh nicht am Strand oder auf dem Balkon verbringen.« Steinmayr zwinkerte ihm zu.

Sonne glaubte verstanden zu haben, was sein Chef ihm sagen wollte. Er wusste aber auch, dass er sich besser nicht mit einer Nachfrage vergewissern sollte. Er sagte nur: »Ist eh zu kurzfristig, um noch einen Urlaub zu buchen.«

»Willst du vielleicht doch noch einen Kaffee? Frisch gebrüht?«, fragte Steinmayr.

»Nein danke, ich muss los. Ich hab Urlaub.«

* * *

Einen solchen Andrang hatte der Pressekonferenzraum S103 in der Staatskanzlei seit dem Höhepunkt der BSE-Krise nicht mehr gesehen. Litzka erinnerte sich sehr gut daran, wie die Gesundheitsministerin damals selbstbewusst vor die Presse getreten war, alle Vorwürfe von sich gewiesen hatte und dann, als eine Nachrichtenagentur schon die Meldung über den Ticker geschickt hatte, dass die Ministerin im Amt blieb, plötzlich doch alles anders wurde: Tränen waren ihr ins Gesicht getreten und sie hatte völlig überraschend doch noch ihren Ministerposten geräumt. Tränen waren von Innenminister Kaserer und Staatskanzleichef Däxl auf dieser Pressekonferenz heute nicht zu erwarten.

Tische und Stühle für die Journalisten waren vor dem Podium aufgestellt, auf dem seit einiger Zeit Stehpulte standen. Dies sollte die Kabinettsmitglieder bei ihren wöchentlichen Pressekonferenzen dynamischer wirken lassen. Früher saßen sie ebenfalls auf Stühlen hinter Tischen, auf einer Augenhöhe mit den Journalisten. Hinten im Raum hatten die Fernsehteams ihre Kameras aufgestellt, die sich alle auf das noch einsame Rednerpult richteten.

Tanja stand an der Tür und begrüßte die noch eintreffenden Medienvertreter, die jedoch keinen Sitzplatz mehr fanden und sich von Sicherheitsbeamten in die Taschen schauen und abtasten lassen mussten. Tanja hielt einen Stapel Papier in der Hand – das Pressestatement, das sie erst zu Beginn der Pressekonferenz verteilen durfte. Anders als sonst vor den Kabinetts-PKs herrschte diesmal kein lebhaftes Gemurmel. Totenstille lag in dem klimatisierten Raum. Nur ab und zu klapperte eine Kaffeetasse, oder man hörte, wie jemand sich ein Mineralwasser oder Traubensaft eingoss. Auch über die übliche Verspätung beschwerte sich diesmal niemand.

Es war achtzehn Uhr vierzehn, als Kaserer den Raum betrat. Er wurde von seinem Pressesprecher aus dem Innenministerium begleitet, der auf einem reservierten Stuhl in der ersten Reihe Platz nahm. Zugleich begann Tanja damit, das Papier zu verteilen.

»Verehrte Damen und Herren«, ergriff Kaserer das Wort. »Aufgrund eines schrecklichen Ereignisses stehe ich in der

Pflicht, als Stellvertreter des Ministerpräsidenten in dieser bitteren Stunde vor Sie zu treten. Wie Sie alle wissen, ist heute Nachmittag auf Kurt-Anton Stadlbauer ein feiger Anschlag verübt ...«

Die Tür zum PK-Raum öffnete sich und ein völlig abgehetzt wirkender junger Mann in viel zu weiten Jeans, Turnschuhen und Trainingsjacke betrat den Saal. Der höchstens Achtzehnjährige zog die Blicke aller Anwesenden auf sich. Hätte er kein Aufnahmegerät über der Schulter hängen und ein Mikrofon mit dem Logo *Radio Energy* in der Hand gehabt, hätte man ihn nicht für einen Radioreporter, sondern für einen Skater gehalten, der sich in die Regierungszentrale verirrt hatte.

»'tschuldigung« murmelte er und schaute sich vergeblich nach einem freien Platz um. Unter lautem Getöse packte er seinen Rekorder aus, der junge Reporter setzte sich vor der Seitenwand auf den dunkelblauen Teppichboden.

»Wollen Sie nicht Ihr Mikro hier vorne aufstellen?«, rief ihm Tanja Kollaritsch zu, bevor Kaserer zum Weiterreden ansetzte.

»Ich hab keinen Ständer«, antwortete der Nachwuchsjournalist und verursachte damit vor allem bei den älteren Herren unter den Anwesenden ein breites Grinsen. Als Kaserer weiterredete, noch einmal die tiefe Betroffenheit des ganzen Kabinetts zum Ausdruck brachte und dann kurz das Bulletin der Ärzte über Stadlbauers immer noch kritischen Gesundheitszustand vorlas, erbarmte sich Tanja des jungen Radiomannes, nahm sein ständerloses Mikrofon und hielt es dem Innenminister vor den Mund.

Im Gegensatz zur Angewohnheit des Ministerpräsidenten, hielt sich Kaserer Wort für Wort an das Manuskript. Dies deutete darauf hin, dass das Statement innerhalb mehrerer Ressorts der Staatsregierung penibel abgestimmt worden war.

Litzka musste also den Wortlaut von Kaserers Aussagen nicht mitschreiben, sondern nur die wichtigen und interessanten Stellen im Manuskript anstreichen. Der Andruck für die Abendausgabe der *ATZ* war um eine Stunde hinausgeschoben worden. Er hatte sich im Text zwanzig Zeilen freihalten lassen, die er noch während der Pressekonferenz telefonisch diktieren wollte. Da Kaserers wörtlich vorgelesener Text noch über fünf Seiten lang war, verließ Litzka, sich unter den Fernsehkameras duckend, leise den Raum. Routiniert gab er seinem Chef vom Dienst telefonisch die Fakten und einige wörtliche Zitate des Ministers durch. Als er wieder auf seinen Platz zurückschlich, war Kaserer gerade auf der letzten Seite seines Textes angelangt.

»Die Staatsregierung sieht sich nach diesem Attentat in ihrer Politik gegen das organisierte Verbrechen bestätigt und wird das Null-Toleranz-Konzept ohne Abstriche weiter verfolgen und noch vor der Landtagswahl in den Bundesrat einbringen. Bitte haben Sie Verständnis dafür, dass zum jetzigen Zeitpunkt über die Ermittlungen der Polizei keine Mitteilungen gemacht werden können. Ich danke Ihnen für Ihre Aufmerksamkeit.«

Noch einmal flackerten die Blitzlichter der Fotografen auf und es klickten die Auslöser der Kameras wild durcheinander. Kaserer packte seine Papiere zusammen und war bereits im Begriff, vom Podium herabzusteigen, als ein lautstarkes Wortgewirr der Journalisten auf ihn niederprasselte.

»Was ist mit der Fragerunde?« – »Sie können doch nicht einfach ...« – »War es ein Terroranschlag?« – »Warum spricht der Polizeichef hier nicht?«

Tanja legte das *Radio-Energy*-Mikrofon zur Seite und trat an das Rednerpult.

»Meine Damen und Herren«, rief sie in den Tumult hinein. »Bitte beruhigen Sie sich! Bitte haben Sie Verständnis, dass weitere Auskünfte die Ermittlungen der Sicherheitskräfte beeinträchtigen würden. Das Innenministerium hat daher bis auf Weiteres eine Nachrichtensperre verhängt.«

»Das ist ja unglaublich«, rief ein Journalist. Ein anderer schimpfte: »Das ist staatliche Zensur!« Offenbar lagen bei einigen Kollegen nach den vergangenen hektischen Stunden die Nerven blank.

Tanja versuchte weiter beruhigend auf die Menge einzureden: »Sie können sich darauf verlassen, dass Sie sofort unterrichtet werden, wenn es die Umstände erlauben.«

»Welche Umstände? Die Interessen der Partei?«, rief jemand aus der Menge.

»Ich verspreche Ihnen, dass Sie zwei Mal täglich ein aktuelles Ärzte-Bulletin über den Gesundheitszustand des Ministerpräsidenten per Fax bekommen. Die Pressekonferenz ist hiermit beendet.«

Angesichts des nahenden Redaktionsschlusses ließen sich die meisten Kollegen auf keine längeren Diskussionen ein und resignierten vor der Staatsmacht und der verkündeten Nachrichtensperre. Eilig verließen alle den Saal. Nur die Korrespondenten der Nachrichtenagenturen blieben noch vor ihren Notebooks sitzen und tippten hektisch ihre Meldungen, die sie sofort online in ihre Agenturzentralen sendeten.

Litzka wartete am Eingang auf Tanja, in der vagen Hoffnung, ihr noch wenigstens ein paar Worte entlocken zu können, notfalls auch nur zum Hintergrund, ohne darüber zu schreiben.

»Nicht hier«, zischte sie ihm im Vorbeigehen zu. Sie hatte ihm anscheinend sein Anliegen von den neugierigen Augen ablesen können. »Komm in die Cafeteria!«

Die Cafeteria der Staatskanzlei, am Ende desselben Flurs, war um diese Zeit menschenleer. Sie setzten sich nicht, sondern blieben in einer Ecke hinter dem Eingang stehen, von wo aus niemand sie sehen konnte.

»Nur ganz kurz, habe keine Zeit«, sagte sie leise.

»Ich auch nicht. Was ist der Grund für die Nachrichtensperre? Welche Infos haltet ihr zurück?«

»Wir halten keine Infos zurück. Es gibt keine. Die Nachrichtensperre hat nur einen Grund: Sie wollen nicht zugeben, dass sie nichts wissen.«

Litzka fiel auf, dass sie »sie« und nicht wie sonst immer »wir« sagte, wenn sie in ihrer Funktion als Pressereferentin sprach.

»Soll das heißen, auch die Polizei tappt im Dunkeln?«

»Im Grunde schon. Es gibt nur Spekulationen. Die einen vermuten linksextremistischen Terrorismus ...«

»... eine von den Toten auferstandene RAF?«

»Ja, so was in der Art. Die anderen sehen einen Zusammenhang mit den letztes Jahr festgenommenen Neonazis, die Anschläge auf die Baustelle des jüdischen Gemeindezentrums und den Marienplatz geplant hatten. Erinnerst du dich? Aber wie gesagt: Weder LKA noch BND oder Verfassungsschutz haben gesicherte Erkenntnisse. Aber«, sie legte den Zeigefinger auf ihre Lippen, »von mir weißt du nichts. Ich verlass mich drauf, dass du nichts drüber schreibst, okay?«

Es war das erste Mal, dass Tanja ihm wirklich brisante Interna anvertraute. Durch ihr Vertrauen fühlte er sich geschmeichelt und es war für ihn keine Frage, dass er sich an die Abmachung halten würde. Aber warum hatte sie ihm dies gesagt? Immerhin riskierte sie damit ihren Job. Sie musste ihm wirklich vertrauen. War das nur berufliches Kalkül? Wollte sie eine Vorleistung erbringen, um bei nächster Gelegenheit eine Gegenleistung von ihm einzufordern? Oder war da vielleicht doch mehr als Sympathie ihrerseits im Spiel?

»Ich muss los«, sagte sie. »Warte hier eine Minute, damit uns keiner zusammen sieht.«

Für einen Sekundenbruchteil lag so etwas wie eine vertrauliche Umarmung zum Abschied in der Luft. Doch dann drehte sie sich mit einem Lächeln um, das nicht zu den ernsten Worten passte, die sie gewechselt hatten.

»Also dann«, sagte er und schaute ihr hinterher, wie sie sich auf dem Gang entfernte. Sein Blick blieb einen Moment lang verträumt an ihren Beinen hängen, die unter einem für Staatskanzleiverhältnisse sehr kurzen Rock hervorschauten, der einen auffallend langen Schlitz hatte und eine Handbreit über den Knien endete. Wie schon öfters in den vergangenen Wochen nahm er sich fest vor, sich nicht in Tanja zu verlieben.

* * *

Nachdem Frank Litzka seinen Artikel für die Frühausgabe fertig geschrieben hatte, traf er sich mit Jürgen Sonne im *Stadtcafé*, das schon lange ein heimlicher, immerwährender Medienstammtisch im Herzen der Innenstadt war. Hier war abends manchmal die halbe Redaktion der *Süddeutschen* anzutreffen und auch Litzka und seine Kollegen waren gerne hier.

»Ein Wasser«, bestellte er und Sonne wunderte sich.

»Bist du Abstinenzler geworden oder hast du deine Cola-Sucht in den Griff bekommen?«

»Keins von beidem. Aber hier gibt's nur Pepsi und da trinke ich lieber Spülwasser – oder Sprudel.«

Sonne orderte ein Pils.

»Wir können anstoßen«, sagte er. »Ich bin auch raus aus dem Fall.«

»Was?«, staunte Litzka. »Warum das denn?«

»Der Innenminister höchstpersönlich hat das LKA mit den weiteren Ermittlungen betraut. Ich könnte echt kotzen, kannste mir glauben! So einen Fall kriegst du selbst in der Münchner Mordkommission nicht alle Tage. Mal was anderes als Totschlag im Affekt, Mord aus Eifersucht, schwere räuberische Erpressung, Körperverletzung mit Todesfolge und so weiter ...«

»Und ich dachte immer, das wäre nur eine Erfindung von Krimiautoren, dass Mordkommission und Kriminalämter miteinander konkurrieren und die Fahnder einen arroganten Schnösel vom LKA an die Seite gestellt kriegen«, sagte Litzka und grinste.

»So ist es auch nicht. Die Jungs in der Maillingerstraße können ja nichts dafür. Wir arbeiten mit denen gewöhnlich gut zusammen. Dafür haben sie ihre Spezialabteilungen und Experten. Und wenn absolut erwiesen ist, dass ein Fall für den Staatsschutz vorliegt, dann klebe ich keine Sekunde an meinen Akten. Und bei dem Anschlag auf Stadlbauer sehe ich ein, dass da die Politischen ran müssen. Aber ich find's einfach bescheuert, dass ich auch von dem Stiller-Fall jetzt die Finger lassen muss.«

Sonne ließ den Blick über die Tagesgerichte schweifen, die mit Kreide auf eine Tafel an der Wand geschrieben waren. Er entschied sich für einen Putenbrustsalat, Litzka nahm Penne all'Arrabiata.

»Zum Glück hat Lohmann mir das Stadlbauer-Attentat nicht auch noch weggenommen. Im Übrigen weiß ich aus sicherer Quelle, dass es tatsächlich noch keine Hinweise auf einen terroristischen Hintergrund oder einen Zusammenhang zwischen beiden Taten gibt.«

»Sichere Quelle? Du meinst die Zuckerschnecke aus der Staatskanzlei?«

»Ich hab hoch und heilig versprochen, nichts zu schreiben. Du weißt doch ...«

»Jetzt komm mir nicht wieder mit Informantenschutz. Das kann ich absolut nicht mehr hören«, sagte Sonne. »Außerdem bin ich nicht mehr im Dienst. Freizeit nonstop die nächsten Tage.«

»Haben sie dich auch noch suspendiert? Was hast du denn ausgefressen?«

»Quatsch. Horst Steinmayr hat mich in Urlaub geschickt. Er weiß wohl, dass ich mich die nächsten Tage eh nicht auf die Arbeit konzentrieren könnte, wenn ich tatenlos den LKA-Ermittlern zusehen müsste, wie sie meinen Fall ...«

»Unseren Fall!«, warf Litzka ein und begann zu grinsen: »Wenn du Urlaub hast, kannst du mir ja ein bisschen helfen. Du bist doch Profi. Und wenn du nicht suspendiert bist, dann musstest du ja auch deine Dienstmarke nicht abgeben. Die könnte uns noch hilfreich sein.«

»Hey, Flitzer, was hast du vor?« Sonne ließ seine Frage gespielt empört klingen.

»Bis jetzt noch gar nichts. Aber ich sehe doch, dass wir beide heiß darauf sind, im Fall Stiller den anderen eine Nasenlänge voraus zu sein – du den LKA-Jungs und ich den Provinzschreibern aus Starnberg.«

»Ich wüsste auch, mit welcher Frage wir anfangen könnten«, fiel Sonne ein und erzählte von der Hypothek, die Stiller kurz vor seinem Tod aufgenommen hatte.

»Das klingt ja wirklich mysteriös«, sagte Litzka. »Meinst du, die Bank sagt uns was? Beziehungsweise dir, wenn du deinen Dienstausweis zückst?«

»Der Dienstausweis nützt mir wenig ohne richterlichen Beschluss. Und den kriege ich im Urlaub natürlich nicht. Vielleicht hat er in seinem Landtagsbüro irgendwelche Unterlagen versteckt, die uns weiterhelfen.«

»Möglich. Aber da bräuchten wir doch einen Durchsuchungsbeschluss, oder?«

»Nicht, wenn uns jemand freiwillig in sein Büro lässt«, schlug Sonne vor.

Und Litzka erwiderte: »Diese Freiwilligkeit könnte man doch mit dem Vorzeigen einer Kripo-Dienstmarke hervorrufen. Und das wäre doch wirklich keine krumme Tour.«

Sonne überlegte einen Moment. »Fragen kostet nichts«, stellte er dann fest. »Und einen Blick hinter die Kulissen des Landtags wollte ich auch immer schon mal werfen.« Er dachte an die Diäten, die jedes Jahr, von erboster Öffentlichkeit begleitet, erhöht wurden, und malte sich luxuriös eingerichtete Abgeordnetenbüros mit teuren Teppichen und wertvollen Gemälden an den Wänden aus. »Und für dich hätte ich auch eine Rechercheidee.«

»Was denn?«, fragte Litzka.

»Glaubst du an Horoskope?«

»Wenn sie mir was Gutes ankündigen, schon.«

»Dann solltest du dir vielleicht mal von dieser Astro-Tussi die Zukunft voraussagen lassen.«

»Du meinst die Hellseherin? Ich hab schon ein bisschen auf ihrer Homepage gesurft. Nicht uninteressant.«

»Ja, ich war mit Sherlock bei ihr. Sie wirkte absolut nicht überrascht, als wir ihr von Stillers Tod berichteten. Sie behauptete, sie habe so etwas schon immer befürchtet.«

»Kann doch sein, oder?«, sagte Litzka.

»Glaubst du etwa an solchen Schwachsinn?«

»Zumindest schließe ich nicht aus, dass etwas dran sein könnte. Warum sollte es keine Menschen mit übernatürlichen Fähigkeiten geben?«

»Ja ja«, unterbrach ihn Sonne. »Wenn du an diesen Humbug glaubst, bist du ja genau der Richtige für einen kleinen Besuch bei Frau Astro-Tussi. Am besten rufst du gleich an und machst für morgen einen Termin aus.«

»Glaubst du, ich kriege so schnell einen Termin?«

»Stiller hätte morgen um elf Uhr einen Termin bei ihr gehabt. Den wird er wohl nicht mehr wahrnehmen können.«

»Zumindest nicht in irdischer Gestalt.«

Sonne kramte aus der Innentasche seiner Wildlederjacke den Zettel, auf dem er die 0190-Nummer von Rosemarie Keller notiert hatte.

»Und wer soll den Spaß bezahlen?«, fragte Litzka. »Einen Besuch bei einer Wahrsagerin kann ich wohl kaum als Spesen abrechnen.«

»Wir teilen«, schlug Sonne vor. »Sie nimmt hundert Euro pro Stunde. Mehr Zeit wirst du hoffentlich nicht brauchen um rauszufinden, ob sie mehr weiß, als sie sagt.«

»Hundert Euro?« Litzka war entsetzt.

»Sieh's doch so: Du kriegst ein astreines Horoskop zum halben Preis. Und meinetwegen kannst du auch die Rechnung für Speisen und Getränke von heute Abend behalten und als Recherchegespräch absetzen.«

»Gebongt«, sagte Litzka.

»Aber nur unter einer Bedingung: Du fragst sie auch, wie lange der 1. FC Köln in der ersten Bundesliga bleibt.«

Drittes Kapitel

Politik als Beruf *ist der Titel einer berühmten Schrift von Max Weber. Jeder bayerische Landtagsabgeordnete kennt Max Weber. Wenn nicht wegen seiner politologischen Werke, dann wegen des nach ihm benannten Platzes und der dazugehörigen U-Bahn-Station, an der man aussteigen muß, wenn man in den Landtag will. Politik als Beruf – das hat für mich immer so geklungen, als wäre Politiker ein Beruf wie Bäcker, Postbote oder Schreiner – ein Job wie jeder andere. Für mich war die Politik aber immer eine Berufung. Ich wollte die Welt verändern. Und wenn schon nicht die Welt, dann zumindest unser Land. Gewiß, ich habe viel erreicht und auch verändert. Aber auch ich habe mich verändert. Ich bin durch die Politik ein anderer Mensch geworden. Und immer häufiger erschrecke ich darüber. Kennst Du einen Bäcker, Postboten oder Schreiner, der durch seinen Beruf ein anderer Mensch geworden ist? Seine Persönlichkeit verändert hat? Seinen Charakter verloren hat? Vielleicht merkt man mir nicht an, was sich in mir gewandelt hat. Wahrscheinlich hat nicht einmal meine Frau es bemerkt. Ich bin ohnehin der Überzeugung, daß Du mein Seelenleben inzwischen weitaus besser kennst als meine Frau. Sie sieht mich ja kaum noch. Ich bin sicher, sie glaubt, immer noch mit dem Mann verheiratet zu sein, mit dem sie vor über dreißig Jahren vor den Traualtar getreten ist. Es war ein schleichender Erosionsprozeß, der mit meiner ersten Kandidatur für den Gemeinderat eingetreten ist. Er hat dazu geführt, daß ich heute – vielleicht auf dem Höhepunkt meiner politischen Laufbahn – innerlich zerfressen bin. Ich schäme mich vor mir selbst, während ich diese Zeilen schreibe, von denen ich nicht sicher weiß, ob Du sie jemals lesen wirst.*

Es reichte nicht, den Dienstausweis zu zeigen, um Einlass in den Landtag zu bekommen. Vor dem 11. September hätte es genügt, mit dem Blutspende- oder Büchereiausweis an der Pforte des Maximilianeums zu winken, damit sich die Schranke öffnete. Doch jetzt musste Sonne aussteigen, seinen Personalausweis zeigen, einen Besucherschein ausfüllen, und der einarmige Pförtner klebte ihm einen Zettel ans Revers, der ihn als *Besucher Nr. 12403* auswies. Sonne ließ sich den Weg zur Fraktionsgeschäftsstelle der CSU erklären, wo er sich am frühen Morgen bereits angemeldet hatte. In das Büro des Abgeordneten Richard Stiller vorzudringen, stellte dann aber kein größeres Problem mehr dar.

»Schauen Sie sich nur um«, sagte die Sekretärin, bei der das Vorzeigen einer Kripo-Marke offenbar jede Tür öffnen würde.

Stillers Büro lag im zweiten Stock des Neubau-Südflügels. Alle hunderteinundzwanzig CSU-Parlamentarier waren hier untergebracht. Stillers Schreibtisch war ordentlich aufgeräumt. Die Zeitung von Montag lag dort, ansonsten einige Hauspostumschläge der Landtagsverwaltung, der Pressespiegel und eine Unterschriftenmappe, in der Sonne nach flüchtigem Durchblättern jedoch nur Antwortschreiben auf Bürgerbriefe aus dem Wahlkreis fand, in denen der Abgeordnete darum gebeten wurde, sich für die Schließung des Gautinger Asylbewerberheims, die Schaffung von mehr Kindergartenplätzen oder die Ablösung der rot-grünen Bundesregierung einzusetzen. In allen Briefen, die viele identische Textbausteine enthielten, versprach er, sein ganzes politisches Gewicht für das bedeutende Anliegen einzubringen. Natürlich vergaß er nicht zu betonen, dass er dafür jede Stimme bei der Landtagswahl brauche. »Mit herzlichem Dank für Ihr Vertrauen und hochachtungsvoll« endeten alle Briefe.

Sonne fand nichts, was ihn weiterbrachte. Er griff zu dem Tischkalender, den er, wäre er im Dienst gewesen, zur

Auswertung einfach mitgenommen hätte. Doch nun blätterte er Woche für Woche durch und schrieb die ihm wichtig erscheinenden Eintragungen in seinen Notizblock ab. Es waren vor allem Wahlkampftermine im ganzen Wahlkreis – von Gilching bis Tutzing, von Herrsching bis Feldafing. Ungefähr zwei Mal pro Woche fand Sonne als Eintragung ein *R.* – ohne weitere Erläuterungen. Er notierte sich die Daten, die mit dem *R.* markiert waren.

Dann nahm Sonne das Telefon genauer unter die Lupe. Als Erstes drückte er die Wahlwiederholungstaste. Es läutete drei Mal in der Leitung. Dann meldete sich eine hilfsbereite Frauenstimme: »Kreissparkasse München-Starnberg, Geschäftsstelle Wittelsbacher Straße, Kreditabteilung, mein Name ist Carola Hechler, was kann ich für Sie tun?«

Sonne schaltete sofort und antwortete: »Grüß Gott, hier ist das Büro von Richard Stiller. Sie haben sicher schon gehört, dass Herr Stiller plötzlich verstorben ist. Ich bin jetzt dabei, seine Unterlagen zu ordnen und wollte fragen, ob die Hypothek, die er vergangene Woche aufgenommen hat, noch rückgängig gemacht werden kann. Das Geld braucht er ja nun leider Gottes nicht mehr.«

»Das tut mir Leid«, antwortete die freundliche Stimme. »Aber Herr Stiller hat das Geld doch schon in Empfang genommen, und zwar am ...« Er hörte, wie sie auf einer Tastatur tippte. »Am vergangenen Freitag. In bar. Sie können die Summe natürlich als sofortige Sonderzahlung in einem Schlag wieder zurückzahlen, dann fallen keine Zinsen an. Allerdings werden dann Sonderzinsen fällig, ich kann Ihnen das gerne mal ausrechnen. Am besten kommen Sie doch mal vorbei. Dann regeln wir das alles.«

»Ja, das wird das Beste sein«, sagte Sonne. »Am liebsten würde ich Ihnen das Geld dann sofort in bar mitbringen. Mein Problem ist: Wir wissen nicht, wo Herr Stiller die Summe deponiert hat, da er sie ja offenbar, wie Sie sagen, selbst abgeholt hat. Hat er Ihnen vielleicht gesagt, was er mit dem Geld vorhatte?«

»Nein, darüber weiß ich nichts. Aber auch wenn ich es wüsste, dürfte ich Ihnen keine Auskunft geben. Bankgeheimnis. Auch wenn Sie ein Mitarbeiter von Herrn Stiller sind: Ich brauche eine schriftliche Vollmacht ...«

»Schon gut, Frau Hechler«, sagte Sonne. »Ich melde mich wieder bei Ihnen. Oder jemand anders.« Er legte auf.

Hunderttausend Euro konnte Stiller nicht in wenigen Tagen verprasst haben. Irgendwo musste das Geld sein. Er öffnete nacheinander die Schubladen des Rollcontainers unter dem Schreibtisch. Er fand stapelweise Beschlussvorlagen aus der Fraktion, Kabinettsberichte, ein Protokoll der letzten Klausurtagung in Wildbad Kreuth, interne Rundschreiben. Dann fand er einen dicken DIN A4-Umschlag. Er enthielt eine gebundene Broschüre, etwa zwanzig bis dreißig Seiten dick. Auf der Titelseite war aufgedruckt: *Persönliches Horoskop. Für Richard Stiller. Geboren am 29. Juli 1955, 19:33 Uhr. Sternzeichen Löwe.* Sonne überflog Seite für Seite. Der Text enthielt zahlreiche Allgemeinplätze, die alles Mögliche hätten bedeuten können. Erst gegen Ende wurden die Aussagen konkreter: *Wenn eine finanzielle Krise überwunden ist, die mit einer bedrohlichen Situation für Leib und Leben einhergeht, brechen blühende und paradiesische Zeiten an. Bislang verschlossen geglaubte Türen öffnen sich unerwartet. Und auch dem Liebesglück steht nach einer schwierigen Trennung nichts mehr im Wege.*

Sonne versuchte, die Worte in Zusammenhang mit dem zu bringen, was er bereits über Stiller wusste. Finanzielle Krise? Die Hypothek. Bedrohliche Situation für Leib und Leben? Kann man wohl sagen, wenn man sich zwei Schüsse eingefangen hat. Paradiesische Zeiten? Im Mitgliedsbeitrag für eine christliche Partei war der Eintritt ins Paradies sicherlich inbegriffen. Verschlossene Türen öffnen sich? Die Himmelspforte vielleicht? Oder die Tür zum Kabinett? Hieß es nicht, Stadlbauer wollte sein Kabinett umbilden und dabei Stiller einen Posten zukommen lassen? Und das Liebesglück nach der Trennung? Stillers Frau hatte nicht den Eindruck hinterlassen, dass sie eine zerrüttete Ehe geführt hatten. Sonne hatte für einen Moment willentlich außer Acht gelassen, dass er Horoskope für Humbug hielt und es daher nach seiner Meinung eigentlich sinnlos war, sich überhaupt Gedanken darüber zu machen.

Er blätterte auf die letzte Seite, wo unter dem Computerausdruck noch mit blauer Tinte ein paar handgeschriebene Worte zu lesen waren: *Die Sterne lügen nicht: Ich freue mich auf eine gemeinsame Zukunft mit Dir. In Liebe, Deine Rose.*

Aha, dachte Sonne. Die Astro-Tussi will sich einen reichen und einflussreichen Mann angeln und schreibt ihm ins Horoskop, dass er sich von seiner Frau trennen soll. Wohl in der Hoffnung auf selbsterfüllende Prophezeiungen. Und als er ihr einen Korb gibt, bringt sie ihn um. Dies wäre zumindest ein mögliches Motiv. Aber so ein Horoskop kostet sicher keine hunderttausend Euro. Sonne schaute auf die Uhr. Er hatte noch eine Viertelstunde bis zu dem mit Litzka vereinbarten Zeitpunkt, zu dem er zum Telefon greifen sollte. Er schaute sich Stillers Telefon noch einmal genauer an. Die programmierbaren Direktwahltasten waren mit den Namen verschiedener Fraktionsbüros beschriftet. Außerdem gab es eine Taste für die Nummer seines Starnberger Wahlkreisbüros, eine mit seiner Privatnummer zu Hause, und ganz unten war es wieder, das *R*. Sonne drückte die Taste.

Was er hörte, bestätigte seine Vermutung: »Hier ist Rosemarie Keller – Studio für spiritistische Energiearbeit. Ich wusste, dass Sie es sind. Aber im Moment habe ich mein Handy nicht eingeschaltet oder habe keinen Empfang. Hinterlassen Sie mir Ihre Nachricht nach dem Signalton. Ich rufe schnellstmöglich ...« Sonne legte auf.

Etwa zur gleichen Zeit klingelte Litzka am Artur-Kutscher-Platz 4 bei Rosemarie Keller. Es war ein warmer Spätsommertag und die Astrologin erwartete ihn in einem sommerlichen, apricotfarbenen Hosenanzug.

»Sie müssen Herr Huber sein«, begrüßte sie ihn mit dem falschen Namen, unter dem er sich angemeldet hatte. »Angenehm, kommen Sie doch rein. Und ziehen Sie bitte die Schuhe aus.«

Litzka betrachtete neugierig das Zimmer.

»Eine Zauberkugel werden Sie hier nicht finden«, sagte sie, als sie seine umherschauenden Blicke bemerkt hatte. »Sind Sie zum ersten Mal bei einer Astrologin?«

Er bejahte. »Ich bin über Ihre Webseite auf Sie aufmerksam geworden. Das hat mich neugierig gemacht. Wissen Sie, ich stehe privat und beruflich vor einigen schweren Entscheidungen. Und da möchte ich halt sicher gehen ...«

»Verstehe, Herr Huber. Ich kann Ihnen ein professionelles persönliches Horoskop anbieten. Anhand der Planeten-Konstellation kann ich ziemlich genau vorhersagen, zu welchen Zeiten Sie Entscheidungen treffen sollten und zu welchen besser nicht. Alternativ können Sie mir auch konkrete Fragen stellen und ich sehe mir mit meinem dritten Auge die Antworten an.«

»Drittes Auge?«

»So nennt man die Fähigkeit des Hellsehens. Man sagt auch zweites Gesicht.«

»Und wie soll das funktionieren?«

»Es ist wirklich wie ein drittes Auge, das ich öffne und mit dem ich Dinge sehen kann. Bilder oder sogar Filme. Diese Fähigkeit habe ich an mir schon entdeckt, als ich noch ein junges Mädchen war. Erklären kann ich es auch nicht, aber es funktioniert. Ich staune selbst immer wieder, dass man vieles so deutlich und klar sehen kann.«

»Aber wenn Sie Bilder und Filme aus der Zukunft sehen können, dann würde das doch bedeuten, dass unser ganzes

Leben vorherbestimmt ist und wir keinen Einfluss auf unsere Zukunft haben, oder?«

»Zeit ist eine Illusion!«, sagte sie geheimnisvoll. »Das wird Ihnen jeder Physiker bestätigen können. Alles, was jemals auf der Welt geschehen ist und geschehen wird, passiert gleichzeitig und ist schon passiert. Und das Horoskop ist nichts anderes als eine Aufzeichnung dessen, was bereits passiert ist.«

Litzka schaute etwas verwirrt, als er sagte: »Das heißt, das, was für uns Zukunft ist, ist in Wirklichkeit schon Vergangenheit?«

»Vergessen Sie die Begriffe von Vergangenheit, Gegenwart und Zukunft. Wie ich schon sagte: alles Illusion.«

»Sagen Sie sich selbst auch die Zukunft voraus?« Litzka war doch zu sehr Journalist, sodass er sich ein paar neugierige Fragen nicht verkneifen konnte.

»Bestimmte Dinge weiß ich einfach. Ich hatte mal einen Verehrer, von dem wusste ich ab der ersten Sekunde, dass er verheiratet war und Kinder hatte. Er musste mich gar nicht erst belügen. Geht Ihnen das nicht auch manchmal so, dass Sie zum Beispiel genau wissen, wer dran ist, wenn das Telefon klingelt? So ähnlich müssen Sie sich das vorstellen, natürlich viel intensiver und deutlicher.«

So was hat wohl jeder schon erlebt, dachte Litzka, der dies aber bislang immer für Zufall gehalten hatte. »Sie meinen, jeder hat ein bisschen hellseherische Fähigkeiten in sich?«

»Davon bin ich überzeugt. Man muss dies nur trainieren und ausbilden.«

»Ich glaube, ich würde das gar nicht wollen«, entgegnete er. »Ständig von irgendwelchen wildfremden Leuten in der U-Bahn die Lebensgeschichte als Film vor mir sehen ... nein, danke.«

Sie lachten beide. Die Atmosphäre war locker geworden.

»Stimmt es, dass auch viele Promis zu Sterndeutern gehen?«

»Ja, ich habe eine Menge Kunden aus dem Showgeschäft. Aber Sie werden verstehen, dass ich keine Namen nennen kann.«

»Klar. Gibt es auch Politiker, die sich Horoskope erstellen lassen?«

»Politiker sind nicht mehr oder weniger abergläubisch als der Rest der Bevölkerung.«

»Auch Spitzenpolitiker?«, fragte Litzka und versuchte, seine Frage möglichst beiläufig wirken zu lassen.

»Auch Spitzenpolitiker, ja. Glauben Sie mir: Ich habe Kunden, die sitzen ganz oben an der Macht.«

Litzka tat erstaunt: »Sie meinen, wir werden von Politikern regiert, die ihre Politik nach Horoskopen ausrichten? Auch hier im christlichen Bayern, wo jeder Politiker jeden Sonntag brav zum Gottesdienst erscheint?«

»Wo ist der Widerspruch? Erinnern Sie sich an die Weihnachtsgeschichte? Wer waren die Ersten, die dem Jesuskind in der Krippe huldigten? Sterndeuter aus dem Morgenland. Und wer hat ihnen den Weg gewiesen? Ein Stern. Und auch heute noch sind die Frommen diejenigen, die den Sternen am meisten glauben. Zu Recht! Das heißt aber nicht, dass es nicht auch Politiker aus nicht-christlichen Parteien gibt, die sich bei mir Rat holen.«

»Also auch Politiker aus der Opposition?«

Sie antwortete nicht, zog nur viel sagend die Augenbrauen hoch und lächelte. In diesem Moment läutete ihr Telefon im Nebenzimmer. Litzka schaute auf seine Uhr. Sonne hielt sich exakt an die vereinbarte Zeit.

»Sie entschuldigen mich einen Moment«, sagte sie und ging nach nebenan. Er wusste nicht, wie lange es Sonne, der sich als potenzieller Kunde ausgeben wollte, gelingen würde, sie an der Strippe zu halten. Zum Glück hat sie kein schnurloses Telefon, dachte er und sprang auf. Sie hatte ihren Kalender auf einem Couchtisch liegen. Mit seiner

Mini-Digitalkamera hatte er in wenigen Sekunden die Seiten der letzten Wochen abfotografiert. Es würde zwar mit einem Bildbearbeitungsprogramm später etwas Mühe bereiten, die Eintragungen lesbar auszudrucken, aber er hatte so etwas schon mehr als einmal hingekriegt.

»Nein, ich kann Sie nicht in eine Spielbank begleiten«, hörte er sie am Telefon sprechen. »Auch nicht, wenn Sie mir die Hälfte des Gewinns versprechen. Astrologen haben in Spielbanken leider Hausverbot. Und ich bin, wie Sie wissen, nicht ganz unbekannt.«

Sonne spielte seine Rolle offenbar gut. Als sie das Gespräch beendet hatte, saß Litzka wieder in derselben Position auf seinem Stuhl wie vorher.

»Tut mir Leid«, sagte sie. »Aber manche Leute haben vielleicht Vorstellungen ... Also, Herr Huber, haben Sie sich entschieden?«

»Ja, ich hätte gerne ein persönliches Horoskop. Wie lange brauchen Sie dafür?«

»Kein Problem. Nennen Sie mir Ihren Geburtstag und die Geburtsstunde. Dann kriegen Sie das Horoskop zugeschickt. Ich brauche dann noch Ihre Adresse.«

Jetzt fliegt die Tarnung auf, dachte er. Welche Adresse sollte er nennen, da er einen falschen Namen angegeben hatte?

»Ich hol's nächste Woche einfach ab, einverstanden?«, kam ihm die rettende Idee. »Ich komme eh regelmäßig an der Münchner Freiheit vorbei.« Er nannte ihr noch seinen Geburtstag und die Stunde. »Also dann«, verabschiedete er sich.

Sie begleitete ihn noch zur Tür. »Vielen Dank, Herr Huber. Aber beim nächsten Mal brauchen Sie keinen falschen Namen. Sie sind doch ein erfolgreicher Journalist, da müssen Sie sich für Ihren Namen doch nicht schämen.«

Er schaute sie sprachlos an, sie schloss nur lächelnd die Tür hinter ihm.

»Vielleicht kann sie ja wirklich hellsehen«, sagte Litzka, als er am Nachmittag mit seinem Laptop bei Sonne auf der Wohnzimmercouch saß.

»Bloß, weil sie bemerkt hat, dass du nicht deinen richtigen Namen genannt hast? Vielleicht hast du dich ja verplappert oder bist beim Lügen rot geworden.« Dann meinte er: »Obwohl: Einen Journalisten, der nicht lügen kann, habe ich noch nie gesehen.«

»Idiot«, erwiderte Litzka.

»Vielleicht hat sie ja auch nur mal dein Bild in der Zeitung gesehen. Du schreibst doch schon mal Kommentare, die mit deinem hässlichen Passfoto bebildert sind, oder?«

»Lass uns bei der Sache bleiben«, wiegelte Litzka das Thema ab. »Die beiden hatten also was miteinander«, fasste er zusammen, was Sonne soeben über seine in Stillers Landtagsbüro gewonnenen Erkenntnisse berichtet hatte. Er griff in die Schale gesalzener Erdnüsse, die auf dem Fußboden vor ihm stand. Sonnes Wohnung war bewusst spartanisch eingerichtet. Er leistete sich den Luxus des freien Raums, wie er manchmal erläuterte. Es gab keinen Wohnzimmertisch. Zwei Sofas standen sich gegenüber, dazwischen nur ein weißer Teppich auf dem Laminatfußboden. Der Junggesellenbude war anzusehen, dass Sonne nicht weit von der Autobahnauffahrt zur A 9 wohnte, von der aus man in einer Viertelstunde bei IKEA in Eching war. »Aber warum hat sie euch das nicht erzählt? Es müsste ihr doch klar sein, dass das nicht geheim bleibt.«

»Vielleicht wollte Stiller sich mit ihr zusammen in die Südsee absetzen. Und dafür brauchte er die Hunderttausend.«

»Mit Hunderttausend kannst du ohne Einkommen nicht mal am Starnberger See lange überleben. Geschweige denn in der Südsee«, entgegnete Litzka. »Das kann höchstens ein Startkapital gewesen sein. Trotzdem passt das irgendwie nicht zu Stiller.«

»Wie meinst du das?«, fragte Sonne.

»Ich meine, sorry für das Wortspiel, aber ich kann nicht anders: Stiller war ein stiller Typ. Ordentliches Familienleben, geradlinige Karriere, beliebt beim Volk. Und was Skandale angeht: klinisch sauber.«

»Was für einen CSU-Politiker ja nicht unbedingt selbstverständlich ist.«

»Und warum sollte er sich mit einer Geliebten absetzen, kurz bevor er ins Kabinett berufen werden sollte? Allein schon wegen der üppigen Pensionszahlungen würde sich das niemand entgehen lassen.«

»Absolut«, stimmte Sonne zu. »Und außerdem: Wenn ich in seinem Alter mit einer Geliebten durchbrennen würde, dann doch nicht mit einer Mittvierzigerin, sondern lieber mit einer knackigen Zwanzigjährigen.«

»Eben.« Litzka nahm einen Schluck Cola. Die salzigen Nüsse machten ihn durstig. »Aber lass uns doch mal schauen, ob uns der Kalender weiterbringt.«

Er startete den tragbaren Computer und verband seine Kamera über das USB-Kabel direkt mit dem Rechner, sodass in Sekundenschnelle die abfotografierten Seiten auf dem Bildschirm zu sehen waren. Er veränderte mit routinierten Mausklicks einige Einstellungen, vergrößerte die Kontraste und machte Ausschnittsvergrößerungen von den einzelnen Einträgen.

»Alles Initialen und Abkürzungen«, stellte Sonne fest. »pid, ANP, jsc, Sti, KASt, TRF, HKÖ, UME ... Ob uns das irgendwie weiterbringt?«

»Es war ja auch kaum zu erwarten, dass sie die vollen Namen ihrer Kunden einträgt, oder?«

»Sti könnte für Stiller stehen.« Sonne holte seine Notizen hervor, die er sich beim Durchschauen von Stillers Kalender im Abgeordnetenbüro gemacht hatte. Mit flinken Blicken verglich er die beiden Listen. »Tatsächlich. Immer wenn bei ihr ein Sti im Kalender steht, hat er sich ein fettes R notiert. Ein bis zwei Mal pro Woche.«

»So oft geht kein Mensch zur Astrologin. Bei einem Stundensatz von hundert Euro kann sich das wohl auch niemand lange leisten. Und die Hypothek wird er ja wohl nicht aufgenommen haben, um damit Horoskope zu bezahlen.«

»Sieht also wirklich so aus, als ob die zwei ein geheimes Verhältnis hatten. Fällt dir zu den anderen Abkürzungen etwas ein? Mir nicht.«

Litzka dachte nach. »Ich hatte mal im Volontariat eine Ausbildungsredakteurin, die als Kürzel pid verwendete. Außerdem gibt es einen Presse-Informations-Dienst, der sich so abkürzt.«

Auch Sonne schaute sich die Buchstabenkürzel intensiv an. Dann rief er plötzlich »Hey!«, streckte seinen Zeigefinger vor auf den Bildschirm und warf dabei mit dem Arm Litzkas Colaglas um. Sofort sprang er auf und lief in die Küche, um einen Lappen zu holen. Aus der Küche rief er herüber: »Schau dir mal das Kürzel KASt an! Fällt dir was auf?«

»Kasten Bier?«

»Denk nach, du Depp!«, sagte Sonne, der die Colapfütze aufwischte. Zum Glück war nichts in die Laptoptastatur geflossen. »Natürlich kann es ein Zufall sein, aber mir fällt ein: Kurt-Anton Stadlbauer. KASt. Das passt doch!«

»Wie die sprichwörtliche Faust aufs Auge«, stimmte Litzka aufgeregt zu. »Es kann natürlich wirklich ein Zufall sein, aber ...«

»Ich glaube nicht an Zufälle«, sagte Sonne, »jedenfalls nicht an solche«.

»Aber das würde ja heißen, dass sich der Ministerpräsident von einer Astrologin ...«

»Oder dass er auch ein Verhältnis mit ihr hat. Aber das glaube ich eher weniger. Wäre schön, wenn wir jetzt auch Stadlbauers Terminkalender hätten.«

»Meinst du, er würde Hellseherbesuche in seinen Kalender eintragen?«

»Absolut nicht. Aber ein Regierungschef hat sicher eine so volle Terminliste, dass er zu den fraglichen Zeitpunkten entweder andere Verpflichtungen drin stehen hat, oder ... Jedenfalls wäre ein Vergleich schon interessant. Kannst du nicht mal wieder deine nette Presseschnecke in der Staatskanzlei anzapfen?«

»Den offiziellen Terminkalender des MP zu bekommen dürfte nicht schwer sein. Der wird sogar regelmäßig als Pressemitteilung verschickt. Aber da wird nicht das drin stehen, was uns interessiert.«

»Vielleicht sollten wir der Frau Kollaritsch mal einen spontanen Besuch abstatten. Was hältst du davon? Vielleicht haben wir eine Verbindung zwischen beiden Anschlägen gefunden!«

* * *

Sonne und Litzka hatten direkt vor der Staatskanzlei am Franz-Josef-Strauß-Ring geparkt. Das beeindruckende Gebäude am Ostrand des Hofgartens vereinte Tradition und Modernität. Das 1906 errichtete bayerische Armeemuseum war 1992 zur neuen Staatskanzlei umgebaut worden. Der kuppelgekrönte Torso wurde seitdem von zwei verglasten, chromblitzenden Seitenflügeln umspannt. Die Staatskanzlei war die Regierungszentrale im Freistaat und wurde daher auch schon mal »Bayerischer Kreml« genannt. Die Opposition beklagte immer wieder, dass hier ein größerer Beamtenapparat tätig war als im Weißen Haus.

Die große Stahltüre öffnete sich wie von Geisterhand automatisch. Die hinter der Tür in einem Glaskasten postierten Polizeibeamten notierten Litzkas Autokennzeichen und begutachteten seinen mintfarbenen Presseausweis. Sonne zeigte seinen Dienstausweis und der Sicherheitsbeamte meldete den Besuch ordnungsgemäß im Vorzimmer der Pressestelle an.

»Sie werden abgeholt«, sagte er daraufhin. »Bitte warten Sie noch einen Moment.«

Sonne schaute sich in einem Ständer die ausgelegten Broschüren an und steckte ein paar Autogrammkarten von Stadlbauer ein. Litzkas fragenden Blick beantwortete er, indem er sagte: »Wer weiß, wie lange es diese Karten noch gibt. Vielleicht haben sie bald Sammlerwert bei ebay.«

Wenige Stunden zuvor hatte die Staatskanzlei das aktuelle Ärztebulletin über Stadlbauers Zustand verbreitet. Demnach war die Situation unverändert. Die Ärzte kämpften weiter um das Leben des Landesvaters.

»Grüß dich, Flitzer«, sagte Tanja, als sie die Treppe heruntergeeilt war.

»Darf ich dir Hauptkommissar Jürgen Sonne von der Mordkommission vorstellen?« Er wies auf den Mann in seiner Begleitung. »Können wir irgendwo ungestört reden?«

Tanja Kollaritsch und Jürgen Sonne gaben sich höflich die Hand.

Sie ist eine hübsche Frau, dachte Sonne. Sie war adrett gekleidet mit einer eng geschnittenen, schwarzen Stoffhose, einer weißen Bluse und darüber einem Halstuch. Die schwarzen Haare trug sie zu einem kessen Pferdeschwanz gebunden.

»Gehen wir hoch in mein Büro«, schlug sie vor.

Der gläserne Fahrstuhl, von dem aus sie das herrliche Panorama des Hofgartens und der Münchner Innenstadt genießen konnten, brachte sie Meter für Meter näher an das Zentrum der Macht. Die Pressestelle war in unmittelbarer Nähe zu den Büros des Ministerpräsidenten und des Staatskanzleiministers untergebracht. Eine durchlässige und offene Architektur beherrschte das Innere des Gebäudes. In jeder Etage lagen seitlich die Gänge vor den Büroräumen; der innere Kern, wo sich die Treppen befanden, gab den Blick von oben bis unten frei.

»Hier lang«, sagte Tanja und führte die Männer in ihr Büro.

Es sah nach Arbeit aus. Auf zwei Fernsehschirmen liefen ohne Ton die Programme von *N24* und *n-tv*, die auch mehr als vierundzwanzig Stunden nach dem Attentat immer noch mit Sondersendungen berichteten. Auf ihrem Schreibtisch stapelten sich die vom Vorzimmer verfassten Notizen mit Presseanfragen, jeweils mit einer Rückrufnummer und meistens mit dem Vermerk *dringend*.

»Wir wollen dich gar nicht lange aufhalten«, sagte Litzka. »Im Übrigen sind wir auch nicht ganz offiziell hier.«

Sonne und Litzka hatten vorher vereinbart, bei Tanja mit offenen Karten zu spielen. Nur so hatten sie die Chance, dass sie sich kooperativ zeigen würde.

Litzka fuhr fort: »Wir haben vielleicht eine Spur. Du kannst uns helfen herauszufinden, ob es eine heiße ist.«

Tanjas Gesicht war ein einziges Fragezeichen. »Was ich nicht ganz verstehe: Warum ermitteln Sie von der Mordkommission, Herr Sonne? Soviel ich weiß, liegt der Fall jetzt beim LKA.«

»Darf ich dir das ein anderes Mal erklären?«, sagte Litzka. »Du kannst mir vertrauen.«

»Es hat alles seine Richtigkeit, Frau Kollaritsch«, schwindelte Sonne ein bisschen. »Sie wissen doch, wie das mit den Kompetenzverteilungen bei staatlichen Behörden ist. Das wird in der Staatskanzlei nicht anders sein als bei der Polizei. Da gibt es schon mal Eifersüchteleien, wer für was zuständig ist und wer was in welchem Moment tun darf. Sie verstehen?«

»Oh, ich verstehe sehr gut«, antwortete Tanja und zu Litzka gewandt sagte sie: »Ich weiß, dass ihr okay seid. Also, was kann ich für euch tun?«

»Wir brauchen den Kalender des MP«, brachte Litzka ihr Anliegen auf den Punkt.

Sie schaute beide an, als wollte sie sagen: Ist das alles? Sie sagte aber: »Die Termine aller Kabinettsmitglieder stehen auf unserem Zentralserver. Wir arbeiten alle mit Outlook und sind vernetzt.«

»Das heißt?«, fragte Sonne.

»Das heißt, dass jeder, der mit seinem Login die entsprechende Berechtigung hat, auf die Termindatenbank der ganzen Staatsregierung zugreifen kann. Ist ja auch sinnvoll; wenn ich zum Beispiel eine gemeinsame Pressekonferenz von Däxl und Kaserer plane, dann kann ich mir auf Knopfdruck alle Termine auf den Schirm holen, wo beide Zeit haben.«

»Ist ja genial«, sagte Litzka. »Und sind da auch private Termine verzeichnet?«

»Im Grunde schon. Aber jeder, der einen Termin eingibt, kann ihn für andere Nutzer blocken. Das heißt, für alle anderen ist nur ein bestimmter Zeitraum im Kalender für andere Termine gesperrt, man kann aber nicht sehen, um was für einen Termin es sich handelt.«

Vorsichtig fragte Sonne: »Und wäre es ein Dienstvergehen, wenn Sie mal verschiedene Termine im Kalender des Ministerpräsidenten anschauen würden?«

»Natürlich nicht«, sagte sie und tippte einige Tasten an ihrem PC. »Jetzt kann ich jedes beliebige Datum anklicken. Ein Dienstvergehen wäre es nur, wenn ich die Daten Unbefugten weitergeben würde.« Sie zwinkerte Litzka zu. »Ich glaube, ich muss mal kurz für kleine Mädchen. Bin sofort wieder da. Und Finger weg von meinem PC!«

»Sie ist ein Schatz, oder?«, sagte Litzka, als Tanja die Tür hinter sich verschlossen hatte.

»Absolut«, stimmte Sonne zu, »ein richtiger Schatz.« Er diktierte Litzka die notierten Daten, an denen bei Rosemarie Keller das Kürzel KASt im Kalender gestanden hatte.

»Alles Volltreffer«, sagte Litzka. »Überall steht derselbe Vermerk: FT. Keine Ahnung, was das heißen mag.«

»FT«, murmelte Sonne. »Vielleicht Fraktionstreffen?«

»Oder auch fadenscheinige Treffen mit Hellseherinnen«, sagte Litzka und lachte. Er scrollte mit dem Mauszeiger durch die Termine. »Erstaunlich, hier ist überhaupt nichts geblockt. Alle Termine sind für jeden einsehbar. Nur einer nicht.« Er klickte auf den Eintrag, den er gerade entdeckt hatte. »Ist ja interessant! Hier steht ›Treffen mit MdL Stiller‹. Und wenn ich auf ›Thema‹ klicke, kommt der Sperrvermerk.«

»Was heißt MdL und wann genau war der Termin?«, fragte Sonne.

»Mitglied des Landtags. Und der Termin war genau vier Tage vor Stillers Tod.«

Es klopfte an der Tür und eine Sekunde später kam Tanja wieder herein. »Bin schon wieder da.«

»Nur eine ganz allgemeine Frage, ohne konkreten Anlass«, sagte Litzka. »Was bedeutet eigentlich die Abkürzung FT?«

»Das kommt ganz auf den Zusammenhang an. Könnte *Financial Times* bedeuten. Es gibt aber auch in unserem Kalendersystem verschiedene vom Programmierer des Computersystems festgelegte Abkürzungen, zum Beispiel KF für Konferenz, BA für Betriebsausflug, AT für Arzttermin und es gibt tatsächlich auch die Abkürzung FT für Friseurtermin.«

»Friseurtermin?«, wiederholten Sonne und Litzka wie aus einem Mund.

»So, jetzt müsst ihr mich aber entschuldigen, ich habe noch einiges zu tun. Ein Dutzend Redakteure wartet auf meinen Rückruf.«

»Danke, wir finden raus«, sagte Litzka.

Und als der Fahrstuhl sie wieder zum Ausgang beförderte, murmelte Sonne immer wieder ein Wort vor sich hin: »Friseurtermin.«

Litzka hatte Spätdienst in der Redaktion. Seine Aufgabe war es, die Texte der Kollegen Korrektur zu lesen und bis zum Andruck um Mitternacht die Nachrichtenticker im Auge zu behalten, um notfalls noch Meldungen zu aktualisieren oder auszutauschen. Außerdem hatte er Zeit, die Tonbandaufzeichnung seines Interviews mit einem Polizeipsychologen, das er am Vormittag zum Thema *Attentäter, Terroristen, Amokläufer – Warum Menschen töten* geführt hatte, in Ruhe abzutippen.

Das Großraumbüro wurde allmählich leerer. Das Feuilleton hatte wie üblich als Erstes Feierabend gemacht, in der Wirtschaft war auch nur noch ein Volontär zu Gange, der die Börsenkurse in eine Tabelle eintragen musste. Litzka genoss es beim Spätdienst immer, wenn nach und nach in dem hektischen Bienenstock immer mehr Ruhe einkehrte. Er packte seine Salami-Semmel vom Bäcker Müller aus, goss sich eine Cola ein und tippte die Aussagen des Polizeipsychologen in seinen Computer, im Hintergrund lief wie immer die durch Verkehrshinweise und den Wetterbericht unterbrochene Endlos-Nachrichtenschleife von *B5 Aktuell* leise vor sich hin.

»Ciao, Flitzer«, verabschiedete sich gegen zwanzig Uhr als Letzter Politikchef Hilfringhaus in den Feierabend. »Wünsche dir einen ruhigen Dienst. Bis morgen.«

»Gute Nacht, bis morgen«, erwiderte Litzka.

Das Nachrichtensystem auf seinem PC zeigte nur Meldungen mit normaler Dringlichkeitsstufe. Einen Wohnungsbrand in Eching, einen Unfall mit drei Schwerverletzten auf der A 96 bei Germering, mal wieder eine Rücktrittsforderung der Grünen an den Agrarminister und den einhundertzwölften BSE-Fall in Bayern. Nichts, was zum Ausbruch von Hektik Veranlassung gab. Das Attentat stellte nach wie vor alles andere in den Hintergrund. Nur waren immer noch keine verlässlichen Informationen an die Öffentlichkeit gedrungen. Die Nachrichtensperre zeigte ihre Wirkung, heillose Spekulationen waren die Folge. Der Gesundheitszustand des Ministerpräsidenten war dem Vernehmen nach unverändert kritisch.

Litzka schaute aus dem Fenster auf den Innenhof des Pressehauses. Als er sicher war, dass Hilfringhaus mit seinem BMW den Parkplatz Richtung Frau und Kinder verlassen hatte, ging er zum Foto-Pool. Das war der Arbeitsplatz der Bildredaktion. Vier Schreibtische standen sich gegenüber, in der Mitte war eine große, beleuchtbare Glasplatte, auf der früher die Dia-Positive begutachtet wurden. Doch heute spielte sich in der Fotoredaktion alles digital am Computer ab.

Litzka schaltete den Mac ein. Es dauerte eine Weile, bis der Rechner hochgefahren war und er sich ins Netz eingeloggt hatte. Er klickte auf das Symbol ›Mecom-Bild‹. Mecom war der Satellit der deutschen Nachrichtenagenturen, die nicht nur zigtausende Texte, sondern auch Pressefotos aus aller Welt direkt in die Redaktionen sendeten. Dann klickte er die Archivfunktion an. Als Suchbegriffe gab er ›Ministerpraesident‹ und ›Stadlbauer‹ ein. Als Datum den 1. September. Siebenundzwanzig Treffer. Zu Wahlkampfzeiten begleiteten die Agenturfotografen den Ministerpräsidenten auf Schritt und Tritt und lichteten ihn bei jedem Fassanstich und jeder Bierzeltrede ab. Dann gab er den 3. September mit denselben Suchbegriffen ein. Diesmal immerhin fünfzehn Treffer. Er klickte die Bilder an, auf denen der Kopf des Ministerpräsidenten am größten zu sehen war. Er verglich die Fotos vom 1. und vom 3. September. Und dann stellte er ganz eindeutig fest: Dieser Mann war am zweiten September auf keinen Fall beim Friseur gewesen. Sicherheitshalber machte er den Vergleich auch noch mit den anderen Daten, an denen Stadlbauer seinem Kalender zufolge Friseurtermine hatte. Und immer mit demselben Ergebnis: Weder die Haarlänge noch die Haarfarbe hatten sich geändert –

wobei man ja öffentlich nicht behaupten durfte, ein Politiker würde sich die Haare färben.

Litzka wollte gerade das Mecom-Programm wieder schließen, als ihm ein Foto auffiel, das Seltenheitswert hatte: Kurt-Anton Stadlbauer und Heinz Körber reichten sich die Hände. Das Foto war vor dem Fernsehduell des Ministerpräsidenten und des Spitzenkandidaten der SPD im Studio des *Bayerischen Rundfunks* aufgenommen worden. Normalerweise gingen sich die beiden Kontrahenten großräumig aus dem Weg. Und auch zu dem TV-Duell war es nur gekommen, weil die SPD mit einer Verfassungsklage gedroht hatte und Stadlbauers Berater ein langwieriges Gerichtsverfahren mit ungewissem Ausgang vermeiden wollten.

Litzkas Blick blieb einen Moment an Heinz Körber hängen. Dann kam ihm ein Geistesblitz. Er sprang auf und lief wieder zu seinem Schreibtisch, startete das Grafikprogramm und öffnete die Datei des abfotografierten Kalenders der Wahrsagerin.

Tatsächlich! Unter den vielen Buchstabenkürzeln, die sie nicht zuordnen konnten, war auch die Kombination HKö gewesen.

* * *

Sonne wusste, er würde tierischen Ärger kriegen, wenn herauskäme, dass er auf eigene Faust ermittelte. Doch er wusste auch, dass Steinmayr hinter ihm stehen würde, wenn es hart auf hart kommen sollte. Nach Litzkas Anruf hatte er sich dagegen entschieden, Steinmayr in die neuen Erkenntnisse einzuweihen. Er wollte ihn erst informieren, wenn er ganz sicher war.

Bei Heinz Körber einen Termin zu bekommen, war nicht schwer. Litzka hatte ihm seine Handynummer gleich geben können. Er erwischte ihn noch in der Parteizentrale der Bayern-

SPD am Oberanger, wo am Abend das Wahlkampfteam tagte. Sie vereinbarten einen Termin in einer halben Stunde.

Sonne fuhr mit der U-Bahn, denn am Sendlinger Tor war auch um diese Zeit kein Parkplatz zu finden. Die SPD-Zentrale lag in einem Bürohaus gegenüber der Hauptfeuerwache, ganz in der Nähe des *Stadtcafés*. Sonne schaute auf die Schilder am Eingang des Vollmarhauses und stellte fest, dass der Bundesinnenminister hier eine Anwaltskanzlei betrieb. Er wusste gar nicht, dass der Minister, der mehr wie ein Hanseat auftrat, ein Münchner war. Die verglaste Haustür war verschlossen, daher läutete er an der Klingel mit der Aufschrift *SPD-Landesverband*.

Nachdem ein Türsummer ertönte, betrat er das Haus und betätigte den Schalter für den Fahrstuhl. Die Geräusche, die er hinter der roten Eisentür hörte, waren alles andere als Vertrauen erweckend. Er dachte an den High-Tech-Lift in der Staatskanzlei und wünschte sich, dass man den Zustand der bayerischen SPD nicht an der technischen Ausstattung ihres Fahrstuhls ablesen musste. Mit Geschepper öffnete sich die Tür. Er drückte den Schalter für die zweite Etage. Politisch war er nicht sonderlich interessiert. Zwar hatte er nicht das Gefühl, in Bayern schlecht regiert zu werden – den Beamten ging es im Freistaat trotz der angekündigten Verlängerung der Wochenarbeitszeit auf zweiundvierzig Stunden vergleichsweise gut – dennoch hatte er von seinen Eltern so etwas wie sozialdemokratisches Blut geerbt. Sein Vater war Mitglied in der Kölner SPD und ein glühender Verehrer von Willy Brandt gewesen. Ja, Brandt war ein aufrechter Mann gewesen, den man verehren durfte. Aber von Heinz Körber hatte er noch nicht viel gehört. Dabei war er der Chef der zweitgrößten Partei im Freistaat und wollte Stadlbauer als Ministerpräsident herausfordern.

Keine Sekretärin, kein Referent, kein Pressesprecher. Körber persönlich öffnete die Tür.

»Guten Tag, Herr Kommissar.«

Körber war eine unauffällige Persönlichkeit, Anfang bis Mitte fünfzig, eher klein und schmächtig. Ganz anders als man sich einen bayerischen Politiker vorstellte. Er trug schwarze Jeans, ein dunkelrotes Hemd, dessen oberster Knopf geöffnet war, keine Krawatte. Er hatte dichtes, dunkles Haar und einen Vollbart, der ihn sehr gemütlich wirken ließ. Jetzt erinnerte sich Sonne auch an ein Wahlplakat und an einen Zeitungsartikel, in dem ein Designer sich darüber empört hatte, dass Körber entgegen allen Moderegeln den untersten Knopf seines Sakkos zugeknöpft hatte.

»Guten Tag, Herr Körber. Sehr schön, dass Sie sich spontan die Zeit nehmen können.«

»Kein Problem. So kurz vor der Wahl bin ich fast rund um die Uhr hier im Einsatz. Kommen Sie in mein Büro! Möchten Sie ein Glas Wasser? Ich würde Ihnen gerne einen Kaffee anbieten, aber es ist keiner mehr da, und die Läden haben ja schon geschlossen. Unsere Sekretärin habe ich heute auch mal pünktlich heim geschickt.«

Sie gingen durch einen neonbeleuchteten Gang, der mit SPD-Wahlplakaten der vergangenen Jahre dekoriert war.

»Kein Problem, machen Sie keine Umstände. Ich habe nur ein paar Fragen.« Sonne setzte sich auf einen Stuhl am Besprechungstisch in Körbers Büro, das ungefähr halb so groß war wie das Vorzimmer von Tanja Kollaritsch.

»Was bedeutet für Sie und den Wahlkampf das Attentat auf Stadlbauer?«

Körber atmete tief durch. »Wir sind alle entsetzt. Ein solches Attentat ist ein Anschlag auf die freiheitliche Demokratie. Bei allen politischen Unterschieden und Rivalitäten, wir sind alle Demokraten und treten mit fairen Mitteln gegeneinander an. Wir haben es hier mit einer durch und durch verabscheuungswürdigen Tat zu tun. Und ich hoffe sehr, dass Stadlbauer überlebt.«

Klingt wie ein auswendig gelerntes Pressestatement, dachte Sonne.

»Was wird denn aus der Wahl, wenn Stadlbauer sterben sollte oder bis dahin nicht aus dem Koma erwacht?«

»Auf die Wahl hat das keinen Einfluss. Der Ministerpräsident wird ja nicht direkt vom Volk gewählt. Stadlbauer ist nur einer von Hunderten, die in ihren Wahlkreisen antreten. Die gewählten Abgeordneten wählen dann aus ihren Reihen in freier und geheimer Wahl den Ministerpräsidenten. Dass das der Spitzenkandidat der größten Fraktion wird, ist zwar selbstverständlich, aber nicht formal vorgeschrieben.«

»Das heißt, der Landtag könnte auch irgendeinen Hinterbänkler zum Regierungschef wählen?«

»Theoretisch jederzeit. Aber die Spitzenkandidatur ist ja so etwas wie ein Wahlversprechen, das man nach der Wahl auch einlösen wird. Und was das schreckliche Attentat betrifft: Der Täter, aus welchen Motiven heraus auch immer er gehandelt hat, hat uns damit keinen Gefallen getan.«

»Wie meinen Sie das?«

»Wir liegen in den Umfragen ja eh schon weit abgeschlagen, bei zwanzig Prozent plus X, während die CSU bei fünfzig Prozent plus X schon bald an die sechzig heranreicht. Jetzt müssen wir befürchten, dass der eine oder andere Unentschlossene aus Empörung über den Anschlag auch noch CSU wählt. Einen Mitleidsbonus für die CSU können wir im Moment überhaupt nicht gebrauchen. Das soll jetzt nicht pietätlos klingen, Herr Kommissar. Sie erlauben, dass ich einen Moment das Fenster öffne?«

Sonne nickte und Körber ließ nicht nur frische Luft in den Raum ohne Klimaanlage, sondern auch den Straßenlärm.

Als Körber sich wieder gesetzt hatte, sagte Sonne: »Der Grund meines Besuches ist ... etwas delikat. Sie können sich darauf verlassen, dass alles vertraulich behandelt wird.«

Körber sah ihn fragend an.

»Sagt Ihnen der Name Rosemarie Keller etwas?«

Das Aussprechen des Namens der Hellseherin schien für ihn keine Bedrohung darzustellen. »Ja, natürlich. Das ist diese Astrologin von der Münchner Freiheit. Eine Schwindlerin, die die Geschicke unseres Landes steuert, indem sie dem Regierungschef dubiose Horoskope erstellt.« Dann fügte Körber hinzu: »Das jedenfalls hätte ich gerne bewiesen und damit kurz vor der Wahl einen großen Skandal enthüllt.«

»Aber Sie selbst sind doch auch ...«

»Ja, ich hatte mehrere Termine bei ihr. Das stimmt. Aber doch nicht, um mir die Zukunft voraussagen zu lassen! Wo denken Sie hin! Ich wollte persönlich herausfinden, ob an diesen Gerüchten etwas dran ist.«

»Was für Gerüchte?«

»Auf den Fluren des Landtags wird schon lange hinter vorgehaltener Hand erzählt, dass das halbe Kabinett zu dieser Sterndeuterin pilgert. Aber beweisen konnte es noch niemand. Selbst die *BILD*-Zeitung hat die Finger davon gelassen, weil sie die Geschichte nicht wasserdicht bekommen hat.«

»Und da haben Sie gedacht, Sie wagen sich selbst in die Höhle des Löwen?«

»Sozusagen. Ich dachte, vielleicht finde ich irgendwelche Hinweise darauf, dass an den Gerüchten etwas dran ist. Das war mir die hundert Euro schon wert. Die ich übrigens natürlich nicht aus der Parteikasse bezahlt habe! Wenn ich im Wahlkampf nachweisen könnte, dass der Ministerpräsident sich die Sterne deuten lässt, wie im Mittelalter, dann wäre er am Ende gewesen.« Er erschrak offenbar über seine eigenen Worte, als er daran dachte, dass Stadlbauer im Krankenhaus mit dem Tod kämpfte. »Aber selbst wenn wir Beweise hätten: In der jetzigen Situation könnten wir damit nicht mehr an die Öffentlichkeit gehen. Man würde uns vorwerfen, gegen Wehrlose auch noch nachzutreten.«

»Warum waren Sie denn persönlich bei Frau Keller und haben keinen Strohmann geschickt? Hatten Sie keine Angst, dass der Schuss nach hinten losgeht und man Ihnen nachsagt, an Hellseherei zu glauben?«

»Ich hatte darauf spekuliert, dass sie vielleicht eher eine Andeutung macht, wenn sie weiß, wer ich bin. Außerdem wollte ich auch in meiner Partei niemanden einweihen. Erst wenn ich Beweise gehabt hätte, hätte ich das in den Gremien besprochen. Verstehen Sie?«

»Absolut«, sagte Sonne. »Und ich kann Ihnen versichern, dass dieses Gespräch unter uns bleibt. Ich werde kein Protokoll anfertigen und auch auf der Dienststelle kein Wort davon erwähnen. Dieses Gespräch hat offiziell nicht stattgefunden. Einverstanden?«

Körber konnte nicht wissen, dass Sonne dieses Versprechen mindestens ebenso recht war wie ihm.

»Eine Frage habe ich noch, Herr Körber. Kennen Sie Ludwig Kaiser? Inhaber der Kaiser AG aus Starnberg?«

»Den Kaiser Ludwig? Freilich. Hinter dem sind wir auch schon lange her.«

»Inwiefern?«

»Das ist auch so ein Fall: viele Gerüchte, aber keine handfesten Beweise. Wir haben Hinweise darauf, dass Kaiser ganz tief im CSU-Sumpf drinsteckt. Wir vermuten, dass da Unsummen an Schwarzgeld geflossen sind. Sie wissen schon: Spenden in schwarzen Koffern, ohne Quittung und nicht im Rechenschaftsbericht verbucht. Aber Genaues kann Ihnen da unser Generalsekretär, Volker Thoms, erzählen. Er stammt aus Starnberg und verfolgt die Geschichte schon lange. Wenn Sie wollen, sehe ich nach, ob er noch da ist.«

Sonne wollte.

Unter der Bezeichnung Generalsekretär hatte sich Sonne eher einen schwergewichtigen alten Hasen im Polit-Geschäft vorgestellt. Doch Volker Thoms verkörperte das Gegenteil – weniger General als Sekretär. Sonne schätzte ihn etwa so alt, wie er selbst war. Thoms war schlank, trug ein graues Flanellhemd und eine braune Cordhose, hatte schwarze krause Haare und trug eine runde Brille.

»Thoms, angenehm. Heinz hat mir schon gesagt, worum es Ihnen geht. Sie interessieren sich für Kaiser Ludwig?«

»Richtig. Ich habe ihn schon kennen gelernt. Ich hatte den Eindruck, dass er uns nicht alles erzählt hat, was wir gerne gewusst hätten.«

»Das glaube ich gerne«, sagte Thoms, der im großen Tagungsraum des Wahlkampfteams an der Längsseite des Konferenztisches saß. Sonne hatte sich einen Stuhl und neben ihm Platz genommen. »Wenn er alles erzählen würde, dann säße er wohl längst im Knast.«

»So?«

»Davon bin ich jedenfalls überzeugt. Ich selbst komme aus Starnberg, bin dort aufgewachsen und in die örtliche SPD eingetreten. Ich verfolge seit Jahren, was Kaiser da treibt. Es ist beängstigend, wie ihn alle gewähren lassen. Im Stadtrat macht keiner den Mund auf und die Lokalpresse fasst das Thema nicht an. Wenn der Name Kaiser fällt, scheint sich in den Redaktionen niemand zuständig zu fühlen.«

»Ach, ich dachte, unsere Medien wären kritisch und investigativ?« Er dachte an Litzka, der immer die Rolle der freien Presse als vierte Gewalt bei der Kontrolle der Staatsgewalt pries.

»Kommt immer drauf an. Ich habe die Vermutung, dass die Verleger hier jegliche Recherchen unterbinden. Ohne die Werbeanzeigen der Kaiser AG und ihrer Töchter in den Lokalteilen wären die Starnberger Redaktionen sicher längst geschlossen oder in die Zentralen nach München verlegt worden. Und wer weiß, welche Summen da noch hinter den Kulissen fließen!«

»Hm«, erwiderte Sonne. »Mit anderen Worten: Kaiser kann schalten und walten und kein Mensch schaut ihm auf die Finger?«

»Mehr oder weniger, ja. Wenn mal der Funke eines Verdachts publik wird, verläuft garantiert alles ganz schnell im Sande. So wie damals in der Klinik-Affäre.«

»Was war da?«, fragte Sonne interessiert.

»Es gab einen Untersuchungsausschuss im Landtag, der klären sollte, ob Stadlbauers Vorgänger, der Gruber Hans, dafür, dass er regelmäßig umsonst in der Saliniotakis-Klinik behandelt wurde, als Gegenleistung diesem Krankenhaus unzulässig öffentliche Fördermittel zukommen ließ. Gruber starb schließlich nach einem schweren Krebsleiden – in der Saliniotakis-Klinik.«

Sonne erinnerte sich: Das war die Klinik in Kempfenhausen, an der er mit Holmsen vorbeigefahren war und an die er sich im Zusammenhang mit irgendeinem Skandal erinnert hatte. Er meinte, darüber erst kürzlich etwas im *Stern* gelesen zu haben. »Und was hat Kaiser jetzt damit zu tun?«

»Im Rahmen der Untersuchungen – ich war Mitglied im Ausschuss – tauchten handschriftliche Unterlagen über inoffizielle Zuwendungen von Kaiser an Professor Saliniotakis auf. Als wir die Geldströme zurückverfolgten, stießen wir auf eine Spendenliste von Kaiser. Neben den Summen für Saliniotakis war dort als zweitgrößter Geldempfänger mit dreimal fünfundsechzigtausend Mark der Starnberger Landtagsabgeordnete Richard Stiller verzeichnet.«

»Ach nein, Stiller bekam Geld von Kaiser?«

»Jedenfalls konnte man so diese Liste deuten. Das Geld ist nie aufgetaucht. Auf unser Drängen hin wurde die Staatsanwaltschaft eingeschaltet, aber über ein Vorermittlungsverfahren ging es nie hinaus. Kein hinreichender Anfangsverdacht, hieß es damals.«

3 x 65.000 DM, schrieb Sonne in sein Notizbuch.

»Es ist nicht meine Aufgabe, hier zu spekulieren«, fuhr Thoms fort. »Aber es liegt der Verdacht in der Luft, dass der Angelegenheit aus politischen Motiven nicht weiter nachgegangen wurde. Es gab einen Staatsanwalt, der weitere Ermittlungen führen wollte. Doch zufälligerweise wurde er kurz darauf befördert – zum Amtsgerichtspräsidenten in Deggendorf. Und der zuständige Generalstaatsanwalt, der offenbar alle Ermittlungen blockiert hat, wurde wenige Monate später auf eigenen Wunsch in den vorzeitigen Ruhestand versetzt. Sein Nachfolger interessiert sich nicht für den Fall.«

»Aber wenn Sie das alles beweisen können ...«

»Kann ich ja nicht. Unabhängigkeit der Justiz. Der Einzige, von dem man das Gefühl hatte, dass ihm wirklich an Aufklärung gelegen war, das war der Justizminister Staudinger. Er wechselte erst nach der Affäre vom Wissenschaftsministerium ins Justizressort. Er soll verschiedene Untersuchungen angeordnet haben. Doch was hilft das, wenn er dann vom zuständigen Staatsanwalt einen Bericht bekommt, dass keine ausreichenden Verdachtsmomente vorliegen?«

»Dann ist der Justizminister machtlos der Willkür seiner eigenen Leute ausgeliefert?«, fragte Sonne empört. Ihm fiel ein, dass es bei der Staatsanwaltschaft München I eine hübsche Staatsanwältin mit dem Namen Heidrun Staudinger gab, die immer betonte, mit dem Minister weder verwandt noch verschwägert zu sein.

»Das haben Sie gesagt, Herr Kommissar.«

»Diese Spenden für Stiller interessieren mich natürlich. Welchen Zweck könnten sie gehabt haben?«

»Auch hier liegt der Grund offensichtlich auf der Hand – aber er lässt sich nicht beweisen. Etwa zur gleichen Zeit nämlich setzte sich Stiller in allen politischen Gremien, wo er Einfluss hatte, dafür ein, dass Kaiser eine Sondererlaubnis bekam, um in Berg auf einer eigentlich als Wohngebiet ausgewiesenen Fläche die deutsche Niederlassung der Swiss-Medical-Pharma anzusiedeln.«

»Lassen Sie mich raten«, sagte Sonne. »Im Flächennutzungsplan wurde das Gebiet kurz darauf für Industrie und Gewerbe zugelassen.«

»Exakt«, antwortete Thoms und lächelte gequält. »Als mit dem Bau auf dem Firmengelände begonnen wurde, musste ein halbes Dutzend sehr alter Bäume gefällt werden. Es gab mehrere Protestdemos dagegen. Weniger wegen der paar Bäume als aus Hilflosigkeit gegenüber den politischen Entscheidungen, die Kaiser immer wieder Hürden aus dem Weg räumten ...«

»... während der einfache Bürger den Carport vor seiner Garage nicht genehmigt bekommt.«

»Ich hoffe, wir kriegen ihn irgendwann«, murmelte Thoms.

* * *

Sonne ging zu Fuß Richtung Sendlinger Tor, als er Litzka in der Redaktion anrief und ihm in wenigen Worten die neuen Erkenntnisse über Ludwig Kaiser berichtete.

»Wenn man lang genug sucht, findet man vielleicht auch einen Vermerk über eine Spende an unseren Chefredakteur. Mich würde echt nichts mehr wundern«, sagte Litzka und berichtete von seinen Erkenntnissen bezüglich Stadlbauers vermeintlicher Friseurtermine. »Interessant, oder?«, sagte er schließlich.

»Absolut«, antwortete Sonne. »Meinst du, deine Tanja kann uns mehr darüber erzählen, wie Kaiser in die bayerische Politik verstrickt ist? Ich glaube, wenn es jemanden gibt, der uns weiterhelfen kann, dann ist das Tanja. Lass uns am besten gleich zu ihr hinfahren!«

»Sorry, aber ich habe bis Mitternacht Dienst in der Redaktion. Kann hier nicht weg. Aber ich kann ihr Bescheid sagen, dass du sie in der Staatskanzlei besuchen kommst. Ich schreib ihr eine Mail, ja?«

»Ist sie denn um diese Zeit noch im Büro?« Sonne schaute auf die Uhr in seinem Armaturenbrett. Halb neun.

»Ja, ich habe vor zehn Minuten eine E-Mail von ihr mit dem aktuellen Ärztebulletin über Stadlbauers Zustand bekommen. Sie muss also noch im Dienst sein.«

»Und? Wie geht's Stadlbauer?«

»Unverändert kritisch«, antwortete Litzka. »Der Bericht hat fast denselben Wortlaut wie das, was auf der PK verlesen wurde.«

Sonne hörte am anderen Ende der Leitung Beethovens Schicksalssymphonie ertönen.

»Entschuldige, bei mir klingelt das Handy«, sagte Litzka. »Ich schreib Tanja eine Mail, dass du gleich bei ihr bist, okay? Also dann.«

Mit der nächsten U3 Richtung Olympiazentrum waren es nur zwei Stationen bis zum Odeonsplatz, sodass er nach weniger als zehn Minuten zum zweiten Mal an diesem Tag vor der großen Eisentür der Staatskanzlei stand und den wachhabenden Polizisten in der verglasten Kabine an der Pforte seinen Dienstausweis zeigte.

Und wieder die Antwort nach kurzer telefonischer Rückfrage: »Sie werden abgeholt.«

»Grüß Gott, Herr Kommissar«, sagte die Pressereferentin. »Frank Litzka hat Sie schon angekündigt. Ich hätte eigentlich schon lange Feierabend. Wollen wir in mein Büro gehen oder ins Tambosi am Hofgarten, auf ein Bier?«

»Das ist eine nette Idee, Frau Kollaritsch. Aber ehrlich gesagt, würde ich mit Ihnen gerne woanders hingehen.«

Sie wurde rot und Sonne bemerkte, dass seine Wortwahl wohl etwas missverständlich war. »Ich meine, besteht die Möglichkeit, dass wir ... sozusagen inoffiziell und außerhalb des Protokolls ...«

»Ja?«, fragte Tanja neugierig.

»Ich würde gerne mal einen Blick in das Büro des Ministerpräsidenten werfen«, sagte Sonne. Und er hätte vielleicht besser nicht hinzufügen sollen: »Nachdem Sie uns heute Nachmittag ja auch schon mal inoffiziell sehr behilflich waren.«

»Nicht dass Sie glauben, das wird zur Regel«, sagte sie schnippisch. »Ich lasse mich nicht als Polizeischnüfflerin anheuern, damit das mal klar ist!«

Sonne blickte sich besorgt um, aber die zwei Polizisten hinter der Glasscheibe an der Pforte unterhielten sich angeregt miteinander und bekamen offenbar nichts mit von seinem Gespräch mit Frau Kollaritsch.

»Nicht jeder, der der Polizei behilflich ist, ist auch gleich ein Schnüffler. Außerdem sollen Sie ja nicht schnüffeln«, versuchte er sie zu besänftigen. »Es geht nur darum, dass Sie mir unbürokratisch eine Tür öffnen, wofür ich sonst einen richterlichen Beschluss bräuchte. Den ich freilich bekommen würde. Aber das dauert halt.«

Tanja machte ein ernstes Gesicht und sagte: »Unter zwei Bedingungen.«

»Ich höre.«

»Anschließend trinken wir im Tambosi noch ein Bier.«

»Die zweite Bedingung?«

»Sie zahlen!«

Sonne akzeptierte beide Bedingungen und sie fuhren wieder mit dem gläsernen Lift in den vierten Stock der Staatskanzlei.

»Ihnen ist schon klar, dass ich dieses Spiel nicht mitmachen würde, wenn es nicht um die Aufklärung eines Mordfalles ginge?«, sagte sie mit dem strengen Ton einer Lehrerin, die ausnahmsweise die Strafarbeit für fehlende Hausaufgaben zur Bewährung aussetzt.

»Wenn es nicht um die Aufklärung eines Mordes ginge, wären wir niemals aufeinander getroffen«, sagte Sonne und fügte in Gedanken hinzu: was sehr bedauerlich gewesen wäre. Anders als bei ihrem Treffen am Nachmittag trug sie jetzt kein Halstuch mehr. Und ihre Haare waren nicht mehr zum Pferdeschwanz gebunden, sondern offen.

Im vierten Stock der Regierungszentrale herrschte gespenstische Ruhe. Die Flure wurden nur durch eine Notbeleuchtung spärlich erhellt.

»Normalerweise arbeitet der MP hier bis in den späten Abend hinein und entsprechend lange bleiben natürlich auch seine engsten Mitarbeiter. Aber heute ist hier keine Menschenseele mehr«, sagte Tanja und öffnete wie selbstverständlich mit ihrem Schlüssel die Tür zu Zimmer 405, dem Büro des Ministerpräsidenten.

So einfach hätte Sonne sich das nicht vorgestellt. »Sie können hier einfach so rein?«

»Es passiert nicht selten, dass der MP, wenn er spät abends noch unterwegs ist, mich anruft, weil er irgendwelche Zahlen braucht, die er sich irgendwo in seinen Unterlagen notiert hat. In solchen Fällen gehe ich in sein Büro und suche. Meistens finde ich auch, was er braucht.

»Dann bin ich aber froh, dass ich Sie zu nichts Verbotenem anstifte«, sagte er lächelnd.

»Unbefugte in das MP-Büro zu lassen, ist natürlich verboten«, sagte sie. »Aber Sie sind ja von der Polizei. Daher hat doch alles seine Richtigkeit. Oder müsste ich mir von Ihnen einen Durchsuchungsbefehl zeigen lassen?«

Sie betraten das Büro, ohne dass Sonne eine Antwort gab. Ihm war es einerseits recht, wenn Tanja möglichst wenig Verdacht schöpfte. Andererseits wollte er auch vermeiden, dass sie irgendwem von seinem Besuch erzählte. Schließlich hatte er Urlaub.

Das Büro war extrem ordentlich und aufgeräumt. Auf dem großen Schreibtisch aus Buchenholz stand alles an seinem Platz: eine schwarze Lederunterlage, rechts eine Uhr mit Ziffernblatt und Digitalanzeige, ein edler, schwarzer Stiftbehälter und eine eigene Ablage für einen wertvollen Federhalter, daneben ein kleines Tintenglas. An der hinteren Ecke des Schreibtisches standen zwei gerahmte Bilder, eines zeigte die Frau des Ministerpräsidenten. Eine für ihr Alter sehr attraktive Frau, dachte Sonne. Sie musste ja auch schon weit jenseits der Fünfzig sein. Das Bild daneben zeigte offenbar die beiden Söhne und die Tochter, alle zwischen zwanzig und dreißig. Links neben einer Designer-Schreibtischlampe lag eine rote Unterschriftenmappe mit der Aufschrift *Ministerpräsident*.

»Darf ich?«, fragte Sonne und nahm die Mappe. Dann sah er, dass darunter eine wesentlich dünnere, grüne Mappe lag. Sie trug die Aufschrift *persönlich*. Als Sonne danach griff, bemerkte er, wie Tanja kurz stockte und etwas sagen wollte. »Was ist?«, fragte er.

Sie zögerte, bevor sie antwortete. »Ich meine, diese Mappe ist für uns tabu. Sie enthält seine private Korrespondenz, keine Amtsgeschäfte.« Nach einem Moment fügte sie hinzu: »Aber mir ist schon klar, dass Sie auch da hineinschauen müssen. Sie müssen entschuldigen, Herr Kommissar, aber ich habe diese Mappe noch nie angerührt.«

»Schon okay«, sagte Sonne. Die Mappe enthielt nur wenige Schriftstücke, die meisten mit der Hand geschrieben.

»Schreibt Stadlbauer noch in der alten Rechtschreibung?«, fragte Sonne.

»Er ist halt durch und durch ein Konservativer. Und er ist nicht bereit, sich die neuen Regeln, die er für Unfug hält, anzueignen. Seine Vorlagen für Pressemitteilungen müssen immer erst in die neuen Regeln übersetzt werden. Schließlich sind wir als staatliches Organ verpflichtet, die neue Schreibung zu verwenden.«

Ein Brief war offenbar von einem Schulfreund aus Amerika, darunter lag eine Grußkarte aus Grenoble, unterschrieben von *Conny und Kay*. Alles Privatkram, dachte Sonne und nahm ein handgeschriebenes Papier heraus. Die Schrift war schwer zu entziffern. Tanja hatte sich etwas abgewandt. Ihr schien es unangenehm zu sein, in die Privatsphäre ihres Chefs einzudringen.

»Schauen Sie mal, was ist denn das?«, fragte Sonne. »Das sieht interessant aus. Diese Handschrift habe ich schon mal irgendwo gesehen.«

Tanja wollte das Blatt gerade in die Hand nehmen, als sie erschrocken zusammenfuhr. »Vorsicht, da kommt jemand!«, rief sie leise.

* * *

Die Autobahn war der Arbeitsplatz von Bernd Schlösser und Karl-Heinz Bühler. Zwanzigtausend Kilometer legten sie als mobile Schleierfahnder jeden Monat auf der A 8 zurück – mit dem Auftrag, nach dem Wegfall der Grenzkontrollen Schleuser, Autohehler und Drogenkuriere aufzuspüren. Der heutige Tag war bislang ruhig gewesen. Ein gestohlenes Auto hatten sie aus dem Verkehr gezogen. Bühler war es seltsam vorgekommen, dass ein ausländisch aussehender junger Mann im Alter von höchstens zwanzig einen nagelneuen Jaguar fuhr.

Im Laufe von vielen Dienstjahren bei der bayerischen Grenzpolizei hatten sie ein Gespür dafür entwickelt, schwarze von weißen Schafen auf den ersten Blick zu unterscheiden. Ihre Trefferquote war erstaunlich hoch. Manchmal lagen sie natürlich auch falsch, wie an diesem Vormittag, als sie in einem Kleinbus mit drei leicht bekleideten minderjährigen Frauen und einem rumänischen Fahrer mit Drei-Tage-Bart einen Fall illegaler Prostitution vermutet hatten. Doch die Papiere waren in Ordnung, das Fahrzeug ordnungsgemäß gemeldet. Vorsichtshalber hatten sie die Daten in ihren Computer eingegeben, falls der Bus irgendwo ihren Kollegen auffallen sollte.

»Sog amoi, is des fad heid«, sagte Bühler und suchte im Autoradio einen anderen Sender. Er meinte sowohl den Arbeitstag als auch das Radioprogramm. Er war der Meinung, dass sein neunundvierzigjähriger Kollege jetzt lange genug dieses unerträgliche Schlager-Gedudel auf *Bayern 1* gehört hatte. Er schaltete auf *Bayern 3*, wo gerade Karl Auer aus Rotthalmünster am Telefon einen Mitarbeiter eines Anhängerverleihs zur Verzweiflung brachte, weil er zum Abendkleid seiner Frau einen passenden Gold-Anhänger ausleihen wollte.

Bühler kicherte vor sich hin, als sein Kollege meinte: »Schau liaba auf d'Straß. No oa Stund, dann hammas gschafft.«

»Moanst, mia kriang heid no oan?«, fragte Bühler. Der Dreiunddeißigjährige war seit zwei Jahren bei der Traunsteiner Schleierfahndung. Früher als Streifenpolizist war es ihm immer wieder passiert, dass er abends im Wirtshaus jemanden traf, dem er mittags den Führerschein abgenommen hatte. Und dann wurde auch schon mal gepöbelt. Hier auf der Autobahn blieb er für alle nur ein anonymer Polizist. Das war ihm lieber so. Außerdem liebte er schnelle Autos, und der PS-starke, anthrazitfarbene Audi, den sie als Einsatzfahrzeug fuhren, hatte unter der Motorhaube einiges zu bieten.

»Irgendan Schleiser oder so wos weama doch no finden, oder?«, sagte Schlösser und lachte. Er gab Gas und überholte kurz vor dem Teisendorfer Berg einen holländischen Molkerei-

Tankwagen. Die Autobahn war fast leer. Der Feierabendverkehr hatte sich schon längst verflüchtigt. Die beiden Polizeihauptkommissare hatten daher die Gelegenheit, jedes Auto, das sie überholten, und die Insassen genauer anzuschauen.

»Wos isn mit dem do?«, fragte Bühler und deutete auf einen dunkelgrün-metallicfarbenen Mercedes, etwa fünfzehn Jahre alt. Es war im Moment das einzige Auto, das sie in Sichtweite hatten. Sie überholten den Wagen und Bühler sah, dass am Steuer ein etwa vierzigjähriger Mann mit südländischem Teint saß. Ansonsten war der Wagen leer.

Verdachtsunabhängige Kontrolle, dachte Bühler und tippte das Autokennzeichen GF-Z 1199 in den Computer, der drahtlos mit dem INPOL-Fahndungsrechner verbunden war. »Keine Einträge«, stand Sekunden später auf dem kleinen Bildschirm auf seinem Schoß.

»Woaßt, wos GF fia a Kennzeichen is?«, fragte Schlösser.

Bühler griff zu einer Tabelle, die immer griffbereit in der Beifahrertür lag, schaute nach und sagte, dass GF für den niedersächsischen Landkreis Gifhorn stand.

»Dann is der scho woaß Gott wia lang auf der Roas«, sagte Schlösser »Und des ganz ohne Gepäck. Komisch, oder? Wos moanst?«, sagte Schlösser.

»Vielleicht is ja der Kofferraum voll«, mutmaßte Bühler.

»Wos sois? Winkman raus und schauma uns den Kandidaten näher o. Danoch hammas fia heid.«

Schlösser musste das Tempo auf hundertsechzig Stundenkilometer erhöhen, um vor dem Mercedes einscheren zu können. Dann klappten sie in der Heckscheibe eine Leuchttafel mit dem Wort *Polizei* auf. Dann verlangsamte Schlösser das Tempo, bis Bühler eine Kelle aus dem Beifahrerfenster halten konnte, die signalisierte, dass das Fahrzeug hinter ihnen in der nächsten Parkbucht stoppen sollte.

Doch der Mercedes wechselte auf die linke Spur und beschleunigte rasant.

»Kruzitürken, der haut uns ob!«, rief Schlösser und trat ebenfalls auf das Gaspedal. Zugleich setzte Bühler ein magnetisches Blaulicht auf das Autodach und schaltete die Sirene ein.

* * *

Jetzt hörte auch Sonne Schritte auf dem Flur, die sich langsam dem Büro Stadlbauers näherten.

»Wer kann das sein?«, fragte er flüsternd.

»Komm runter«, sagte sie nur, packte ihn am Arm und zog ihn unter Stadlbauers Schreibtisch. »Scheiße, das Licht«, sagte sie und wollte noch mal aufspringen, um die Zimmerbeleuchtung zu löschen. Doch Sonne packte sie am Arm und hielt sie fest.

»Bleib! Jetzt ist's zu spät. Er ist schon direkt vor der Tür.«

In diesem Moment hörten sie, wie sich die Tür langsam öffnete. Sie hielten den Atem an und Sonne schloss unwillkürlich die Augen. Wie ein Kind, das glaubt, mit geschlossenen Augen nicht gesehen zu werden. Der Schreibtisch stand schräg im Zimmer, sodass jemand, der den Raum betrat, sie in ihrer jetzigen Position unmöglich sehen konnte. Aber sie konnten auch nicht sehen, wer gerade die Tür geöffnet hatte.

»Hallo, ist da jemand?«, hörten sie die männliche Stimme sagen. Und nach zwei Sekunden sprach der Mann etwas leiser zu sich selbst: »Wer hat hier denn schon wieder das Licht brennen lassen?«

Das Klicken eines Schalters und es wurde dunkel im Raum. Wieder das Öffnen und Schließen der Tür. Ein Schlüssel wurde im Schloss herumgedreht.

»Der Wachmann«, sagte Tanja, als sich die Schritte auf dem Flur wieder entfernt hatten. »Keine Sorge. Ich hab ja einen Schlüssel. Wir kommen schon wieder raus.«

Er bemerkte, dass er sie immer noch am Arm festhielt. Für eine CSU-Frau war sie außerordentlich nett. Und er hatte auch den Eindruck, dass er ihr sympathisch war. Es kam bei der Kripo häufiger vor, als man vermuten mochte, dass sich Ermittler in Zeugen oder sogar Verdächtigte verliebten. Auch ihn selbst hatte es schon einmal erwischt, als er sich bei den Ermittlungen im Mordfall an einem TV-Krimi-Regisseur in eine hübsche junge Schauspielerin verguckt hatte. Bei ihrer Verurteilung zu zehn Jahren Haft hatte er im Saal des Schwurgerichts gesessen und nachher hatte er Ulrike noch mehrmals im Aichacher Frauengefängnis besucht. Seitdem hatte er sich vorgenommen, sich bei attraktiven Zeuginnen immer auf ausreichend Distanz zu halten. Bei Tanja Kolaritsch kam auch noch hinzu, dass sie mit Litzka befreundet war. Und an Dreiecksgeschichten konnten die besten Freundschaften zerbrechen. »Jetzt haben Sie mir aber einen Schrecken eingejagt«, sagte er. »Ich dachte schon, gleich würde ein Killerkommando das Zimmer stürmen.«

»Entschuldigung, meine Nerven. Aber ich schnüffle nicht jeden Tag im Büro meines Chefs herum.« Sie räusperte sich. »Sagen Sie mal, Herr Kommissar, kann es sein, dass ich Sie eben vor Schreck geduzt habe?«

»Kann schon sein«, antwortete er. »Wäre aber auch kein Problem. Wollen wir nicht dabei bleiben?«

»Gerne. Ich bin die Tanja.«

»Und ich bin Jürgen.« Er streckte im Dunkeln seine Hand aus, berührte sie dabei aber versehentlich am Kinn.

»Aua«, sagte sie, wobei er ihr anmerkte, dass er ihr nicht wirklich weh getan hatte. »Wollen wir nicht mal wieder Licht machen?«

»Es wurde gerade so gemütlich. Hier mit dir unterm Schreibtisch des Ministerpräsidenten.«

Sie lachte, zog sich an dem gepolsterten Lederstuhl hoch und schaltete die Designerlampe auf dem Schreibtisch ein.

»Also, was hast du so Spannendes in der grünen Mappe entdeckt?«

Er versuchte, die Handschrift zu entziffern, und las leise vor: »Hiermit verpflichte ich mich, sämtliche finanzielle Zuwendungen, die ich im Rahmen meiner politischen Tätigkeiten in den vergangenen fünf Jahren für meine politische Arbeit erhalten und nicht der Landesleitung der Partei zur korrekten Verbuchung gemeldet habe, umgehend – das heißt innerhalb von zwei Wochen – an den Spender zurückzuzahlen. Ich erkläre hiermit, dass ich diese Spenden nicht im Auftrag der Partei entgegengenommen, sondern die Summen meinem Privatvermögen zugeführt habe. Dies geschah im Sinne der Spender, die mich persönlich und nicht die Partei unterstützen wollten. Diese Erklärung gilt insbesondere für sämtliche Zahlungen, die ich von ...«, Sonne stockte, dann las er weiter, »... die ich von der Firma Kaiser AG oder deren Bevollmächtigten erhalten habe.«

»Was?«, schrie Tanja leise auf. »Soll das heißen, der MP hat Spenden von Kaiser bekommen?«

»Ich glaube nicht. Lass mich weiterlesen. Hier steht noch, dass er sich verpflichtet, Stillschweigen über den Inhalt dieses Papiers zu bewahren. Das Schreiben ist datiert vom 5. September. Und wenn ich die Unterschrift richtig lese, dann ist dieses Schreiben unterzeichnet von ... schau selbst.« Er reichte ihr das Blatt.

Sie las und sagte: »Richard Stiller.«

* * *

»Schaut so aus, ois hättst an guaten Riacher ghabt«, sagte Bühler. Er griff zum Funkgerät und rief die Einsatzzentrale. »Verfolgen verdächtiges Objekt auf der A 8 Richtung Salzburg, Kilometer 106,2.« Eine Stimme aus dem Lautsprecher kündigte an, dass die üblichen Maßnahmen in die Wege geleitet würden. »Der kimmt net weit«, sagte Bühler.

Und tatsächlich. Knapp zehn Kilometer blieben sie dem Mercedes auf den Fersen, bis der Verkehr auf der Autobahn plötzlich dichter wurde. Es war eine Routinesache für die Kollegen von der Autobahnpolizei, innerhalb von Minuten durch einen simulierten Unfall einen Stau zu erzeugen.

»Glei hamman«, sagte Bühler und legte seine anderthalb Kilo schwere kugelsichere Weste an.

Die Warnblinkleuchten vor ihnen signalisierten: nichts geht mehr. Auch der Mercedesfahrer hatte keine andere Wahl, als abzubremsen. Bühler entsicherte seine Dienstwaffe. Sie mussten verhindern, dass der Verdächtige sein Auto überhaupt verlassen konnte. Sie stoppten ihren Audi direkt neben dem Mercedes und sprangen beide aus dem Auto. Während Schlösser sich mit seiner Pistole im Anschlag hinter der geöffneten Fahrertür ihres Wagens postierte, riss Bühler die Tür des Mercedes auf und rief: »Hände aufs Lenkrad! Polizei! Keine Bewegung!«

Diese Situation hatten sie tausend Mal geübt und auch schon oft im Einsatz erlebt: Ein Beamter war der »Sicherer«, der dem anderen Deckung gab.

Bühler vergewisserte sich, dass der Fahrer nicht bewaffnet war. Dann befahl er dem Verdächtigen, langsam und vorsichtig aus dem Auto auszusteigen und die Hände aufs Dach zu legen. Augenblicke später war er mit Handschellen gefesselt.

Der Festgenommene, dem sie jugoslawische Ausweispapiere auf den Namen Dragan Kadoic aus der Hosentasche genommen hatten, sagte kein Wort. Während Schlösser ihn in Schach hielt, öffnete Bühler den Kofferraum. Er staunte nicht schlecht, als er den Inhalt sah.

Jürgen Sonne und Tanja Kollaritsch saßen im Tambosi, einem Lokal der feineren Sorte am Odeonsplatz. Entgegen seiner eisernen Regel, nach zweiundzwanzig Uhr keinen Alkohol mehr zu trinken, hatte er sich einen Grappa bestellt. Der in Schwarz-Weiß gekleidete Kellner hatte Tanja einen trockenen Rotwein serviert. Sie saßen an einem Zweier-Tisch zwischen dem Fenster zum Hofgarten und der Treppe, die hinunter zu den Toiletten führte. Ein anderer Tisch war nicht mehr frei gewesen. Überall an den Wänden hingen kleine gerahmte Fotografien von Personen, Gebäuden oder Landschaften. Auf einem Bild glaubte Sonne, den Bayern-König Ludwig II. zu erkennen.

»Richard Stiller hat also tatsächlich Geld von Kaiser bekommen«, sagte er.

»Und das sollte er nun still und leise zurückzahlen.«

»Aber warum? Welchen Sinn soll das haben? Was hat die Partei davon, dass Stiller eine Spende zurückzahlt?«

»Ist doch logisch«, sagte Tanja. »Du erinnerst dich an den CDU-Parteispendenskandal? Da tauchten plötzlich schwarze Koffer und Umschläge mit Tausend-Mark-Scheinen auf, die in keiner Buchhaltung verzeichnet waren. Illegale Spenden. Als die Sache aufflog, musste die Partei dafür in doppelter Höhe Strafe an die Staatskasse zahlen, was sie beinahe in den Ruin getrieben hätte. Wahrscheinlich hat jetzt Stadlbauer irgendwie Wind davon bekommen, dass Stiller illegale Spenden erhielt. Und um sich abzusichern, ließ er ihn unterschreiben, dass das Geld nicht für die Partei bestimmt war.«

Das könnte zumindest die Hypothek erklären, dachte Sonne und blieb mit seinem Blick an den zarten Fingern hängen, mit denen Tanja ihr Weinglas umfasste. Ihre Fingernägel waren dunkelrot lackiert. »Aber wäre es für Stadlbauer nicht einfacher gewesen, sein schwarzes Schaf einfach zu opfern und fallen zu lassen? Da hat er doch damals in der

Affäre um diese marode Baugesellschaft auch nicht lange gefackelt, als er seinen Verkehrsminister feuerte. Dann hätte er sich auch diesmal als brutalstmöglicher Aufklärer darstellen und seine Hände in Unschuld waschen können.«

»Das hätte er bei den meisten anderen sicher auch so gemacht«, mutmaßte Tanja. »Aber Stiller war einer seiner Lieblinge. Er hatte einen Narren an ihm gefressen. Den brauchte er noch.«

»War also etwas dran, dass Stadlbauer mit Stiller noch etwas vorhatte? So jedenfalls drückte seine Frau sich aus.«

»So kann man es sagen. Nach der Wahl plante Stadlbauer eine größere Kabinettsumbildung. Er wollte Staudinger loswerden, den Justizminister.«

Sonne wunderte sich, dass sie in der Vergangenheit sprach. Schließlich war Stadlbauer noch nicht tot.

»Was hat er gegen den?«, fragte er.

»Staudinger redet dem MP nicht nach dem Mund und hat seinen eigenen Kopf. Das gefällt dem MP nicht. Er ist es gewohnt, von Ja-Sagern umgeben zu sein. Hinzu kommt, dass Staudinger möglicherweise in der Klinik-Affäre mehr Aufklärung wollte, als es manchem in der Parteispitze recht war. Aber da kann ich auch nur spekulieren. Da gibt es keinerlei Beweise.«

Sonne wunderte sich, dass sie jetzt so redselig wurde, nachdem sie vor kurzem noch das Öffnen der grünen Dokumentenmappe als Landesverrat betrachtet hatte. Vielleicht war es der Rotwein, der sie locker machte. Er erwischte sich bei dem Gedanken, wie viel Rotwein sie trinken müsste, um sämtliche Hemmungen zu verlieren. Er fand sie attraktiv, und er mochte ihre schnippische und zugleich liebenswürdige Art.

»Und Stiller sollte Justizminister werden? Kannte er sich denn da aus?«

»Nein, nein.« Sie strich sich mit den Fingern durch die Haare. »Staudinger sollte in den Aufsichtsrat der Landesbank weggelobt werden. Seinen Posten sollte der Schlemmer-Schorsch übernehmen.«

»Wer?« Er rutschte auf dem roten Polster des Holzstuhls etwas vor.

Sie lachte. »Staatssekretär Georg Homberger. Den nennen alle nur Schlemmer-Schorsch, weil seine Hauptaufgabe darin besteht, den Wirtschaftsminister auf irgendwelchen Empfängen zu vertreten, wo er sich immer als Erstes auf die Häppchen oder das Büffet stürzt. Er jedenfalls sollte Justizminister werden und Stiller sollte als Staatssekretär aufrücken.«

»Und von Homberger als Justizminister wären keine unangenehmen Ermittlungen im Klinik-Skandal mehr zu befürchten?«

»Das hast du gesagt. Aber die Vermutung liegt nahe.« Tanja trank ihr Glas Rotwein aus und winkte dem Kellner zu, um noch eins zu bestellen. Auch bei Sonne zeigte der Alkohol seine Wirkung, und zwar in der Form, dass seine zahlreichen Gedanken, die ihm durch den Kopf schwirrten, länger als sonst brauchten, um sich an den passenden Stellen zusammenzufügen. Stiller, Stadlbauer, Kaiser. Wo war die Verbindung in diesem Dreieck? Alle drei standen zueinander in einer Beziehung, und Stadlbauer im Mittelpunkt.

»Schau mal raus«, riss sie ihn aus seinen Gedanken. »Eine sternenklare Nacht. Schön, oder?«

Er blickte sie etwas erschrocken an. Sternenklare Nacht. »Ja ja«, murmelte er. Nacht. Sterne. Horoskop. Die Wahrsagerin. Das war's! Die Astrologin war die Verbindung zwischen Stiller und Stadlbauer. Das konnte kein Zufall sein. Also hatten beide Fälle doch etwas miteinander zu tun. Vielleicht hatte sich die Hellseherin Stadlbauers Vertrauen erschlichen und ihm den Rat gegeben, Stiller, ihren Geliebten, zu befördern. Oder andersrum: Stadlbauer hatte sie beauftragt, sich an Stiller ranzumachen und ihn auszuhorchen. Ihn zu testen, ob er als Kabinettsmitglied geeignet sei.

Scheiße, ich bin betrunken, dachte er, als ihm seine Gedanken selbst zu wirr wurden. In dem Moment signalisierte ihm sein Handy einen Anruf von Steinmayr.

»Was gibt's, dass du mich in meinem Urlaub störst?«, sprach er in das Gerät hinein.

»Ich habe eine Neuigkeit, die dich interessieren wird«, sagte sein Chef. »Die Ballistiker vom LKA haben zweifelsfrei nachgewiesen, dass auf Stiller und Stadlbauer mit derselben Waffe geschossen wurde, vermutlich eine PSG 1, eine Halbautomatik mit Fünf-Schuss-Magazin. Daraufhin wurde entschieden, eine gemeinsame Soko zu bilden: je fünf Beamte vom LKA-Staatsschutz, unserem Dezernat 14 sowie den fünf besten Leuten aus unserem K 111. Ich habe beschlossen, dass du mit Sherlock zusammen dabei bist. Erste Lagebesprechung morgen früh um halb neun bei uns im großen Konferenzsaal. Wo steckst du eigentlich gerade?«

»Alles klar, ich bin dabei. Morgen um halb neun«, antwortete Sonne und simulierte dann durch mehrfaches »Hallo?«-Fragen eine Handystörung, um die letzte Frage seines Vorgesetzten nicht mehr beantworten zu müssen.

»Gibt's Neuigkeiten?«, fragte Tanja. »Wieso hast du Urlaub? Ich denke, du bist im Dienst.«

»Urlaub ist beendet«, sagte er. »Komm, lass uns noch einen trinken.«

Er ignorierte ihren fragenden Blick und orderte einen weiteren Grappa.

Viertes Kapitel

Ich bin ein wichtiger Mann geworden. Ich habe Termine im Kanzleramt, bin im Weißen Haus und im Kreml empfangen worden. Was ich sage, hat Bedeutung. Wenn ich einen Empfang gebe, reihen sich die Wichtigsten der Wichtigen beim Defilee ein, um mir die Hand zu geben. Wenn man dies Jahr für Jahr erlebt, kann das einem durchaus zu Kopf steigen. Man vergißt sehr schnell, daß diese Wichtigkeit nur an das Amt und nicht an die Person gebunden ist. Wenn ich morgen nicht mehr im Amt wäre, würden sich all diese wichtigen Menschen schon übermorgen nicht mehr für mich interessieren. Im Weißen Haus würde mein Nachfolger empfangen werden, und ihm würden sie beim Defilee auch alle die Hände schütteln wollen. Es hat lange gedauert, mir das bewußt zu machen. Und es war eine schmerzhafte Erkenntnis: Was bleibt, wenn ich morgen tot umfallen würde?

* * *

Die »Soko Marienplatz« war erst die zweite Sonderkommission, in der Sonne Mitglied war. Zuletzt war er an der Soko beteiligt, die die Vergewaltigung eines sechsjährigen Mädchens auf einer Münchner Schultoilette aufgeklärt hatte. Doch der aktuelle Fall war eine Nummer größer und entsprechend großzügig war das Team personell ausgestattet.

Im großen Konferenzraum im vierten Stock des Polizeipräsidiums waren die Beamten aus den verschiedenen Kommissariaten und Dezernaten zusammengekommen. Die Leitung der Soko hatten Morddezernatsleiter Horst Steinmayr und Maximilian Lamnek, Chef des Dezernats 42 in der LKA-Staatsschutzabteilung, gemeinsam übernommen. Doch hier in der Ettstraße war Steinmayr Hausherr, daher richtete er als Erster das Wort an die sechzehn anwesenden Ermittler, unter ihnen nur drei Frauen. Sonne saß neben

Oberkommissar Gunnar Holmsen. Es hatte sich auf dem Flurfunk schon herumgesprochen, dass es in der Nacht einen Ermittlungserfolg gegeben hatte. Alle warteten gespannt darauf, dass Steinmayr sie nun offiziell über den aktuellen Stand in Kenntnis setzen würde.

»Liebe Kolleginnen und Kollegen«, begann er. »Ich kann mir die Vorrede sicher sparen. Sie kennen alle den Fall und haben Kopien der bisherigen relevanten Ermittlungsergebnisse vor sich liegen. Wir haben das Glück, dass wir heute unsere gemeinsame Arbeit nicht bei Null beginnen müssen, sondern auf einen Fahndungserfolg unserer Kollegen der Grenzpolizei aufbauen können. Er nickte Lamnek zu, der einen Schalter betätigte, woraufhin das Foto eines dunkelhaarigen Mannes von einem Projektor an die weiße Leinwand geworfen wurde. »Dieser Mann wurde in der vergangenen Nacht von Schleierfahndern auf der A 8 in der Nähe vom Teisendorfer Berg gefasst, nachdem er sich zunächst einer verdachtsunabhängigen Routinekontrolle durch Flucht zu entziehen versucht hatte. Er hatte gefälschte Papiere auf den Namen Dragan Kadoic bei sich. Ein AFIS-Abgleich der Fingerabdrücke durch den daktyloskopischen Erkennungsdienst ergab jedoch, dass es sich um einen sechsunddreißigjährigen Kosovo-Albaner namens Akif Jasari handelt. Internationaler Haftbefehl liegt vor. Das Vorlesen seines Vorstrafenregisters erspare ich mir, die Details finden Sie in Ihren Unterlagen.«

Sonne öffnete die rote Mappe mit dem Logo der Münchner Polizei und dem noch in alter Rechtschreibung gedruckten Hinweis *VS – Verschlußsache – Nur für den Dienstgebrauch*. Die Kopie des entsprechenden Eintrags im Kriminalaktennachweis KAN zeigte neben dem Fahndungsfoto von Interpol und der Personenbeschreibung auch einen sehr kriminellen Lebenslauf, der mit Verurteilungen wegen Ladendiebstahls begann und mit einer lebenslangen Haftstrafe wegen Raubmordes noch nicht aufhörte.

»In den Wirren des Kosovo-Krieges gelang es Jasari, aus dem Zuchthaus in Tirana mit Waffengewalt auszubrechen«, berichtete Steinmayr weiter und übertönte mit seinen Worten das Surren des Projektors. »Dabei tötete er einen Wachmann und verletzte einen weiteren mit mehreren Schüssen lebensgefährlich. Erkenntnissen der örtlichen Ermittler zufolge verschwand er zunächst im Kosovo in der Nähe von Pristina. Danach verliert sich seine Spur, bis er im vergangenen Jahr in Oberbayern auftauchte. Bei zwei Banküberfällen in Planegg und Weilheim wurde er eindeutig auf den Bildern der Überwachungskameras identifiziert. Für drei weitere Überfälle in Taufkirchen, Otterfing und Wolfratshausen besteht aufgrund von Zeugenaussagen und Phantombildern dringender Tatverdacht. Bei fast allen Fällen machte er von der Schusswaffe Gebrauch. In Weilheim tötete er den Filialleiter, der den Alarmknopf betätigte. In Wolfratshausen schoss er während der Flucht auf einen unbeteiligten Passanten, der zum Glück nur einen Streifschuss erlitt. Es handelt sich also um einen abgebrühten Killer, der unseren Schleierfahndern hier ins Netz gegangen ist.«

»Da frage ich mich schon, warum die Grünen immer noch gegen die Schleierfahndung vor die Gerichte ziehen«, flüsterte Holmsen zu Sonne. »Dieser Fall beweist doch mal wieder: Es bringt was!«

Kriminaldirektor Lamnek ergriff das Wort. »Was hat diese Festnahme mit unseren beiden Fällen zu tun?« Der Mann mit dem gezwirbelten Schnurrbart, der Glatze und der kleinen runden Brille machte eine dramaturgische Pause. »Als die Grenzpolizisten nach dem Zugriff heute Nacht das Fahrzeug des Festgenommenen näher in Augenschein nahmen, entdeckten sie im Kofferraum neben einer Handfeuerwaffe, einer Zbrojovka aus Tschechien, ein Präzisionsgewehr vom Typ HK-PSG 1 mit Laser-Zielvorrichtung. Das Kaliber für diese halbautomatische Waffe ist 7,62 mal 51.«

»Das Kaliber, mit dem auch auf Stiller und Stadlbauer geschossen wurde?«, fragte Sonne.

»Exakt«, sagte Lamnek. »Und unsere Schleierfahnder können froh sein, dass die Zbrojovka im Kofferraum und nicht im Handschuhfach lag. Aber es wird Sie sicher interessieren, was noch im Kofferraum gefunden wurde.«

»Machen Sie es nicht so spannend«, sagte ein Soko-Mitglied aus dem LKA-Dezernat für Operative Auswertung, dessen Name Sonne nicht kannte.

»In einer schwarzen Ledertasche befand sich Bargeld. Und zwar in der nicht unbeträchtlichen Höhe von genau neunundneunzigtausendsiebenhundertein Euro. Und fünfundfünfzig Cent, um genau zu sein. Anhand der Seriennummern der Scheine wurde festgestellt, dass das Geld erst vor wenigen Tagen bei der Landeszentralbank in der Leopoldstraße gegen D-Mark eingetauscht wurde.«

»Aber das geht doch nicht ohne Ausweis«, sagte Sherlock.

»Es ist in der Bank niemandem aufgefallen, dass er gefälschte Papiere vorgelegt hat.«

Sonne nahm sein Handy aus der Brusttasche seines schwarzen Oberhemdes. Dann tippte er die Summe ein und wählte die Euro-Umrechnungsfunktion des im Mobiltelefon integrierten Taschenrechners. Das Ergebnis war eine erstaunlich runde Zahl: hundertfünfundneunzigtausend. Sonne schob sein Handy über den Tisch zu Holmsen und flüsterte: »Sherlock, sagt dir diese Zahl etwas?«

Holmsen dachte kurz nach. Dann sagte er: »Ja, drei mal fünfundsechzigtausend. Der Betrag, den Stiller von Kaiser bekommen hat, oder?«

»Absolut. An solch einen Zufall will ich nicht glauben«, sagte Sonne leise und musste sich einen ermahnenden Blick von Lamnek gefallen lassen. Sonne steckte sein Handy nicht weg, sondern schrieb eine Kurzmitteilung an Litzka mit dem Inhalt: HABE SCHLIMMEN VERDACHT GEGEN KAISER.

BIN FAST SICHER, DASS ER IN DER SACHE DRIN STECKT. Als die SMS verschickt wurde und das Telefon dies mit einem Piepser signalisierte, wurde Lamnek wütend.

»Verdammt noch mal, Sonne, schalten Sie endlich Ihr Spielzeug aus!«, schrie er, und Steinmayr signalisierte Sonne mit einem Blick, dass er der Aufforderung besser Folge leisten sollte.

* * *

Am Nachmittag saß Litzka in seinem Büro und überarbeitete die vom Polizeipsychologen autorisierte Fassung seines Interviews. Die Kunstlichtbeleuchtung im Großraumbüro der *ATZ*-Redaktion ließ ihn im Unklaren darüber, ob es draußen immer noch Bindfäden regnete. Seit Dienstbeginn um zehn Uhr hatte er seinen Schreibtisch nur verlassen, um zur Toilette oder zum Cola-Automaten zu gehen. Es fiel ihm schwer, sich auf den Text zu konzentrieren. Immer wieder klickte er im Redaktionssystem den Textspeicher der Starnberger Ausgabe an, um zu schauen, ob die Kollegen fertige Artikel abgespeichert hatten. Doch mehr als umformulierte Polizeiberichte und eine Rezension über ein Jazz-Konzert im Bahnhof Steinebach entdeckte er nicht.

»I want to believe«, las er auf dem Ufo-Plakat an der Wand neben seinem Schreibtisch, als sein Blick mal wieder umherstreifte. Er wollte nicht glauben, dass er von dem Fall die Finger lassen sollte. Immer wieder kam ihm Sonnes SMS in den Sinn. Er hatte danach versucht, den Kommissar anzurufen, doch der hatte sein Handy ausgeschaltet. Litzka wechselte auf seinem Bildschirm vom Texterfassungs- ins Archivsystem, auf das jeder Redakteur von seinem Arbeitsplatz aus Online-Zugriff hatte.

»Kommst du voran mit deinem Interview?«, fragte Hilfringhaus im Vorbeigehen.

Litzka erschrak und zuckte zusammen.

»Hey, was ist denn mit dir los?«, sagte der Politikchef. »Lädst du dir Pornos runter, oder was?«

Litzka lachte verkrampft. »Quatsch. Ich schaue nur im Archiv nach, ob wir schon mal etwas über diesen Psychologen gebracht haben. Brauche noch ein bisschen Material für den Infokasten.«

»Na, dann viel Erfolg bei der Suche. Und denk dran: vierundsechzig Zeilen. Keine einzige mehr.«

»Alles klar«, sagte Litzka, aber als Hilfringhaus auf dem Flur Richtung Raucherecke verschwunden war, gab er in die Suchmaske die Begriffe »Kaiser« und »Starnberg« ein. Einige Sekunden lang verwandelte sich der Mauszeiger auf dem Bildschirm in eine Sanduhr, dann zeigte die Trefferliste mehrere Dutzend Artikel an, in denen beide Begriffe vorkamen – unter anderem auch einen Bericht über einen Auftritt von Schlagersänger Roland Kaiser in der Starnberger Schlossberghalle, eine Meldung über die Kreiswasserwacht in der Kaiser-Wilhelm-Straße sowie ein Feature über den angeblichen Geburtsort von Kaiser Karl dem Großen in der Reismühle an der heutigen Starnberger Straße in Gauting. Litzka versuchte, die Trefferzahl einzugrenzen, indem er als Suchbegriffe »Kaiser«, »Starnberg« und »Stiller« eingab. Er scrollte durch die Texte und blieb bei einem Bericht hängen, in dem es um eine Gemeinderatssitzung ging. Seine Augen überflogen die Zeilen, an einer Stelle stieg er in den Text ein und las aufmerksam:

»Der SPD-Abgeordnete Siegfried Pfaffernoschke griff die CSU-Mehrheitsfraktion scharf an und warf ihr vor, eine Gefälligkeitspolitik zu Gunsten örtlicher Millionäre und Amigos zu betreiben. Daraufhin kam es zu Tumulten im Plenum, Bürgermeister Konrad Bludau (CSU) konnte erst nach der Drohung, die Sitzung zu unterbrechen, die Ordnung wieder herstellen.« Litzka wunderte sich über den hölzernen Stil des über vier Jahre alten Artikels. »Pfaffernoschke bekräftigte anschließend seine Kritik an der geplanten Erweiterung des Firmenkomplexes der Kaiser AG. An der entscheidenden Abstimmung zur Änderung des Flächennutzungsplans änderte dies jedoch nichts. Mit den Stimmen der CSU-Mehrheit wurde die Änderung angenommen, damit ist ein entscheidender Schritt auf dem Weg zum Baubeginn getan.« Er übersprang einige Zeilen, in denen architektonische Details über den geplanten Neubau erläutert wurden. Dann las er weiter: »Nach Informationen unserer Zeitung ist das einstimmige Votum der CSU-Fraktion erst durch persönliche Intervention des örtlichen Landtagsabgeordneten Richard Stiller zu Stande gekommen. Mit einer eindringlichen Beschwörung der Abgeordneten hatte Stiller die in dieser Frage zunächst gespaltene Ratsfraktion auf Kurs gebracht, verlautet aus zuverlässigen Fraktionskreisen. Unbestätigt sind weiterhin Berichte, wonach Stiller dem Ortsverband eine Parteispende Kaisers in fünfstelliger Höhe zugesagt hat. Ein Parteisprecher sprach auf Anfrage von ›böswilligen Unterstellungen‹. Im Rechenschaftsbericht der Partei tauchten bislang keine Zuwendungen der Kaiser AG auf. SPD-Fraktionschef Felix Brockmann kündigte an, er werde weiter auf Aufklärung der Verstrickung zwischen CSU und Kaiser AG dringen.«

Litzka ließ die Informationen auf sich einwirken und klickte dann auf »Drucken«.

Ungefähr anderthalb Jahre nach diesem Artikel war ein Interview mit dem SPD-Landtagsabgeordneten und heutigen Generalsekretär Volker Thoms erschienen, der von dem Verdacht sprach, eine Tochterfirma der Kaiser AG, die Schweizer SMP, verstoße durch den Export von Medizintechnik nach Libyen und in den Irak gegen ein UNO-Embargo. Thoms, der auch ehrenamtlicher Vorsitzender einer Menschenrechtsorganisation war, sprach in dem

Interview von der Unterstützung des Baus von Giftgasanlagen und kündigte Strafanzeige gegen Kaiser an. Doch als Litzka gezielt im Archiv weiterforschte, was aus dieser Drohung geworden war, stieß er auf ein Urteil des Münchner Landgerichts, das dem SPD-Politiker acht Wochen später unter Androhung von 250.000 D-Mark Strafe oder einem Jahr Haft verbot, die unbewiesene Behauptung über den Bau von Giftgasanlagen öffentlich zu wiederholen.

Höchst interessant, dachte Litzka und bewegte den Mauszeiger wieder auf das Drucker-Symbol am oberen Bildschirmrand. Ein Artikel, der wiederum ein halbes Jahr später erschienen war, verriet, dass das Oberlandesgericht das Urteil der Vorinstanz aufgehoben hatte. Inzwischen waren jedoch die von Kaiser in die Krisengebiete gelieferten Substanzen von der Liste der verbotenen Exportartikel gestrichen worden, sodass Thoms' Strafanzeige im Sand verlaufen war.

Litzka nahm den Hörer seines Telefons in die Hand und drückte die Direktwahltaste, auf der er Sonnes Mobilnummer gespeichert hatte. »Kriminalhauptkommissar Jürgen Sonne, Kripo München. Ich bin derzeit nicht erreichbar. Bitte sprechen Sie mir eine Nachricht ...«

Er legte auf. Er war sicher, dass bei Kaiser der Schlüssel für die beiden Mordanschläge zu finden war. Er wollte mehr über diesen Mann und sein oberbayerisches Firmenimperium herausfinden.

»Peter? Was dagegen, wenn ich für heute Schluss mache und Überstunden abfeiere?«, rief er dem Politikchef zu, der drei Schreibtische weiter an einem Leitartikel zu seinem Lieblingsthema, der Entbürokratisierung, werkelte und nur einen Laut von sich gab, den Litzka als Zustimmung wertete. Er nahm noch einmal den Telefonhörer und drückte die Wahlwiederholungstaste. Diesmal wartete er die Ansage von Sonnes Mailbox bis zum Ende ab und sprach dann: »Hab deine SMS bekommen. Habe auch das Gefühl, dass bei

Kaiser unter der Decke die Kacke ziemlich am dampfen ist. Ich fahre raus zu seiner Firma und versuche, mehr rauszukriegen. Also dann.«

Er nahm die ausgedruckten Meldungen aus dem Laserdrucker, griff zu seiner schwarzen Jeansjacke, die über seinem Bürostuhl hing, und vergaß seinen Computer auszuschalten.

Es war noch keine drei Minuten her, dass Litzka seinen Arbeitsplatz verlassen hatte, als es auf seinem Bildschirm plötzlich rot flackerte und ein schrilles Signal aus dem Lautsprecher des Monitors erklang. Eine Agentur-Blitz-Meldung erschien mit dem knappen Satz: »München: Ministerpräsident Stadlbauer ist seinen schweren Verletzungen erlegen.«

* * *

Rosemarie Keller bog mit ihrem Honda von der Plinganser auf die Heckenstaller Straße, als auf *Antenne Bayern* das laufende Programm unterbrochen wurde. Der sonst so souveräne und allzeit witzige Moderator klang plötzlich steif und monoton, als er sprach: »Soeben erreicht uns eine Agenturmeldung, dass unser Landesvater, Ministerpräsident Stadlbauer, heute an den schweren Schussverletzungen nach dem Attentat auf dem Marienplatz gestorben ist. Sobald wir weitere Einzelheiten wissen, erfahren Sie es bei uns sofort.«

Es herrschte einige Sekunden Stille im Äther. Offenbar wusste im Sender niemand so recht, welchen Jingle man in diesem Fall einspielen musste. Rosemarie Keller stand an der Ampel kurz vor dem Ostbahnhof, sie war auf dem Weg zu ihrem Grundlagenworkshop *Sterne lügen nicht*, in dem sie einmal wöchentlich ihr Wissen an den astrologischen Nachwuchs weitergab.

Hat's ihn also tatsächlich erwischt, dachte sie, als sich der Moderator wieder zu Wort meldete und eine Live-Schaltung zum Landtagsreporter Lars Schnitter ankündigte. Sie hatte sich nicht getäuscht, als sie Stadlbauer dazu geraten hatte, aus dem Haus mit der Nummer 189 auszuziehen. Die Kombination von Uranus, Pluto und Mars musste zwangsläufig zu Gewalt, Mord und Tod führen. Sie fuhr rechts an den Straßenrand und stoppte den Wagen in einer Parkbucht. Sie schaltete zuerst das Radio, dann den Motor aus. Mehrere Minuten lang starrte sie aus dem Fenster. Dann traf sie eine Entscheidung. Sie öffnete das Handschuhfach.

* * *

Im Maximilianeum herrschte helle Aufregung. Während das Landtagsplenum in einer schulpolitischen Debatte über die Einführung von Noten schon in der zweiten Grundschulklasse und die Konsequenzen aus einer neuen internationalen Bildungsstudie stritt, machte die Agenturmeldung in den Reihen der Abgeordneten die Runde. Die Rede des Kultusministers wurde von allgemeinem Gemurmel überlagert. Erst als ein Saaldiener dem Landtagspräsidenten einen Zettel reichte, unterbrach er die Sitzung mit den Worten: »Meine Damen und Herren, ich erhalten soeben die offiziell noch nicht bestätigte Meldung, dass der Herr Ministerpräsident Stadlbauer verstorben ist. Ich unterbreche die Sitzung für dreißig Minuten.«

Sofort standen alle Parlamentarier auf, viele griffen zu ihren Mobiltelefonen. Auf der Pressetribüne brach Hektik aus. Auch Innenminister Peter Kaserer verließ die Regierungsbank und begab sich in den Steinsaal zwischen Plenum und dem Senatssaal, wo Fraktionschef Gustav Wiedemann ihn bereits erwartete.

»Jetzt greift Plan B«, sagte Wiedemann, der schon seit zwölf Jahren die CSU-Fraktion anführte und bislang jeden Ruf Stadlbauers ins Kabinett abgelehnt hatte, weil er in seiner

Funktion an der Fraktionsspitze Ressort übergreifend gestalterisch tätig sein konnte. Er galt seit Jahren als diskreter Strippenzieher im Hintergrund. Er war einer der weniger prominenten bayerischen Politiker, aber wohl einer der einflussreichsten.

»Was für ein Plan, Gustl?«, entgegnete Kaserer.

»Das, was wir in der Fraktionssitzung schon besprochen haben für den Fall der Fälle. Die Mehrheit für dich steht. Ich werde noch eine außerordentliche Sitzung einberufen, in der wir dich für das Amt des Ministerpräsidenten nominieren.«

»Ist das nicht ein bisschen pietätlos? So schnell?«

»Wir müssen so kurz vor der Wahl Handlungsfähigkeit beweisen. Und dein Name steht für eine kontinuierliche Fortsetzung unserer erfolgreichen Politik. Am besten laden wir noch heute Abend ...«

»Ich weiß nicht.«

»... zu einer Pressekonferenz ein. Und wir müssen einen Nachfolger für dich als Innenminister finden. Das heißt: Du musst einen Nachfolger finden. Schließlich ist es dein Kabinett. Ich würde vorschlagen, dass Däxl ins Innenressort nachrückt. Homberger würde ich für die Leitung der Staatskanzlei ins Auge fassen. Wo ist der Homberger eigentlich? Er sitzt gar nicht auf der Regierungsbank.«

»Bleib mir weg mit dem Schlemmer-Schorsch. Schluss jetzt«, unterbrach ihn Kaserer. »Es ist klar, dass ich den Job mache. Keine Frage. Aber wir sollten zumindest warten, bis Stadlbauer unter der Erde ist. Es wird einen Staatsakt geben und so weiter.«

Der Landtagspräsident kam aufgeregt hinzu, immer noch hatte er die an einem altertümlichen Nadeldrucker abgerissene Meldung mit der Todesnachricht in der Hand.

»Peter, Gustl, die Sache ist merkwürdig. Mein Vorzimmer teilt mir gerade mit, dass die Staatskanzlei den Tod von Stadlbauer nicht bestätigt.«

Rosemarie Keller holte aus dem Handschuhfach den Umschlag, den sie bereits vor über einer Woche mit der Post bekommen hatte. Sie holte die handgeschriebenen Blätter hervor. Wie oft hatte sie diesen Brief jetzt schon gelesen? Als sie den Umschlag erstmals geöffnet hatte, hatten ihre Hände gezittert. Und als sie die ersten Zeilen gelesen hatte, war ihr mit einem Schlag der ganze Inhalt des Briefes bekannt geworden. Es war das gleiche Gefühl gewesen, wie sie es hatte, wenn sie wusste, wer am Telefon war, wenn es läutete. So hatte sie vor Jahren ihre Fähigkeiten überhaupt entdeckt. Erst danach hatte sie Sozialpädagogik studiert und sich zur Psychotherapeutin ausbilden lassen. Allmählich hatte sich ihre Fähigkeit auch bei ihren Freunden und Bekannten herumgesprochen, die immer wieder nachfragten, ob sie diese oder jene Entscheidung treffen sollten und wann der richtige Zeitpunkt sei, dieses oder jenes zu tun. Die Menschen vertrauten ihr. Und es wurden immer mehr, die auch bereit waren, Geld für ihre Leistung zu bezahlen. Und es wurden immer auch wichtigere Menschen. Irgendwann war Richard Stiller zu ihr gekommen, ohne dass sie wusste, dass er ein Politiker war. Sie verliebten sich schnell ineinander. Die Treffen wurden häufiger und regelmäßiger. Doch er war verheiratet, und sie wusste, dass er seine Frau niemals verlassen würde.

Als eines Tages dann Stadlbauer sich von seinem Chauffeur zu ihr bringen ließ – Stiller hatte ihm den Tipp gegeben – traute sie zunächst ihren Augen nicht. Aber nach der vierten Sitzung war auch zwischen ihnen das Eis gebrochen. Stadlbauer vertraute ihr. Ob er ihren Horoskopen glaubte, bezweifelte sie bis heute. Aber sie spürte, wie sehr sich dieser über sechzigjährige Mann fallen lassen konnte, wie er sich hilflos und machtlos geben konnte wie sonst bei niemandem. So ähnlich musste es Bankdirektoren und Politikern gehen, die sich von Prostituierten auspeitschen ließen.

Sie las noch einmal die letzte Seite des Briefes. Dann wusste sie, dass sie richtig entschieden hatte.

Sie las: »Durch Dich, liebe Rose, ist mir vieles klar geworden ...«

* * *

Genau siebenundvierzig Sekunden, nachdem die Blitz-Meldung über den Ticker gegangen war, stand Tanja Kollaritsch im Büro von Staatskanzleichef Däxl. Der hatte sofort den kleinen Fernseher rechts neben seinem Schreibtisch an der Glasfront zur Hofgartenseite seines Zimmers eingeschaltet. Auf *n-tv* wurde ein Laufband mit der Nachricht eingeblendet.

»Wir müssen dementieren. Sofort!«, rief Tanja.

»Woher zum Teufel kommt diese Meldung?«, fragte Däxl. »Wer hat das rausgegeben?«

»Wir sicher nicht. In der ersten Meldung ist auch noch keine Quelle genannt. Vielleicht kommt's aus der Klinik.«

»Wir können auf jeden Fall sicher sein, dass es sich um eine Falschmeldung handelt. Die Ärzte würden uns als Erstes informieren.«

In diesem Moment klopfte es an der Tür und Ministerialdirektor Heisinger betrat umgehend den Raum. »Habe mit dem Chefarzt telefoniert. Stadlbauer lebt. Der Zustand ist unverändert kritisch, aber er lebt«, sagte der Bürochef aufgeregt.

»Wir müssen dementieren«, wiederholte Tanja Kollaritsch. »Ich schicke sofort eine entsprechende PM an den großen Verteiler.«

»Und rufen Sie als Erstes bei der Agentur an!«, befahl Däxl. In diesem Moment klopfte es wieder an der Tür. Diesmal betrat Tanjas Stellvertreter, Thomas Frantzen, den Raum, ein Blatt in der Hand, das er ohne Einleitung vorlas: »Zurückziehung – Bitte verwenden Sie unsere Meldung über den

Tod von Ministerpräsident Stadlbauer nicht, rpt nicht. Sie wurde aufgrund eines technischen Fehlers gesendet.«

Alle sahen sich kurz schweigend an.

Tanja war die Erste, die wieder etwas sagte: »Ich glaub es ja nicht.«

»Der Chefredakteur hat soeben angerufen und sich entschuldigt«, sagte Frantzen weiter. »Ein Redakteur hatte die Meldung vorbereitet, um sie gegebenenfalls sofort senden zu können. Und er hatte vergessen, den Sperrvermerk reinzustellen. Und so hat der Chef vom Dienst die Meldung ohne Rückfrage in den Ticker gegeben. Menschliches Versagen.«

»Wer hätte das gedacht, dass unseren Stadlbauer mal das gleiche Schicksal ereilen würde wie damals Chruschtschow«, sagte Tanja.

»Wieso Chruschtschow?«, fragte Frantzen.

Däxls Blick signalisierte, dass er sich erinnerte. Und Tanja erzählte: »Am 13. April 1964 hat die dpa den Tod des sowjetischen Staats- und Parteichefs gemeldet. Doch der war noch quicklebendig. Diese Falschmeldung hat damals fast eine Staatsaffäre ausgelöst und dpa musste das Moskauer Büro schließen. Das Ding ging in die Geschichts- und Lehrbücher ein als Beispiel für die Folgen einer Falschmeldung.«

»Ich schlage vor, wir lassen jetzt auch das Münchner dpa-Büro schließen«, witzelte Heisinger und alle lachten.

Das weiße Telefon auf Däxls Schreibtisch läutete eindringlich.

Er sagte nur »Ja?«, als er den Hörer abnahm. Und dann: »Außerordentliche Fraktionssitzung? Zur Stadlbauer-Nachfolge? Gustav, die Sitzung kannst du wieder absagen. Das war eine Ente.«

Litzka war schon einige Kilometer gefahren, als er das Autoradio einschaltete, um die Verkehrsmeldungen zu hören. Auf der Garmischer Autobahn ging es wegen eines schweren Unfalls zwischen Kreuzhof und Schäftlarn nur im Schritttempo voran, hörte er den Sprecher sagen. Also beschloss er, anstatt in Fürstenried auf die A 95 abzubiegen, über Neuried Richtung Starnberg zu fahren. Auf *B 5* ertönte der Jingle, der die nächsten Nachrichten ankündigte.

»Verwirrung um Stadlbauer. Staatskanzlei dementiert Todesmeldung«, hieß es im abgehackten Schlagzeilenstil der Radioleute. Litzka stockte der Atem. Gebannt hörte er den Worten aus dem Lautsprecher zu.

»Die Münchner Staatskanzlei hat vor wenigen Minuten eine Agenturmeldung zurückgewiesen, wonach Ministerpräsident Stadlbauer heute den Schussverletzungen nach dem Attentat erlegen sei. Eine Sprecherin sagte auf Anfrage des Bayerischen Rundfunks, die Nachricht entbehre jeder Grundlage und sei frei erfunden. Zwar sei der Zustand des Ministerpräsidenten unverändert kritisch. Es sei aber unerklärlich, woher diese Information stamme.«

Es folgte eine Meldung aus der Landtagsdebatte zur Schulpolitik, Litzka drehte das Radio leiser und tastete auf dem Beifahrersitz nach seinem Handy. Er wählte zuerst Tanjas Nummer, hörte jedoch nur ein Besetztzeichen. Dann versuchte er noch einmal vergeblich, Sonne zu erreichen. Inzwischen hatte er auf der Landstraße Neuried und damit die in der geschlossenen Ortschaft herrschende Geschwindigkeitsbegrenzung hinter sich gelassen und gab Gas. Doch mehrere Wegkreuze am Straßenrand erinnerten ihn daran, dass er sich hier auf der Straße befand, die in den Lokalzeitungen wegen zahlreicher tödlicher Unfälle nur »Todesstrecke« genannt wurde. Er legte sein Handy wieder auf den Beifahrersitz und nahm sich ein weiteres Mal vor, bei nächster Gelegenheit eine Freisprechanlage zu installieren.

Nach einer Viertelstunde hatte er auch Gauting hinter sich gelassen und nach einer kilometerlangen Serpentinenstrecke an der Würm entlang das Starnberger Ortseingangsschild passiert. Nach dem OBI und dem Lidl auf der rechten Seite bog er gemäß der Anfahrtsbeschreibung, die er sich aus dem Internet ausgedruckt hatte, links in die Petersbrunner Straße ein und fuhr danach sofort rechts in die Moosstraße. Er musste sich nicht lange umschauen, um in diesem Gewerbegebiet zwischen einem Fitness-Club, einem Toyota-Händler und einer Computerfirma das Gebäude der Kaiser AG zu finden.

Er parkte seinen Polo direkt am Straßenrand, wo nur bis neunzehn Uhr Parkscheibenpflicht galt. Auf dem eingezäunten, repräsentativen Firmengelände sah er ein dreistöckiges Bürogebäude, auf dessen Dach das Logo der Kaiser AG leuchtete. Hinter keiner Fensterscheibe brannte Licht, nur der Pförtner schien noch im Dienst zu sein. Litzka sah ihn zwar gelangweilt in einer Zeitung blättern, doch das Risiko, dass er beim unbefugten Betreten des Geländes über den Haupteingang gesehen würde, schätzte er größer ein als die Verletzungsgefahr, wenn er auf einen am Straßenrand abgestellten Kleinlaster klettern würde, um von dort aus mit einem kühnen Sprung das Hindernis des Zauns zu überwinden. Jedenfalls konnte er nirgendwo scharfe Wachhunde oder Überwachungskameras entdecken.

Er schaute sich flüchtig um und fühlte sich unbeobachtet, dann kletterte er auf den weißen Van, der neben einem Schild mit dem Kaiser-Logo und der Aufschrift *Parken nur für Firmenfahrzeuge* stand. Er streckte sich mit beiden Händen zur Oberkante des Zauns, mit Schwung schleuderte er seine Beine hinüber und ließ sich auf den Boden fallen. Abgesehen davon, dass er mit seinem linken Hosenbein an einem spitzen Drahtende des Zauns hängen blieb und sich nicht nur ein Loch in die Hose riss, sondern sich auch eine schmerzhafte Schramme am Unterschenkel zufügte, hielt er diese Aktion für durchaus filmreif.

Als er sich mit einem Taschentuch das Blut vom Bein abwischte, fiel ihm ein, dass er gar nicht genau wusste, was er hier eigentlich suchen oder entdecken wollte. Das Geheimnis um die Kaiser AG, deren Strukturen und Verflechtungen selbst für Wirtschaftsprofis kaum zu entwirren waren, hatte ihn einfach neugierig gemacht. Und dass Kaiser nun auch noch in irgendeiner Form Verbindung zu einer Leiche, zu einem Mordopfer hatte, das setzte seine Fantasie in Hochbetrieb und entfachte die Eigenschaften, die ihn mal in den investigativen Journalismus getrieben hatten. Er witterte seine ganz große Story. Wenn er Ludwig Kaiser wirklich nachweisen würde, dass er seine Finger bei einem Mord mit im Spiel hatte und dass seine Verstrickungen bis ganz oben in die Landespolitik reichten, dann wäre das zweifellos ein bayerisches Watergate. Der Begriff »Isar-Gate« kam ihm in den Sinn, und er fragte sich, ob es in Deutschland auch so etwas wie den begehrten Pulitzerpreis in Amerika gab. Doch bis es soweit war, musste er erst etwas Handfestes herausfinden.

Er schaute sich auf dem großen Parkplatz vor dem Gebäude um. Er sah einen neuen Fünfer-BMW mit dem Nummernschild M-GH 2000, das ihm irgendwoher bekannt vorkam. Er blieb im Schatten der Mauer und bewegte sich rechts an dem Bürogebäude vorbei zu einem Flachbau, der hinten auf dem Gelände stand. Es sah aus wie ein Lager oder eine Verladestelle. An einer Rampe konnten Fahrzeuge halten und Waren be- oder entladen. Er ging einige Schritte weiter. Hier konnte er vom Pförtner nicht mehr gesehen werden. Nun bemerkte er, dass in dem flachen Gebäude in einem der hinteren Fenster noch Licht brannte. Litzka schlich heran und duckte sich unter dem Fenster. Vorsichtig hob er Zentimeter für Zentimeter seinen Kopf, bis er einen Blick in den Raum werfen konnte. Er sah zwei Männer, die wild gestikulierend miteinander redeten. Der eine stand mit dem Rücken zum Fenster und war daher nicht zu erkennen. Der andere war offenbar der Chef im Ring und las seinem Gegenüber die Leviten. Anhand von Wortfetzen konnte Litzka heraushören, dass es um Geld ging. Jetzt machte der Chef einen Schritt zur Seite und trat in den Lichtstrahl einer an der Decke befestigten Halogenleuchte. Er trug einen teuren Anzug. Der Kopf des Mannes mit den schwarzen Haaren und dem Schnauzbart war hell erleuchtet. Es war Ludwig Kaiser, eindeutig. Litzka bewegte sich nicht, um nicht entdeckt zu werden. Konzentriert versuchte er zu verstehen, worüber die Männer stritten.

»Wir müssen die Notbremse ziehen, es geht so nicht weiter«, hörte er den Mann sagen, der ihm immer noch den Rücken zuwandte. Diese Stimme hatte er schon mal gehört.

»Wir haben die Sache angefangen, jetzt ziehen wir sie auch durch«, sagte Kaiser. »Sie wissen, dass ich nicht der Typ bin, der aufgibt und die Flinte ins Korn wirft. Ich nicht! Der Erfolg braucht manchmal unpopuläre Entscheidungen!«

»Unpopuläre Entscheidungen nennen Sie das?«, fragte der andere, und Litzka versuchte, die Stimme in Zusammenhang mit dem auf dem Hof parkenden BMW zu bringen. Dann drehte der Mann sich um und im selben Augenblick wusste Litzka, wofür die Buchstaben GH auf dem Nummernschild des BMW standen. GH waren die Initialen von Schlemmer-Schorsch: Georg Homberger, Staatssekretär im bayerischen Wirtschaftsministerium und Bezirksvorsitzender der oberbayerischen CSU. Den BMW hatte Litzka schon oft in der Landtagstiefgarage stehen sehen. Und fast alle Kabinettsmitglieder hatten die Anfangsbuchstaben ihrer Namen im Nummernschild ihres Dienstwagens stehen.

Plötzlich kam Homberger auf das Fenster zu. Hatte er ihn etwa gesehen oder gehört? Er duckte sich und machte in der Hocke einen Satz zur Seite um die Ecke des Gebäudes. Dann hörte er, wie das Fenster geöffnet wurde. Vielleicht wollte Homberger ja nur die dicke Luft entweichen lassen. Litzka stand vor einem Kellerfenster, das nicht richtig verschlossen war. Er wusste, dass es widersinnig war, aber er glaubte, er würde sich in Sicherheit begeben, wenn er durch das Kellerfenster in das Gebäude eindringen und so zumindest aus dem Blickfeld aller verschwinden würde, die über den großen Platz zu dem flachen Betonbau blicken könnten. Er hatte wenig Mühe, seinen schlanken, drahtigen Körper durch die Fensteröffnung zu zwängen.

Nun stand er in einem völlig dunklen Raum und seine Augen brauchten einen Moment, sich daran zu gewöhnen. Langsam konnte er Umrisse erkennen. Er war in einem langen Flur mit vielen geschlossenen Türen. Eine Tür war nur angelehnt. Durch einen millimeterbreiten Spalt sah er Licht. Er ging zu der Tür und hörte ein Geräusch, das er von seinem ersten Ferienjob in der Verpackungsstelle einer Druckerei her kannte: das Zukleben von Kartons mit einem automatischen Abroller für Paketklebeband.

Zugleich ahnte er eine Bewegung hinter sich. Noch ehe er sich umdrehen konnte, spürte er einen Schlag mit einem harten Gegenstand in seinem Genick. Der Schmerz zog sich vom Hals durch den ganzen Körper. Dann spürte er nichts mehr und verlor das Bewusstsein.

* * *

Die erste Sitzung der »Soko Marienplatz« hatte mehrere Stunden gedauert. Steinmayr und Lamnek hatten exakt den Plan für das weitere Vorgehen vorgestellt und jedem der sechzehn Ermittler seine präzisen Aufgaben und die nächsten konkreten Schritte erläutert.

Steinmayr fasste die Aufgabenverteilung kurz zusammen: »Die Männer vom Staatsschutz überprüfen die Biografien aller Beteiligten auf mögliche direkte oder indirekte Kontakte zur Terrorszene.« Er deutete auf die Experten für organisierte Kriminalität. »Ihr kümmert euch um diesen Kosovo-Albaner. Vielleicht sagt er ja was über seine Auftraggeber, wenn wir ihm Strafmilderung zusagen.«

»Ich will, dass dieser Akif Jasari hart rangenommen wird, verstanden?«, sagte Lamnek.

»Soll'n ma dem net glei Daumenschraum ohleng?«, rief ein Soko-Mitglied, das sich als Roman Wolter vorgestellt hatte und hörbar aus Franken stammte. Er war ein Profiler der Abteilung für operative Fall-Analyse.

»Natürlich bleiben wir im Rahmen der gesetzlichen Möglichkeiten«, antwortete Steinmayr und fügte hinzu: »Ich selbst werde bei den Vernehmungen dabei sein. Jasari befindet sich übrigens an einem geheimen Ort. Bitte haben Sie Verständnis, dass ich seinen genauen Aufenthaltsort hier in der großen Runde nicht nennen werde.«

»Wos soll denn des etzadla?«, fragte der Franke, der sich offenbar als Experte für Zwischenrufe profilieren wollte. »Traun Sie uns wohl ned?«

»Reine Vorsichtsmaßnahme«, entgegnete Steinmayr. »Beginnen wir: Unsere Aufgabe ist es nicht nur, zwei Anschläge aufzuklären, sondern auch, ein mögliches weiteres Attentat zu verhindern.«

Nach diesem Schlusswort Steinmayrs wollte anscheinend auch Lamnek noch etwas sagen, doch die Soko-Mitglieder packten alle ihre Unterlagen zusammen und standen auf, sodass die Geräusche der rückenden Stühle kein weiteres Schlusswort mehr zuließen.

Auch Sonne trat auf den hellen mit modernen Gemälden dekorierten Flur vor dem Konferenzraum. Er gab den PIN-Code seines Handys ein und wartete, bis das Telefon Bereitschaft signalisierte. Kurz darauf erschien die Meldung, dass er eine Nachricht auf seiner Mailbox habe. Er hörte

Litzkas Anruf ab. »Wollen Sie jetzt mit dem Anrufer verbunden werden?«, fragte ihn die elektronische Frauenstimme, die genauso klang wie das Navigationssystem in seinem Dienstwagen, und forderte ihn auf, in diesem Fall die Sieben zu drücken. Er drückte die Sieben und es klingelte ins Leere. Acht Mal, erst dann meldete sich Litzkas Mailbox.

Seltsam, dachte Sonne. Denn er wusste, dass Litzkas Handy immer entweder eingeschaltet war oder keinen Empfang hatte. Sein Beethoven-Klingelton war in keiner Situation zu überhören. Auf lautlos schaltete Litzka sein Mobiltelefon nur beim Sex. Und da Litzkas Freundin Carisa am anderen Ende der Erdkugel weilte, machte er sich plötzlich Sorgen. Es dauerte keine halbe Minute, bis er mit dem Paternoster das Erdgeschoss des Präsidiums und wenige Schritte später sein in der Ettstraße vor einem Schild mit der Aufschrift *Nur für Dienstfahrzeuge* geparkten Dienstwagen erreicht hatte. Blitzschnell tippte er in das Navigationssystem die Adresse der Kaiser AG in Starnberg ein.

* * *

Als Litzka wieder zu sich kam, wusste er nicht, wie lange er ohne Bewusstsein gewesen war. Minuten oder Stunden? In dem Raum, in dem er sich befand, war kein Tageslicht zu sehen. Die Fenster waren mit Jalousien verschlossen. Es war ein Büroraum, auf einem Schreibtisch leuchtete eine Halogenlampe, der Lichtkegel reichte von einem leeren Papierkorb auf der einen bis zu einem mit Akten gefüllten Sideboard auf der anderen Seite.

Hinter dem Schreibtisch saß Ludwig Kaiser, in der Hand hielt er eine Zigarre. Er hatte die Füße auf dem Schreibtisch liegen, lehnte sich in seinen schwarzen Chefsessel zurück und blies den Rauch seiner Zigarre vor sich in die Luft. Wie der Mafiaboss im schlechten Gangsterfilm, dachte Litzka.

Oder ein Zweitliga-Fußballmanager. Jetzt erst bemerkte er, dass er seine Hände nicht bewegen konnte. Sie waren auf den Rücken gefesselt und zugleich an die Lehne eines Holzstuhls festgebunden.

»Was soll der Scheiß?«, rief Litzka. »Machen Sie mich sofort los, oder Sie haben eine Anzeige wegen Freiheitsberaubung am Hals.«

»Halt's Maul, Bürschchen«, antwortete Kaiser barsch.

Litzka erschrak über die Stimme, die er plötzlich hinter sich hörte: »Du bist hier auf dem Betriebsgelände eingedrungen. Das bringt dir eine Anzeige wegen Einbruchs an den Hals.«

Er versuchte sich umzuwenden. Doch er konnte den Kopf nicht weit genug drehen, um den Mann hinter sich zu erkennen. Aber die Stimme, die er schon so oft im Landtag und auf Pressekonferenzen gehört hatte, ließ keinen Zweifel daran, dass es sich um Georg Homberger, den Staatssekretär, handelte.

»Was heißt hier Anzeige?«, fuhr Kaiser dazwischen. »Ich würde vorschlagen: Einbrecher in flagranti erwischt und auf der Flucht erschossen. Diese Pistole wird man bei der Leiche finden«, er griff in eine Schreibtischschublade und zog eine kleine, silberfarbene Waffe hervor, »dann wird niemand an Notwehr zweifeln. Und erst später wird man herausfinden, dass es sich nur um eine Schreckschusspistole handelt.« Sein Lachen ging nahtlos in einen nassen Husten über, der nach chronischer Bronchitis klang.

»Du willst ihn wirklich...«, sagte Homberger.

»Es gibt keine andere Möglichkeit. Er ist ja auch selbst Schuld, wenn er hier rumschnüffelt. Wer weiß, was er schon alles gesehen hat! Dir dürfte klar sein, dass wir keinen Mitwisser gebrauchen können. Und erst recht keinen von der Journaille!«

»Und wie stellst du dir das vor? Willst du ihn laufen lassen und dann abknallen? Ich werde ihn jedenfalls nicht über den Haufen schießen. Das kann ich nicht.«

Litzka lauschte dem Dialog wie einem Fernsehfilm. Es fiel ihm schwer zu realisieren, dass hier vor seinen Augen und Ohren über die praktikabelste Variante seiner Beseitigung diskutiert wurde.

»Können wir ihn nicht laufen lassen? Es ist doch wohl schon genug Blut geflossen. Er wird sicher den Mund halten. Er weiß jetzt, dass wir es ernst meinen.«

»Gerade weil schon Blut geflossen ist, bin ich nicht bereit, mit diesem Schmierfinken auch nur das geringste Risiko einzugehen«, fauchte Kaiser und drückte seinen Zigarrenstumpf in einem gusseisernen Aschenbecher aus. »Hier stehen Milliarden auf dem Spiel. Du weißt genau: Wenn hier auch nur ein falsches Wort nach außen dringt, bricht nicht nur meine Firma zusammen, dann ist auch deine politische Laufbahn zu Ende und wir sitzen beide im Knast. Und zwar lange. Und hast du schon mal einen Pressefritzen gesehen, der sein Maul halten kann? Ich nicht! Wir müssen ihn loswerden. Wir haben keine Wahl. Wir müssen das professionell sehen. Für Emotionen ist hier kein Platz. Aber vielleicht hast du Recht. Eine Leiche auf dem Firmengelände bringt keine gute PR. Ich hätte da eine andere Idee.«

Litzka wurde klar, dass das hier kein Spaß war. Kaiser meinte es ernst und für seine dunklen Geschäfte war er offenbar bereit, über Leichen zu gehen. Was auch immer Kaiser für eine Idee hatte, sein Leben hing jetzt an einem seidenen Faden. Er zerrte mit den Handgelenken und versuchte, die Fesseln zu lockern. Er spürte, dass er mit Paketklebeband festgebunden war, das sich in seine Arme schnürte. Dann vernahm er einen fast unhörbaren Ton, der eine Nachricht auf seiner Mobilbox signalisierte. Das Handy! Er fühlte es in der Innentasche seiner Jeansjacke. Doch er hatte keine Möglichkeit, an das Telefon heranzukommen.

Er bekam Todesangst und geriet in Panik. »Ihr Schweine, lasst mir hier raus!«, schrie er immer wieder und wurde dabei lauter und lauter. Er strampelte mit den Armen und Beinen, soweit das seine Fesseln erlaubten. Er rutschte auf dem Stuhl hin und her und wäre beinahe zu Boden gestürzt, als Kaiser aufstand, einen Wandschrank öffnete und eine braune Glasflasche hervorholte. Aus seiner Anzugtasche zückte er ein Taschentuch, das er mit der Flüssigkeit aus der Flasche tränkte.

»Nein, Hilfe, Hilfe!«, schrie Litzka. Als er das Taschentuch und Kaisers starke Hand in seinem Gesicht spürte, musste er durch den stechenden Geruch erst würgen, dann wurde es in Sekunden dunkel vor seinen Augen.

* * *

Sonne erkannte Litzkas Polo am Straßenrand. Doch von dem Reporter war nichts zu sehen. Der Hauptkommissar schaute sich um, bei der Kaiser AG schienen geregelte Arbeitszeiten und kein Schichtbetrieb zu herrschen. Der Parkplatz vor dem Gebäude war ebenso frei wie der Stellplatz mit dem Hinweis *Nur für Firmenfahrzeuge* am Straßenrand. In der Pförtnerloge am Haupteingang brannte Licht.

»Guten Tag, Sonne, Kripo München«, sagte er und zeigte dem Zeitung lesenden Pförtner seinen Ausweis. »Haben Sie hier einen jungen Mann gesehen, einsfünfundachtzig groß, etwas schlaksige Figur, kurze, dunkle Haare, kleine, randlose Brille?«

»Wos sagst?«, fragte der Pförtner, und es klang in Sonnes Ohren wie das Bellen eines aus dem Schlaf geweckten Hundes. Doch dann schickte er, ohne dass es einer Wiederholung der Frage bedurfte, seine Antwort hinterher: »Na, i hob de letzte Stund koan gseng.«

Sonne vermutete, die Tatsache, dass dieser scharfsinnige Wachmann nichts gesehen hatte, musste nicht zwangsläufig bedeuten, dass wirklich niemand da gewesen war.

»Ist Herr Kaiser denn im Hause?«, fragte Sonne.

»A so, doch, an Chef hob i scho gseng«, fiel es dem Pförtner jetzt ein.

Sonne verdrehte verzweifelt die Augen. »Wann war das genau? Und war er allein?«

»Vor ana Viertelstund vielleicht. Er war bestimmt alloa. Wer hätt denn bei eam sei soin? Jedenfois is er mit'm Firmenlaster losgfahrn.«

»Der Firmenboss fährt mit dem Kleinlaster durch die Gegend? Ist das denn üblich?«

»Mei, wos hoaßt üblich?« Der Grauhaarige knurrte jetzt mehr als dass er bellte. Er wirkte genervt und wollte sich anscheinend nicht länger dabei stören lassen, seine Zeit bis zur Pensionierung abzusitzen. »Da Chef is hoit koana, der wo an ganzen Dog am Schreibtisch sitzen wui. Der packt a soiber mit o, wenns sei muass. Und der VW-Transporter, der immer dosteht, des is a Bereitschaftswong. Den kon a jeder für unvorhergsenge Fahrten nehma.«

Sonne fragte nach dem Kennzeichen des Firmenlasters und notierte es auf der Rückseite einer MVV-Streifenkarte, die er in seiner Jackentasche fand.

»Wofür brauchte er den Lastwagen? Hat er etwas transportiert? Etwas ein- oder ausgeladen?«, fragte er.

»Wos woaß denn i?«, grantelte der Pförtner. »Des is doch net mei Aufgab, mein Chef zum bespitzeln. Der kon von mir aus eilodn, auslodn und wos er sonst gern doa wui. Dafür is er der Chef.«

Sonne merkte, dass ihn dieses Gespräch nicht weiter führte, und überlegte, was nun zu tun sei. Noch einmal wählte er Litzkas Handy-Nummer und wieder klingelte es in der Leitung, ohne dass jemand abnahm. Er muss hier gewesen sein, dachte er. Schließlich steht dort sein Wagen. Er ging langsam zur Straße zurück, als es plötzlich unter seinem Schuh knirschte. Er schaute auf den Boden und nahm den rot-weißen Plastikkugelschreiber, auf den er soeben getreten war, in die Hand. Der Stift trug das unverkennbare Logo der *ATZ*. Von diesen Kulis gibt es sicher Tausende, dachte er. Aber auch in diesem Fall zweifelte er nicht an seiner These, die sich in den meisten Fällen immer wieder aufs Neue bestätigte: Es gibt keine Zufälle. Sonne wählte die interne Nummer von Steinmayr, mit der man am Vorzimmer vorbei direkt auf dem Schreibtisch des Dezernatsleiters landete. Intern nannten sie diese Nummer das »rote Telefon«.

»Horst, ich glaub, mit Litzka ist was passiert«, sagte er, nachdem Steinmayr abgenommen und sich gemeldet hatte.

»Was soll mit ihm sein?«

»Er ist zu Kaisers Firmensitz in Starnberg rausgefahren. Wollte hier was recherchieren. Keine Ahnung, was er genau vorhatte. Jedenfalls ist er spurlos verschwunden. Sein Auto steht hier am Straßenrand, ein *ATZ*-Stift lag auf dem Boden. Und angeblich hat Kaiser selbst vor einer Viertelstunde mit einem Lieferwagen das Firmengelände verlassen.«

»Das mag ja alles sein«, sagte Steinmayr. »Aber der Flitzer scheint auf der falschen Spur zu sein.«

»Falsche Spur?«

»Sieht so aus, als hätten wir den Täter. Oder besser: die Täterin?«

»Was?« Sonne glaubte, nicht richtig gehört zu haben. »Was soll das heißen?«

»Allen Anzeichen nach war's Rosemarie Keller. Die Astrologin. Die scheint ein Verhältnis mit Stadlbauer gehabt zu haben. Sie ist mit ihrem Wagen mit Tempo hundertsechzig auf der A 95 gegen einen Brückenpfeiler gerast. Ungebremst. Das war eindeutig Selbstmord. In dem Wagen wurde ein Brief gefunden, der ein Motiv für unseren Fall liefern könnte. Wir sind mit der Auswertung aber noch nicht fertig.«

Sonne konnte es nicht fassen. »Aber wenn dem so sein sollte, dann begibt Litzka sich unnötig in Gefahr.«

»Denkst du an eine Entführung?«, fragte Steinmayr.

»Das Einzige, was ich denke: Wir müssen schnellstens rauskriegen, wo der Flitzer steckt! Er ist sonst immer über Handy erreichbar. Horst, irgendwas stimmt hier nicht!«

»Wenn sein Handy klingelt, dann ist es ja eingeschaltet. Sag mir seine Nummer und seinen Mobilfunkbetreiber, dann sag ich dir in zehn Minuten, wo er gerade steckt.«

»Oder wo sein Telefon liegt«, murmelte Sonne und diktierte Steinmayr Litzkas O2-Nummer, die er in seinem Diensthandy gespeichert hatte. Er wusste, dass Steinmayr jetzt über die Abteilung III im LKA, die für Informations- und Kommunikationstechnik zuständig war, eine Anfrage bei dem in München ansässigen Mobilfunkunternehmen startete. Dort konnte man im Handumdrehen feststellen, in welcher Funkzelle sich das Telefon angemeldet hatte. Und so ließ sich der Standort bis auf wenige hundert Meter genau lokalisieren. Sonne wartete auf Steinmayrs Rückruf. Minute um Minute verging, ohne dass sich der Dezernatsleiter meldete.

* * *

Im Laderaum war es dunkel und stickig. Als Litzka zum zweiten Mal innerhalb weniger Stunden aus der Bewusstlosigkeit aufwachte, geriet er in Panik. Ich ersticke, dachte er und schnappte nach Luft. Erst nach wenigen Sekunden wurde ihm klar, dass ihm sein Unterbewusstsein einen Streich gespielt hatte. Es gab genug Luft zum Atmen, aber die Todesangst war trotzdem real. Nach und nach kam die Erinnerung an die Begegnung mit Kaiser und Homberger auf dem Firmengelände zurück. Und allmählich schwand auch die Hoffnung, es könnte sich um einen bösen Traum gehandelt haben. Seine Gedanken ordneten sich wieder. Er versuchte sich zu konzentrieren.

Litzka war immer noch an Händen und Füßen gefesselt und befand sich offenbar auf der Ladefläche eines Kleintransporters. Ein Diesel, ließ ihn das Motorgeräusch vermuten. Er hatte keinen Blick ins Führerhaus des Lastwagens, gedämpft konnte er die Stimmen von Kaiser und Homberger erkennen. Er wusste nicht, wie lange sie schon fuhren. Dass der Wagen jedoch nicht besonders schnell fuhr und regelmäßig stoppte und die Richtung wechselte, ließ ihn folgern, dass sie sich im Stadtverkehr bewegten. Er versuchte sich auf die Stimmen zu konzentrieren.

»Fahren Sie hier links«, hörte er Kaiser sagen. Offenbar saß Homberger am Steuer. Verrückt, dachte Litzka. Der Staatssekretär muss den Firmenboss chauffieren. Das zeigt, wer in Wahrheit die Macht hat. Er beschloss, darüber einen Leitartikel zu schreiben – sofern er diesen Tag überleben würde.

»Da geht's zum Hafen«, sagte Kaiser. »Sie können aufs Gelände fahren.« Und plötzlich lachte Kaiser laut: »Im Starnberger See zu ertrinken, hat doch etwas Königliches, finden Sie nicht? So wie der Kini damals.«

»Nur mit dem Unterschied, dass der geisteskranke König Ludwig sich selbst umgebracht hat«, erwiderte Homberger.

»Das ist längst nicht bewiesen. Ich bin von der Mordthese überzeugt. Es spricht viel dafür, dass er mit einer Windbüchse von hinten erschossen wurde. Die Guglmänner behaupten, dass er von zwei Projektilen von je einem zwölftel Zoll tödlich getroffen wurde.«

»Das klingt ja sehr abenteuerlich«, sagte Homberger. »Es gibt doch mehrere Dutzend Theorien über den Tod des Märchenkönigs. Und was ist eine Windbüchse?«

»Ein Luftdruckgewehr mit sehr großem Kaliber. Der Kini selbst sagte übrigens einmal: ›Ertrinken ist ein schöner Tod‹. Ich glaube, er hatte Recht. Und ich hoffe, unser Schmierfink da hinten sieht das genauso.« Seine Lache ging wieder in den keuchenden Husten über. »Wissen Sie was, Homberger? Wenn meine Zeit mal abgelaufen ist, dann wünsche ich mir auch einen Tod, wie ihn der Kini hatte.«

»Sie sind verrückt, Kaiser!«, erwiderte Homberger.

»Ich werde in mein Testament schreiben, dass man meine Leiche nicht bergen darf. Der See soll mein Grab werden.«

»Sie sind wirklich verrückt. Glauben Sie, wir können den Reporter einfach so unbemerkt im See absaufen lassen?«

»Wer sollte uns sehen? Wir fahren mit meiner Yacht weit genug weg vom Ufer. Und es wird schon dunkel. Die Sache ist todsicher.« Kaiser lachte wieder.

Litzka sah seine Überlebenschancen schwinden. Wahrscheinlich würde ihn seine Zeitung mit einem Nachruf auf der Titelseite würdigen, mit einem großen Schwarz-Weiß-Porträt. Welches Foto würden sie wohl nehmen? Wahrscheinlich das Bild, das auch immer über seine Kommentare gestellt wurde. Er dachte an Carisa. Was würde sie jetzt wohl gerade in Washington machen? Wie spät war es überhaupt dort? Und wie würde sie von seinem Tod erfahren? Sie würde es wohl in ihrem Blatt lesen, denn auch die *Süddeutsche* würde gewiss groß berichten. Ob sie seine E-Mail schon beantwortet hatte? Vielleicht würde sie sie erst lesen, wenn er schon ... Und würde die Redaktion noch seine vorbereiteten Texte drucken? Mit einem Kreuz hinter seinem Autorennamen? So wie es hinter den Namen von Franz Josef Strauß im Impressum des *Bayernkurier* stand? Seine Gedanken wurden unterbrochen, als der Wagen langsamer wurde und die Reifen auf Kies knirschten.

* * *

Eine knappe Viertelstunde war vergangen, bis Steinmayr endlich zurückrief.

»Zuerst die gute oder die schlechte Nachricht?«

»Mach keine Spielchen, Horst. Was hast du rausgefunden?« Sonne saß auf dem Fahrersitz seines Wagens, wo er, mit den Fingern auf das Lenkrad des roten Astras trommelnd, auf Steinmayrs Anruf gewartet hatte.

»Also zuerst die gute: Das Handy ist eingeschaltet, das Signal stark genug, um es problemlos zu orten.«

»Und die schlechte?«

»Die lokalisierten Koordinaten befinden sich ziemlich exakt vier Kilometer südlich von Starnberg und jeweils ein Kilometer bis Pöcking und Berg«, sagte Steinmayr.

»Das sagt mir jetzt überhaupt nichts. Wo genau ist das?«

»Das ist die schlechte Nachricht: mitten im Starnberger See.«

Sonne schwieg einen Moment. Sollte das heißen ...?

»Du meinst, er ist ertrunken?«, sagte Sonne und fügte kurz darauf hinzu: »Unmöglich! Wenn deine Koordinaten stimmen. Auch die modernsten Handys sind vielleicht gegen Spritzwasser geschützt. Sie würden aber niemals unter Wasser Funksignale aussenden.«

»Sicher?«, fragte Steinmayr.

»Absolut! Mein altes Nokia ist mal in die Badewanne gefallen. Danach war es Schrott.«

»Das würde bedeuten, dass ...«

»... dass er sich auf einem Boot auf dem See befindet. Sieht verdammt nach einer Verschleppung aus. Ich glaube, wir müssen uns beeilen, wenn wir nicht zu spät kommen wollen.«

»Ich bin schon unterwegs«, sagte Steinmayr. »Ich fahre mit dem Wagen raus. In der Zwischenzeit fordere ich über die Einsatzzentrale einen Heli an. Von der Hubschrauberstaffel im Erdinger Moos bis Starnberg sind es vielleicht fünfzig Kilometer. Schau'n mer mal, wer schneller ist.«

»Beeil dich! Ich schlage vor, der Heli landet auf dem großen Lidl-Parkplatz an der Gautinger Straße, da ist schon Ladenschluss und um diese Zeit nichts mehr los. Treffen wir uns dort, dann steigen wir zu. Das ist nicht weit weg von hier.«

»Alles klar. Ende«, sagte Steinmayr, der in Hektik manchmal auch am Telefon in die Funksprechweise verfiel, und beendete die Verbindung.

»Passen Sie auf ihn auf!«, sagte Kaiser zu Homberger und schloss die Kabinentür hinter sich. Litzka war immer noch an Händen und Füßen gefesselt. Sie hatten ihn von dem Lieferwagen am Starnberger Bootshafen auf eine Luxusyacht geschleppt. Auf dem etwa zwanzig Meter langen, weißen Motorschiff hatten sie ihn im unteren Deck in einer Gästekabine eingesperrt. Die Ausstattung war nobel: beigefarbene Polsterbezüge auf den Sitzmöbeln, Fernseher, DVD-Player, Video, Hifi-Anlage und zwei Einzelbetten an jeder Seite der Kabine. Auf einem lag Litzka auf dem Rücken, die Beine am Fußende herabbaumelnd. Auf dem anderen Bett saß Homberger.

Er scheint unbewaffnet zu sein, dachte Litzka. Wenn er eine Waffe bei sich trägt, dann hat er sie nicht griffbereit.

Doch den Gedanken, Homberger zu überwältigen und sich zu befreien, ließ er sofort wieder fallen. Seine Fesseln machten nicht den Eindruck, dass er sie mit einem David-Copperfield-Trick lösen könnte. Im gleichen Augenblick hörte er das Starten der Motoren, die Kaiser offenbar auf der Brücke in Gang gesetzt hatte. Das Geräusch klang beeindruckend.

»Zweitausendzweihundert PS«, sagte Homberger. »Schafft dreißig Knoten.«

»Ich bin begeistert«, heuchelte Litzka. Dann atmete er ein paar Mal tief durch und knurrte Homberger regelrecht an: »Warum zum Teufel wollen Sie mich jetzt umbringen?«

Homberger wurde mit einem Schlag laut und aggressiv: »Halt's Maul! Was mit dir passiert, ist einzig und allein Sache von Kaiser! Ich habe damit nichts zu tun, verstanden? Ich passe nur auf, dass du nicht abhaust!«

»Wiegen Sie sich da mal nicht in falsche Sicherheit, Herr Staatssekretär«, konterte Litzka. »Sie glauben doch wohl selber nicht, dass Sie damit vor Gericht durchkommen? Sie sind an einer Entführung beteiligt, und wenn es hier noch zu einem Mord kommt, dann wandern Sie als Mittäter genauso lebenslänglich in den Knast wie dieser Wahnsinnige da oben. Oder bilden Sie sich ein, dass Ihnen Ihre parlamentarische Immunität irgendwas nutzen wird? So naiv werden Sie nicht sein!«

»Ich hab gesagt, du sollst dein Maul halten! Und außerdem werden wir niemals vor Gericht stehen. Das ist ja der Grund, warum er dich aus dem Weg schaffen will. Es ist ihm noch nie etwas nachgewiesen worden. Und so soll es auch bleiben.«

»Und dafür geht er über Leichen? Und Sie gehen mit? Was kriegen Sie von ihm dafür, dass Sie für sein schmutziges Geschäft die Handlangerdienste übernehmen? Homberger, sagen Sie es mir: Was muss man tun, um einen Politiker so weit zu bringen, dass er zum Kriminellen wird?«

Homberger schaute seinen Gefangenen zuerst giftig an. Dann atmete er aber tief durch. »Glaubst du vielleicht, ich mache das alles hier aus Spaß? Glaubst du vielleicht, ich habe mich bei Kaiser für seine Schurkenstücke als rechte Hand beworben?«

Litzka antwortete mit einer Gegenfrage: »Erinnern Sie sich noch daran, dass ich Sie mal interviewt habe? Es ist zwölf Jahre her, ich war Praktikant bei der *ATZ* und Sie sind für den Wahlkreis München-Giesing zum ersten Mal in den Landtag eingezogen, als sie knapp gegen den SPD-Landesvorsitzenden gewonnen haben. Ich habe das Porträt über Sie geschrieben. Ich weiß es noch genau: Die Überschrift hieß ›Hoffnungsträger Homberger – Neuer Landtagsabgeordneter will den Intrigantenstadl der Münchner CSU ausmisten‹.«

»Ja, an diese Schlagzeile kann ich mich erinnern. Ich dachte damals: Ganz schön frech für einen Schülerpraktikanten.«

»Ich hatte nach dem Interview einen sehr guten Eindruck von Ihnen. Sie waren anders als all jene machtgeilen, widerlichen Amigo-Fettsäcke, bei denen man schon das Kotzen kriegte, wenn man die Zeitung aufschlug.« Litzka sah, dass

Homberger den Ansatz eines Lächelns bei dieser deftigen Ausdrucksweise zeigte. »Sie, Herr Homberger, waren anders. Ich dachte damals: Wenn solche integren Leute mal nach ganz oben kommen und das Sagen haben, dann geht's wieder aufwärts mit der Politik.« Nach einer kurzen Pause fügte er in einem resignierenden Tonfall hinzu: »Und jetzt hat mich Hoffnungsträger Homberger eingesperrt und begleitet mich zur Hinrichtung.«

»Moment, ganz so ist es ja nicht. Ich habe dich nicht eingesperrt. Das war...«

»Kaiser, ja ja, ich weiß. Kapieren Sie es denn nicht, Homberger? Sie stecken hier bis zum Hals mit drin! Die Polizei dürfte Ihnen schon dicht auf den Fersen sein. Die Mordkommission weiß, dass ich zur Kaiser AG gefahren bin. Und außerdem ...« Litzka sah sein Ende immer näher kommen und beschloss daher, jetzt alles auf eine Karte zu setzen. »Wer sagt Ihnen, dass Kaiser Sie nicht irgendwann genauso als Mitwisser aus dem Weg räumen muss wie mich?«

»Du fantasierst, Bürschchen! Wieso sollte Kaiser das tun? Er braucht mich.«

»Er braucht Sie als Handlanger, Homberger. Und wenn Sie es nicht machen, dann macht es ein anderer. Sie sind für Kaiser nichts weiter als ein Scherge. Wenn Sie Ihren Job getan haben, braucht er Sie nicht mehr. Und wenn Sie zu viel wissen, dann wird er Sie um die Ecke bringen, verlassen Sie sich darauf!«

Litzka konnte Homberger nicht ansehen, wie er seine Worte aufnahm. Äußerlich ließ der Politiker sich nichts anmerken. Aber Litzka spürte, dass Homberger doch leicht verunsichert war.

»Du redest Unsinn!«, sagte er mehr zu sich selbst als zu Litzka.

»Hören Sie, verdammt noch mal, endlich auf mich zu duzen! Wir kennen uns schließlich nicht aus dem Sandkasten!«, rief Litzka im Bewusstsein, dass er jetzt überzeugend und selbstsicher auftreten musste, um seinen Kopf zu retten. »Ich habe über Kaiser recherchiert. Und ich habe Dokumente gefunden, die sind eindeutig: Wenn Kaiser diese Sache hier durchgezogen hat und Sie für ihn die Drecksarbeit erledigt haben, will er seinen ganzen Laden in Deutschland verkaufen und sich nach Südamerika absetzen. Das Pflaster ist ihm hier zu heiß geworden. Er wird Sie fallen lassen wie eine heiße Kartoffel und Sie als Sündenbock den Behörden ausliefern. Seine Einflüsse sind groß genug, um dafür zu sorgen, dass Sie als Hauptschuldiger hinter Gitter wandern für alles, was sich im Laufe der Jahre auf seinem Kerbholz angesammelt hat.«

Litzka traten vor Angst Schweißperlen auf die Stirn. Jetzt riskierte er alles. Kein Wort von dem, was er erzählte, war wahr. Er bluffte und betete, dass Homberger vor Schreck nicht auf die Idee kommen könnte zu fragen, um welche Dokumente genau es sich handelte.

Tatsächlich verschlug es Homberger jetzt die Sprache. Nur die zwei Dieselmotoren der Yacht waren noch zu hören.

»Das ist nicht wahr«, war das Einzige, was Homberger dann herausbrachte.

»Warum sollte ich im Angesichts des Todes noch lügen?«, sagte Litzka und musste sich ein zynisches Lachen verkneifen. Schließlich war es allein seine Todesangst, die ihm diese Lügengeschichte in den Sinn gebracht hatte. Es war wohl keine Situation denkbar, in der der Begriff »Notlüge« mehr gerechtfertigt war.

»Und ... Sie haben dafür Beweise?«, fragte Homberger.

»Natürlich nicht hier bei mir. Aber ich habe alles in meinem Laptop gespeichert. Machen Sie mich los!«

»Das kann ich nicht.«

»Kaiser will uns beide umbringen. Wir sitzen doch im selben Boot!«

Homberger musste grinsen. Es schien ihn wirklich zu beeindrucken, dass Litzka auch in Todesangst noch Wortwitz zeigte.

Das Motorengeräusch verstummte. Plötzlich hörten sie Schritte. Kaiser kam die Holztreppe herunter und öffnete die Kabinentür.

»Wir sind weit genug weg vom Ufer. Wir können unsere Ladung abwerfen.« Er lachte dreckig, als er mit der Pistole auf Litzka wies.

Homberger sah schweigend vor sich hin. In ihm schien es zu rumoren. Dann sagte er mit tonloser Stimme zu Kaiser: »Eine Frage: Wer garantiert mir eigentlich, dass Sie mich hier nicht ebenso im See versenken wollen?«

Mit Widerstand seines Kompagnons schien Kaiser nicht gerechnet zu haben. »Was soll der Schmarrn?«, fauchte er.

Homberger stand schwerfällig auf und trat zwei Schritte vor. »Ich weiß, dass Sie mich in der Hand haben, Kaiser. Anfangs habe ich wirklich gedacht, Ihre Spenden seien dazu gedacht, meine politische Arbeit zu unterstützen. Dass Sie die Politik einen feuchten Kehricht interessiert, habe ich erst bemerkt, als es schon zu spät war, als Sie mich durch Ihr Schwarzgeld erpressbar gemacht haben.«

»Was soll das? Wollen Sie abstreiten, dass unsere Geschäfte zu beider Seiten Nutzen waren? Es hat Sie niemand gezwungen, meine Spenden anzunehmen. Im Gegenteil! Das Geld haben Sie für den Wahlkampf gut gebrauchen können. Sie haben selbst gesagt, dass Sie die teure Kampagne ohne ...«

»Halten Sie doch den Mund, Kaiser«, fuhr Homberger ihm dazwischen. »Ich habe echt genug von Ihrer arroganten Art. Sie gehören hinter Schloss und Riegel.«

»Haha. Da können wir es uns dann aber zu zweit gemütlich machen. Oder glauben Sie, Sie wären fein raus?«

Litzka beobachtete atemlos, wie die beiden immer hitziger wurden und ihm kaum noch Beachtung schenkten. Homberger machte einen weiteren Schritt nach vorne und gleichzeitig wich Kaiser einen Schritt zurück.

»Wollen Sie sich mit mir anlegen? Sie mickriger Möchtegernminister? Vergessen Sie mal nicht, wen Sie vor sich haben!«

»Ich weiß sehr genau, wen ich vor mir habe. Und genau das macht meine Verachtung nur größer. Sie Dreckschwein!«

Homberger packte Kaiser am weißen Kragen und Kaiser ergriff Homberger an den Handgelenken, um ihn abzuwehren. Dann stieß Kaiser ihn zu Boden und verlor dabei selbst das Gleichgewicht. Auf dem mit blauem Veloursteppich ausgelegten Kabinenboden kam es zu einer handfesten Rangelei.

Litzka erkannte seine Chance. Er schnellte hoch, hüpfte mit seinen gefesselten Beinen quer durch die Kabine zur geöffneten Tür. Lieber Gott, lass außen einen Schlüssel stecken, dachte er. Draußen rammte er mit dem Rücken die Tür zu und begann mit seinen auf dem Rücken zusammengebunden Händen am Schloss herumzufingern, wobei er sich weit noch vorne beugen musste. Dann ertastete er einen Schlüssel und versuchte ihn panikartig in die richtige Richtung zu drehen. Von innen donnerte etwas gegen die Tür, doch sie sprang nicht auf. Ein leises Klicken am Türschloss signalisierte Litzka, dass er es geschafft hatte, die Tür zu verschließen.

Er richtete sich auf und dachte: Danke, lieber Gott. Dann schaute er sich kurz um, um Orientierung auf der Motoryacht zu bekommen, und hüpfte Stufe um Stufe eine schmale Holztreppe hinauf auf die Brücke. Unter sich hörte er Gerangel und Gerempel. Dann Kaisers durch die geschlossene Tür gedämpfte Stimme: »Das Schwein haut uns ab!« Er hörte, wie sich ein schwerer Körper mehrmals von innen gegen die Tür warf. Kaiser versuchte offenbar sie aufzubrechen. Litzka sprang zum Armaturenbrett, an dem er eine Eisenkante ausmachte, wandte sich mit dem Rücken dagegen und versuchte das Klebeband um seine Hände zu durchtrennen. Dabei sah er verzweifelt hinaus auf den See.

Kein Schiff in der Nähe. Niemand, von dem er Hilfe erwarten konnte.

In dem Moment, da sich die Fesseln um seine Handgelenke lösten und er die Arme frei bekam, schoss ihm das Blut wieder in die tauben Finger. Mit wenigen Handgriffen löste er auch die Klebestreifen, mit denen seine Beine zusammengebunden waren. Dann hörte er einen lauten Knall und fuhr zusammen. Ein Schuss. Holz zersplitterte. Und noch ein Schuss. Kaiser hatte die Kabinentür aufgeschossen. Er würde ihn eiskalt über den Haufen schießen, wenn er jetzt die Holztreppe heraufgelaufen käme. Litzka dachte nicht länger nach und sprang kopfüber ins Wasser. Entweder würde er elend ertrinken oder Kaiser würde ihn vom Schiff aus in den Fluten erschießen. Er versuchte, so weit wie möglich für Kaiser unsichtbar unter Wasser zu tauchen und sich schnellstmöglich vom Schiff zu entfernen. Dann hörte er auch schon die ersten Kugeln neben sich auf der Wasseroberfläche aufpeitschen.

* * *

»Da vorne«, rief Steinmayr. »Das Schiff muss es sein!«

»Ludwig II.«, sagte Sonne, der durch ein Fernglas aus dem Hubschraubercockpit auf den See schaute und den Schiffsnamen erkannte. Es war schon später Abend, vom wolkenlosen Himmel strahlte der fast volle Mond auf die Wasseroberfläche. Wegen der lauten Geräusche der Rotorblätter konnten sie sich nur über Mikrofone verständigen, die an ihren Helmen befestigt waren.

»Gehen Sie tiefer«, gab Steinmayr dem Piloten das Kommando. Der Suchscheinwerfer des Polizei-Helikopters richtete sich jetzt auf die Motoryacht.

»Wenn ich mich nicht täusche, steht Kaiser an Deck«, stellte Sonne fest. »Neben ihm eine weitere Person. Wir müssen ihm den Landweg abschneiden. Er darf uns nicht entkommen. Wenn er auf dem Wasser bleibt, haben wir ihn.« Sonne forderte über Funk in der Einsatzzentrale Verstärkung an und ließ den Schlosspark zwischen Leoni und Berg abriegeln. Außerdem ordnete er an, dass sich ausreichend Polizeikräfte am Dampfersteg und dem Parkplatz beim Seehotel und am Parkplatz beim Marstall postierten.

»Wer ist das da neben ihm?«, fragte Steinmayr. »Ist es Litzka?«

»Nein, er ist kleiner und dicker. Oh Scheiße! Kaiser hält ihm eine Pistole an den Kopf!«

»Gib mir mal!« Steinmayr nahm Sonne das Fernglas aus der Hand. »Du, ich glaube, das ist der... Mir fällt der Name nicht ein. Politiker, Minister oder so was.«

»Da treibt etwas im Wasser«, rief der Pilot dazwischen und richtete den Lichtkegel des Scheinwerfers einige Dutzend Meter neben das Schiff. Sonne sah mit bloßem Auge nur etwas Dunkles auf der Wasseroberfläche.

»Was siehst du?«, fragte er Steinmayr.

»Verdammt, das ist Litzka!«, schrie Steinmayr. »Wir müssen ihn rausziehen!«

»Verstanden«, antwortete der Pilot und ließ den Hubschrauber tiefer gleiten. Der Bordwart, der neben dem Piloten saß, öffnete die Seitentür des Hubschraubers und betätigte routiniert einen Hebel, woraufhin ein fünfzig Meter langes Seil mit einem Rettungsring über eine Winde heruntergelassen wurde. Zielgenau landete der Ring über Litzkas Armen, den langsam sichtbar die Kräfte verließen.

»Halt durch, Flitzer, wir haben dich gleich!«, rief Sonne, obwohl seine Stimme vom Lärm des Hubschraubers übertönt wurde. Litzka kämpfte gegen die starken Wellen, die von den Rotorblättern erzeugt wurden. Er hatte Mühe, den Rettungsring zu ergreifen. Doch dann gelang es ihm. Zugleich peitschten Schüsse auf die Wasseroberfläche.

»Der Verrückte schießt!«, rief Steinmayr. »Schnell, ziehen Sie ihn hoch.«

Sonne hatte seine Heckler & Koch aus dem Halfter gezogen und zielte auf Kaiser, der immer noch die Geisel neben sich hatte.

»Nicht schießen«, warnte ihn Steinmayr. »Der andere steht zu dicht bei ihm. Homburger heißt er, jetzt fällt's mir wieder ein. Oder so ähnlich. Staatssekretär.« Sonne entschied sich für zwei Warnschüsse, um Kaiser davon abzuhalten, weiter auf Litzka zu zielen, der sich mit letzter Kraft an den Rettungsring klammerte. Die Schüsse zeigten Wirkung. Kaiser und der andere Mann duckten sich und hasteten ins Innere des Bootes. Noch während Litzka in der Luft hing, drehte der Helikopter ab, um außer Schussweite von Kaisers Pistole zu gelangen.

»Hey, Flitzer, was machst du für'n Scheiß?«, sagte Sonne und legte eine olivfarbene Wolldecke über den triefnassen, hustenden und röchelnden Reporter, als dieser in den Helikopter gehievt wurde.

Unterdessen ließ Steinmayr sich vom Piloten ein Mikrofon reichen. Seine Stimme ertönte über den Außenlautsprecher des Hubschraubers: »Geben Sie auf, Kaiser! Das Spiel ist aus!«

Am Ufer sahen sie Blaulichter in der Dunkelheit aufleuchten. Die Streifenwagen postierten sich an den von Sonne angegebenen Stellen.

»Kaiser, Sie haben keine Chance!«, rief Steinmayr. »Werfen Sie die Waffe weg, nehmen Sie die Hände hoch und kommen Sie an Deck! Es gibt keinen Ausweg, geben Sie auf!«

»Wir sollten weitere Warnschüsse abgeben«, meinte Sonne.

Steinmayr schaltete das Mikro aus und antwortete: »Besser nicht. Wenn er durchdreht, erschießt er ... Was ist jetzt? Was macht er?«

Sie sahen, wie Kaiser wieder an Deck erschien und auf die Reling kletterte. Die Geisel konnten sie nirgends entdecken. Er reckte beide Arme in die Luft, blieb etwa zwei Sekunden leicht schwankend stehen, dann ließ er sich kerzengerade kopfüber in den See stürzen.

Fünftes Kapitel

Durch Dich, liebe Rose, ist mir vieles klar geworden. Durch unsere Begegnungen hast Du mich nicht nur meine Zukunft klarer sehen lassen. Ich habe auch deutlicher in meine Vergangenheit blicken können. Dafür bin ich Dir sehr dankbar. Ich gebe zu: Du bist eine Frau, die einen Mann in meinem Alter Sehnsucht nach jüngeren Jahren verspüren läßt. Und durch unsere langen Gespräche, die nach kurzer Zeit sehr privat und persönlich wurden, habe ich bemerkt, was mir in all den Jahren gefehlt hat. Es gibt mehr im Leben als Politik. Ich will wieder leben. Und darum werde ich Konsequenzen ziehen – so schwer es auch fällt. Du bist der erste Mensch, der es erfährt: Ich werde nur noch bis zur Wahl Politik machen. Ich bin es meiner Partei schuldig, mit ihr noch in die siegreiche Wahl zu ziehen. Danach werde ich erklären, daß ich mich aus gesundheitlichen Gründen zurückziehe und zur Ruhe setze. Vielleicht bist Du jetzt überrascht oder gar schockiert. Du glaubst, ich entscheide dies aus einer Laune, aus dem Bauch heraus. Aber nein. Dieser Entschluß ist lange gereift und wohl überlegt. Es muß sein.

Übrigens: Dieser Brief – ich bin inzwischen überzeugt, daß ich ihn abschicken werde – wird das Letzte sein, was Du von mir hören wirst. Denn ebenso reiflich überlegt ist die Erkenntnis, daß ich den Kontakt zu Dir abbrechen muß. Laß es mich mit einem Kompliment verbinden: Du bist eine Frau, die einem Mann wie mir den Verstand rauben kann, und ohne Verstand will ich meinen neuen Lebensabschnitt nicht verbringen. Und ich weiß auch, daß es mit uns nie gut gehen würde. Vielleicht habe ich mich ein bißchen in Dich verliebt, aber ich habe auch gespürt, daß in Deinem Herz nicht mehr Platz für mich ist als der eines Klienten, der zu einem guten Freund geworden ist. Wärst Du eine Frau wie jede andere, wäre ich überzeugt, daß Du nie bemerkt hättest, daß ich mehr für Dich empfinde. Aber Du bist keine Frau wie jede andere! Ich bin dankbar, Dich kennengelernt zu haben. Und ich bin dankbar für jede Stunde mit Dir. Du hast mich dazu gebracht, ein neues Leben zu beginnen.

Sonne legte den Brief zur Seite, den Steinmayr ihm gereicht hatte.

»Wir haben ihn in dem Unfallwagen der Keller gefunden. Der Umschlag lag im Handschuhfach«, sagte Steinmayr, der hinter seinem Schreibtisch saß und den Kopf grübelnd auf seine Hände abgestützt hatte.

»Und wo, bitte, siehst du da ein Mordmotiv?«, fragte Sonne. »Die Keller machte nun wirklich nicht den Eindruck, als ob sie in Kreisen verkehren würde, wo man Auftragskiller buchen kann. Und was ist mit dem Mord an Stiller?«

»Na ja«, gab Steinmayr zu bedenken, »es wäre ja auch denkbar, dass Sie sich aus Schuldgefühlen umgebracht hat.«

»Moment mal.« Sonne hatte einen Einfall. »Wann genau ist der Unfall passiert?«

Steinmayr schaute auf die Notizen, die er vor sich liegen hatte, und antwortete: »Der Notruf eines Autofahrers per Handy ging um genau siebzehn Uhr dreiundfünfzig in der Leitstelle ein.«

Sonne sprang auf und ging zum Fenster, durch das die Morgensonne Steinmayrs Büro durchflutete. »Kurz vorher ging die Falschmeldung über Stadlbauers Tod über den Ticker.«

»Das kann Zufall sein.«

»Horst!«

Steinmayr ließ Sonne weiterreden.

»Ich glaube, die Sache ist eindeutig. Sie hörte die Nachricht von Stadlbauers Tod – und hatte ja zunächst auch keinen Grund zu zweifeln. Möglicherweise hat sie seinen Tod ja vorausgesehen und sich dann vorgeworfen, dass sie ihn nicht gewarnt hat.«

»Wie bitte?«, wunderte sich Steinmayr. »Seit wann glaubst du an Hokuspokus?«

»Tue ich ja gar nicht. Aber sie erzählte zum Beispiel auch, dass sie Stiller wegen irgendwelcher negativen Energien in dessen Hausnummer vor einem großen Unglück gewarnt hatte. Ich halte das auch für Humbug, aber wenn sie selbst der Überzeugung war, dass sie Stadlbauers Tod hätte verhindern können ...«

»Dann glaubte sie vielleicht, dass sie ihn auf dem Gewissen hätte«, vollendete Steinmayr Sonnes Gedankengang.

»Tja«, sagte Sonne still vor sich hin. »Wir können sie nicht mehr fragen.« Dann atmete er einmal tief durch und bedeutete seinem Kollegen aufzustehen. »Aber Homberger. Den können wir sehr wohl noch fragen. Und zwar jede Menge.«

* * *

Die Vernehmung Hombergers fand im Dienstzimmer des Leitenden Oberstaatsanwalts Ottmar Petzold statt. KOR Steinmayr saß neben KD Lamnek und KHK Sonne. Auf dem Tisch stand ein Tonbandgerät.

Petzold las zunächst Hombergers festgestellte Personalien, dann eine Notiz vor. Dabei stand er auf, wie beim Plädoyer vor Gericht. Man merkte ihm durch sein etwas unbeholfenes Auftreten an, dass er als Behördenleiter kaum noch mit Ermittlungsarbeiten und Vernehmungen zu tun hatte: »Herr Homberger, Sie werden vernommen als Beschuldigter in einem Ermittlungsverfahren. Ihnen werden Beihilfe zum erpresserischen Menschenraub sowie Planung und Vorbereitung eines Tötungsdelikts vorgeworfen. Sie haben das Recht, die Aussage zu verweigern, wenn Sie sich selbst damit belasten. Der Landtagspräsident ist über Ihre Festnahme informiert worden, der Immunitätsausschuss wird noch heute Vormittag zusammentreten. Ungeachtet dessen können wir nach Artikel 28, Absatz 1, Bayerische Verfassung, mit den Vernehmungen beginnen, da Sie bei Ausübung der Tat festgenommen wurden.«

»Ich gebe zu Protokoll«, fuhr Steinmayr fort, »dass Sie auf Inanspruchnahme eines Rechtsbeistandes verzichtet haben.«

»Ich bin selbst Jurist. Ich kenne meine Rechte«, sagte Homberger. »Und ich will alles auspacken.«

»Das ist gut«, sagte Sonne, der sich noch in der Nacht von Frank Litzka im Krankenhaus die dramatischen Ereignisse hatte berichten lassen. »Seien Sie froh, dass Litzka mit einer Unterkühlung und einem Schock überlebt hat. Sonst würden wir Sie jetzt hier wegen Beihilfe zum Mord befragen, mein Lieber.« Es war erst das zweite Mal, dass er bei einer Vernehmung einem Prominenten gegenübersaß, nachdem er mit Steinmayr in ihrer gemeinsamen Zeit in der MK 3 erst einige Zeit zuvor den Hauptdarsteller aus der bekannten Fernsehkrimireihe »Der Isarbulle« als Mordverdächtigen befragt hatte.

»Übrigens lässt sich der Staatsminister des Innern, Herr Kaserer, entschuldigen«, sagte Lamnek. »Er hätte gerne an der Vernehmung teilgenommen, muss aber den Kabinettsausschuss leiten.«

»Die hohen Herren sollen unsere Protokolle lesen, das muss reichen«, murmelte Sonne fast unhörbar. Dann referierte er Litzkas Schilderungen, die er sich in der Nacht im Klinikum Starnberg notiert hatte. Das Krankenhaus war nicht weit vom See entfernt, und so hatte Litzka mit dem Hubschrauber direkt in die Klinik gebracht werden können. Sonne schloss seine Ausführungen mit der Frage an Homberger: »Wollten Sie Litzka wirklich töten?«

»Nicht ich wollte ihn töten. Es war Kaisers Idee. Alles war Kaisers Idee. Ich will mich nicht herausreden, aber es war wirklich so: Er hatte mich in der Hand.«

»Warum?«, fragte Lamnek. »Hat er Sie erpresst?«

»Als meine politische Laufbahn begann, habe ich ihn kennen gelernt. Ich war ein unbedeutender Hinterbänkler im Rathaus, er war ein aufstrebender Geschäftsmann. Ich dachte damals, wir wären wirklich Freunde geworden. Heute weiß ich: Er hat sich seine Kontakte gezielt danach ausgesucht, wer ihm später einmal nützlich werden könnte. Es war mein Glück und mein Pech, dass Kaiser mich für eine wichtige Kontaktperson hielt. Denn ohne ihn und seine Hilfe wäre ich sicher nie ins Kabinett gekommen.«

»Was soll das heißen?«, wollte Steinmayr wissen. »Wie kann er Sie ins Kabinett gebracht haben? Wir sind doch keine Bananenrepublik.«

»Das kann man nicht so einfach beschreiben. Es sind viele kleine Vorgänge, zahllose informelle Gespräche mit wichtigen Menschen, die er unter vier Augen führt. Genau weiß ich auch nicht, was da abgelaufen ist. Ich weiß nur, dass er die Strippenzieher kennt, sowohl in der Wirtschaft als auch in der Politik. Er hat ein System von Macht und Abhängigkeit geschaffen.«

»Das ist doch alles ein sehr abstraktes und unbeweisbares Gerede«, warf Oberstaatsanwalt Petzold dazwischen. Ihm schien das Thema unangenehm zu sein. Denn nicht erst seit dem Fall eines Kauferinger Waffenhändlers, der bundesweit die Politik in Wallung gebracht hatte, gab es den Verdacht, dass auch in der bayerischen Justiz gelegentlich mit Macht, Geld und Abhängigkeiten gearbeitet wurde.

»Erzählen Sie ruhig weiter«, forderte Steinmayr den Zeugen auf. »Was müssen wir uns konkret darunter vorstellen?«

Homberger griff in Gedanken versunken zu der vor ihm stehenden Kaffeetasse, stellte sie aber gleich wieder ab, als er bemerkte, dass sie leer war. »Man kann ganz klar sagen: Kaiser hat Politiker gekauft. Sie wissen, dass Politiker Geld brauchen, wenn sie Erfolg haben wollen. Wahlkämpfe und Kampagnen sind teuer. In der heutigen Mediengesellschaft ist es notwendig, bekannt zu werden. Man braucht Präsenz im Fernsehen, in den Zeitungen, auf Plakaten. Das kostet viel Geld. Und es ist nicht verboten, sondern sogar üblich und vom Grundgesetz geschützt, Parteien und Politiker mit Spenden zu unterstützen. Das macht Siemens genauso wie DaimlerChrysler, Leo Kirch oder eben auch Ludwig Kaiser.«

»Aber eine Parteispende«, warf Lamnek dazwischen, »darf nicht an eine konkrete Forderung oder eine Gegenleistung geknüpft werden.«

»Sonst handelt es sich um Bestechung und Korruption«, stellte Steinmayr fest.

»Die Grenze ist hier fließend«, sagte Homberger.

Auch Petzolds Kaffeetasse war leer. Er hob sie kurz an, stellte sie gleich wieder ab. Steinmayr verstand das Signal und bat seine Vorzimmersekretärin über eine Gegensprechanlage, sich der Sache anzunehmen.

»Was meinen Sie damit: Die Grenze ist fließend?«, fragte Sonne, um den Faden der Vernehmung wieder aufzunehmen.

»Ich will damit sagen, dass die Wünsche und Forderungen eines Spenders sehr offensichtlich sein können, ohne dass sie ausgesprochen werden. Und was ist, wenn der Politiker, der eine große Spende bekommt, ohnehin eine Entscheidung getroffen hätte, die im Sinne des Spenders ist? Soll er deswegen das Geld nicht annehmen? Oder seine Entscheidung, die er aus tiefster Überzeugung getroffen hat, deshalb ändern? Und wenn er seine Entscheidung nicht ändert und nach einer beträchtlichen Spende im Sinne des Spenders politisch tätig wird, dann kann der Spender den Eindruck bekommen, seine Zuwendung habe etwas bewirkt. Und bei der nächsten Spende erwartet er natürlich, dass dies wieder genauso funktioniert. Und wenn der Politiker dann nicht anders handeln will, könnte man ihn unter Druck setzen ...«

»... indem man ihn damit erpresst, die Korruption aus dem ersten Fall öffentlich zu machen«, fiel ihm Sonne ins Wort.

»So könnte man es nennen«, bestätigte Homberger.

»Sie sprechen immer sehr abstrakt von Politiker und Spender. Ist das, was Sie uns hier schildern, so zwischen Kaiser und Ihnen abgelaufen?«, fragte Steinmayr.

»Es war so zwischen Kaiser und mir. Mein ganzer politischer Aufstieg war von seinen Zahlungen begleitet. Es gab irgendwann kein Zurück mehr. Er hatte mich komplett in der Hand. Er hätte den Daumen senken und mein politisches Schicksal von heute auf morgen besiegeln können. Ich wurde schließlich vom Mitwisser zum Mittäter. Ich stellte auch den Kontakt zu Stiller her, als dieser zunächst in der Starnberger Lokalpolitik und später in der Landtagsfraktion immer einflussreicher wurde. Doch Stiller wollte es nicht so weit kommen lassen. Er wollte die Notbremse ziehen.«

»Notbremse?«, bohrte Lamnek nach.

Homberger schwieg. Dann sagte er leise: »Drei mal fünfundsechzigtausend hat er bekommen.«

»Fünfundsechzigtausend was?«, fragte Sonne energisch. »Mark? Euro? Dollar? Und wofür?«

»Drei mal fünfundsechzigtausend D-Mark. In bar und im Koffer. Ganz klassisch. Es fing an mit einer harmlosen Baugenehmigung für einen Anlegesteg oder so was. Später ging es um verschiedene Entscheidungen bezüglich Kaisers Konzernerweiterung. Er war ins Medizintechnikgeschäft eingestiegen und brauchte Bauland, um in Starnberg die Deutschland-Niederlassung zu bauen. Und Stiller hat dann bei den entsprechenden Stellen ein paar gute Worte eingelegt.«

»Und warum wollte er jetzt die Notbremse ziehen?«, fragte Steinmayr. »Es lief doch alles wie geschmiert.«

Sonne schmunzelte über den überaus treffenden Ausdruck.

»Ja, sein Aufstieg kam schneller, als er selbst erwartet hatte. Er hatte einen guten Draht zu Stadlbauer. Und der hat ihn wohl in die engere Wahl für die nächste Kabinettsumbildung genommen. Als Stiller davon erfuhr, wollte er seine weitere Karriere nicht gefährden und beschloss, reinen Tisch zu machen. Er kam zu Kaiser und kündigte an, Stadlbauer von den illegalen Spenden zu berichten und das Geld zurückzuzahlen. Damit wollte er nicht mehr erpressbar sein.«

»Er wollte Kaiser beim Ministerpräsidenten anschwärzen? Ihn auffliegen lassen?«, staunte Lamnek. »Ein wohl riskantes Vorhaben.«

»Das er schließlich mit dem Leben bezahlte«, konstatierte Homberger.

Keiner sagte ein Wort. Nur das Geräusch der Tonbandkassette im Rekorder war zu hören. Das war die Aussage, auf die sie gewartet hatten: Homberger beschuldigte Kaiser des Mordes an Richard Stiller.

Homberger merkte offenbar, wie alle an seinen Lippen hingen und darauf warteten, dass er weitere Details berichtete. Und so fuhr er fort: »Stiller wollte das Geld in bar zurückgeben. Er glaubte, er könnte sich so rein waschen. Schließlich existierten keine Belege oder Quittungen über diese Spenden.«

»Daher die Hypothek«, vermutete Sonne.

»Aber für Kaiser war die Sache zu heiß und Stiller war zu einer existenziellen Bedrohung geworden. Wenn er seine Drohung wahr machen und alles dem Ministerpräsidenten erzählen würde, wäre Kaiser am Ende. Und die Gefahr war zu groß, dass er auch nach der Geldrückgabe irgendwann auspacken könnte.«

»Daher ließ er ihn töten und engagierte diesen Auftragskiller?«, fragte Sonne.

»Auftragskiller, so nennen Sie das«, antwortete der Staatssekretär. »Kaiser sprach immer von professionellen Problembewältigern.« Er unterdrückte ein Lächeln. »Er lockte ihn zur Geldübergabe auf diesen Autobahnparkplatz und postierte dort den ...«

»Problembewältiger«, fiel Lamnek ihm ins Wort. »So etwas Menschen Verachtendes konnte man zuletzt in Zeiten hören, als ...«

»Ich bitte Sie, Herr Kollege!«, unterbrach ihn Oberstaatsanwalt Petzold. »Bleiben Sie sachlich!«

»Und wann erfuhr Kaiser, dass Stiller schon mit Stadlbauer über die Sache gesprochen hatte?«, fragte Sonne.

»Das weiß ich nicht. Ich vermute aber, dass der MP sich unmittelbar danach um ein diskretes Vier-Augen-Gespräch bemühte. Wahrscheinlich haben da bei Kaiser alle Alarmglocken geläutet und er hat den Killer auch auf den Ministerpräsidenten angesetzt. Aber das fragen Sie Kaiser am besten selbst.«

Sonne, Steinmayr und Lamnek verständigten sich mit einem Blick, der besagte, dass sie sich von Homberger keine Ratschläge für das weitere Vorgehen geben lassen und seine Bemerkung übergehen wollten.

Sonne erinnerte sich an seine Rechenkünste und die Umrechnungen von D-Mark in Euro, die er angestellt hatte. Er fragte: »Und Kaiser hat wirklich die Dreistigkeit besessen, den Problembewältiger mit dem Geld zu bezahlen, das Stiller an Kaiser zurückzahlen wollte?«

»Er nannte dies den natürlichen Kreislauf des Geldes.«

»Gestatten Sie mir eine Frage zur Persönlichkeit von Ludwig Kaiser«, sagte Steinmayr. »Welchen Eindruck hatten Sie von seinem psychischen Zustand? War er ... ich meine, gab es Anzeichen dafür, dass er hinsichtlich seiner Zurechnungsfähigkeit ...«

»Was wir wissen wollen«, sprach Sonne Klartext, »hatte Kaiser einen Sprung in der Schüssel?«

Homberger überlegte kurz. »Ich würde sagen ... es fällt mir schwer ... ich will mir nicht anmaßen zu sagen, er wäre verrückt. Aber eins ist sicher: Größenwahn ist ihm nicht fremd. Und das weiß er auch. Er ist ein bisschen stolz drauf, glaube ich sogar. Wissen Sie, als er mit dem Gedanken kam, den Stadlbauer auszuschalten – das sage ich jetzt nicht, um mich zu entlasten – da habe ich ihm gesagt: ›Kaiser, jetzt drehen

Sie durch! Das ist jetzt wirklich eine Nummer zu groß!‹ Wissen Sie, was er darauf geantwortet hat?«

Niemand sagte etwas.

»Er hat geantwortet: ›Homberger, für einen Kaiser gibt es keine Nummer, die zu groß für ihn wäre. Ein Ministerpräsident ist ein Ministerpräsident. Aber ich bin ein Kaiser. Und der Kaiser kann einen Ministerpräsidenten abberufen, wenn er seine Schuldigkeit getan hat.‹ Und da habe ich gewusst, der ist nicht ganz richtig programmiert im Hirn.« Und nach einer kurzen Pause: »Aber das können Sie doch sicher untersuchen. Ich meine, so was kann man doch medizinisch feststellen, ob einer ganz richtig im Kopf ist, oder?«

»Es ist wohl kaum möglich, bei einer Obduktion eine Geisteskrankheit nachzuweisen«, sagte Steinmayr.

»Obduktion?«, fragte Homberger. »Heißt das ...«

»Richtig, das heißt es«, sagte Sonne. »Wir werden Ihre Aussagen nicht mehr überprüfen können. Kaisers Leiche ist heute im Morgengrauen am Ufer in Berg angeschwemmt worden. Nach seinem Sprung in die Fluten haben wir gestern Abend sofort Taucher eingesetzt, aber erfolglos. Erst heute früh, noch bevor wir unsere Suchaktionen fortsetzen konnten, haben zwei Buben, die vor der Schule ihren Hund am Ufer ausführten, den grausigen Fund gemacht.«

»Übrigens nur unweit von der Stelle entfernt, wo damals auch der Kini ins Wasser gegangen sein soll«, sagte Steinmayr.

Homberger rang um Worte: »Er ist tot? Ertrunken? Im Starnberger See?«

»Der Gerichtsmediziner sagt nach einer ersten Untersuchung, dass er vermutlich beim Sprung in das kalte Wasser einen Herzschlag erlitten hat. Er muss ein Herzleiden gehabt haben«, sagte Lamnek und Sonne erinnerte sich an die Tabletten, die Kaiser bei der Vernehmung im Flughafen plötzlich hatte nehmen müssen.

»Wissen Sie, was er erst gestern zu mir sagte?«, fragte Homberger. »Er sagte: ›Wenn meine Zeit mal abgelaufen ist, will ich auch so sterben wie der Kini‹. Und er hat auch immer davon erzählt, dass er auf den Tag genau hundert Jahre nach dem Märchenkönig geboren wurde, der am 25. August 1845 zur Welt kam.«

Oberstaatsanwalt Petzold erhob sich von seinem Stuhl und sprach: »Herr Staatssekretär Homberger, Sie sind festgenommen wegen des dringenden Tatverdachts der Beihilfe zum Mord am Landtagsabgeordneten Richard Stiller, der Mittäterschaft beim Attentat auf Ministerpräsident Kurt-Anton Stadlbauer sowie der Korruption und Geldwäsche. Die Staatsanwaltschaft beantragt Haftbefehl wegen Flucht- und Verdunklungsgefahr. Sie werden noch heute dem Haftrichter vorgeführt.«

Steinmayr rief zwei Beamte herbei, die Homberger in eine Zelle des Polizeigefängnisses brachten.

»Damit wären alle Beschuldigten tot oder hinter Gittern«, stellte Sonne zufrieden fest.

»Was ist mit Rosemarie Keller?«

»Eine tragische Figur. Aber meiner Überzeugung nach unschuldig und jedenfalls nicht auf naturwissenschaftlich erklärbare Weise in die Morde verstrickt. Wie geht's eigentlich dem MP inzwischen?«

Steinmayr blickte Lamnek fragend an. Der schlug seine vor sich liegenden Unterlagen auf und holte das letzte Ärztebulletin hervor: »Zustand weiter kritisch. Aber eine gewisse Stabilität stellt sich ein. Es muss derzeit nicht mit einem unmittelbaren Ableben gerechnet werden.«

»Hoffen wir, dass er durchkommt, Leichen haben wir wohl genug«, sagte Steinmayr.

Der Kabinettsausschuss tagte noch, bevor der Immunitätsausschuss des Parlaments zusammengetreten war. Diesmal gab es zwei Themen.

»Meine Herren«, begann Kaserer. Er saß am Kabinettstisch mit dem Rücken zur Fensterfront, und zwar auf dem Stuhl, auf dem sonst der Ministerpräsident saß. Die bisherigen Sitzungen des Kabinettsausschusses hatte er von seinem Platz als Innenminister aus geleitet. Tanja Kollaritsch protokollierte.

»Nachdem wir in den vergangenen Tagen vorwiegend zu Krisensitzungen zusammengekommen sind, erlauben Sie mir heute zwei gute Nachrichten zu verkünden. Soeben haben wir ein neues Ärztebulletin erhalten, wonach sich der Herr Ministerpräsident außer Lebensgefahr befindet. Die Ärzte sind zuversichtlich, dass er wieder ganz genesen wird. Dennoch wird er für längere Zeit im Klinikum bleiben müssen. Ob er seine Amtsgeschäfte wieder voll ausführen wird, ist noch nicht abzusehen.«

»Was ist nach der Wahl, wenn er sich nicht vom Parlament wieder wählen lassen kann?«, fragte Däxl, der seit Jahren neben Kaserer als möglicher Kronprinz gehandelt wurde.

»Es könnte durchaus sein«, antwortete Kaserer, »dass wir uns nach der Landtagswahl in einer Situation wiederfinden, in der der wiedergewählte Spitzenkandidat unserer Partei gesundheitlich nicht in der Lage ist, das von ihm angestrebte Amt auszufüllen. In dem Fall wäre es das Natürlichste und Naheliegendste, wenn der Stellvertreter des Ministerpräsidenten, der auch schon in den vergangenen Tagen das Amt ... also ... ich will sagen: Ich stehe für die Nachfolge zur Verfügung.«

In Erwartung allgemeiner Zustimmung blickte Kaserer seine Kabinettskollegen nacheinander an. Die jedoch wichen seinen Blicken aus.

Nur Däxl sagte etwas: »Als Leiter der Staatskanzlei und damit gewissermaßen geschäftsführender Regierungschef sehe ich mich als geeigneter Nachfolger für das Amt des Ministerpräsidenten. Ich stehe auch zur Verfügung.«

»Meine Herren«, fuhr Staudinger nach einem kurzen Moment der Stille dazwischen. »Sind Sie der Meinung, dass das hier der richtige Ort und vor allem der richtige Zeitpunkt für diese Diskussion ist? Ich denke, wir sollten dies zu gegebener Zeit in der Fraktion besprechen. Und wir sollten Stadlbauer baldige Genesung wünschen.« Staudinger erntete Zustimmung mit seiner Wortmeldung. »Und jetzt, Herr Staatsminister, sind wir auf die zweite gute Nachricht gespannt.«

Kaserer fühlte sich offenbar etwas unwohl in seiner Haut. Anscheinend hatte er gehofft, mit einer Blitzaktion seinen Hut in den Ring werfen und die anderen überrumpeln zu können. Doch möglicherweise hatte er durch seinen verfrühten Vorstoß sogar seine Chancen verspielt. Er ließ sich aber nichts anmerken.

»Wie Sie sehen, ist Staatssekretär Georg Homberger heute nicht anwesend. Dies hat seinen Grund, den der eine oder andere von Ihnen schon kennen wird: Homberger wurde gestern Abend wegen des dringenden Tatverdachts, an den Anschlägen auf Stiller und Stadlbauer beteiligt gewesen zu sein, festgenommen.«

»Und vor wenigen Minuten«, ergänzte Justizminister Staudinger, »hat der zuständige Richter Haftbefehl erlassen.«

Kaserer fuhr fort: »Es ist für uns alle unvorstellbar, dass jemand aus unserer Mitte an diesen scheußlichen Verbrechen beteiligt gewesen sein soll. Und bis zu einer rechtskräftigen Verurteilung gilt natürlich wie bei jedem Verdächtigen die Unschuldsvermutung. Dessen sollten wir uns auch bei der Pressearbeit in dieser Sache bewusst sein. Wenn Sie verstehen, was ich meine! Wir stehen schließlich unmittelbar vor einer Wahl.«

Er schaute Tanja eindringlich an. Alle nickten verständnisvoll.

Nur Tanja nicht. »Ich weiß nicht, ob ich richtig verstehe. Wenn ich verstehen soll, dass wir hier etwas der Öffentlichkeit verschweigen wollen ...«

»Aber Frau Kollaritsch«, unterbrach Kaserer sie. »Wer redet denn hier von Verschweigen? Wir wollen doch nur Herrn Homberger den rechtsstaatlichen Grundsatz der Unschuldsvermutung nicht vorenthalten. Wir sind uns doch sicher alle einig, dass eine falsche Verdächtigung, die an die Öffentlichkeit gerät, uns möglicherweise bei der Wahl unnötige Prozentpunkte kosten könnte.«

»Zumal wir gerade durch unser Null-Toleranz-Konzept erst in dieser Woche nach den Attentaten bei den Umfragen auf neunundfünfzig Prozent zulegen konnten«, erläuterte Rost, der in seiner Aktenmappe immer die aktuellsten Werte der Meinungsumfragen bei sich trug.

»Ganz so einig sind wir da nicht«, fuhr Staudinger dazwischen. »Mich wundert doch schon ein bisschen, dass hier plötzlich, wenn es um ein paar Prozente hinter dem Komma geht, ein Schwerverbrecher in unseren Reihen geschützt werden soll, während ein vierzehnjähriger türkischer Bub, der beim Klauen erwischt wird, von Ihnen, Herr Innenminister, zum Präzedenzfall und zum Musterbeispiel für Ausländerkriminalität gemacht wird. Sie messen mit zweierlei Maß!«

»Ich stimme dem Justizminister zu«, sagte Tanja und erschrak im selben Moment über ihre Worte. Schließlich war sie in dieser Runde Protokollantin und hatte kein Rederecht.

Und so fuhr Kaserer sie sogleich zornig an: »Sie haben hier niemandem zuzustimmen, Frau Kollaritsch. Bitte nehmen Sie in Ihr Protokoll auf, dass der Kabinettsausschuss bis auf Weiteres eine Nachrichtensperre verhängt.« Und mit dem Blick über alle schweifend, fügte er hinzu: »Und meinetwegen notieren Sie, dass diese Entscheidung aufgrund der Richtlinienkompetenz des amtierenden Ministerpräsidenten, Innenminister Peter Kaserer, beschlossen wurde. Noch Fragen?«

N a c h r i c h t e n s p e r r e , schrieb sie auf ihren Block und unterstrich jeden Buchstaben einzeln. Dies waren Momente, in denen sie ihren Job einfach nur zum Kotzen fand. Sie wollte Pressesprecherin sein und keine Verhinderungsbeamtin. Sie war ratlos, was sie jetzt tun sollte.

* * *

»Komm herein«, rief Steinmayr, nachdem er Sonne zu sich ins Büro bestellt hatte.

»Ich habe ein paar Notizen gemacht für die Pressestelle«, antwortete Sonne und winkte mit einem handbeschriebenen Papier, bevor er sich auf einen von Steinmayrs Besucherstühlen setzte. »Brandt hat schon zwei Mal angerufen und gefragt, wer von uns in die tägliche Presserunde kommt. Die Journalisten warten auf News. Vielleicht sollten wir uns noch mit dem LKA koordinieren. Ich nehme an, die wollen sich den Ermittlungserfolg auch auf die Fahnen schreiben. Bevor die eine eigene Pressekonferenz ansetzen, sollten wir den Lamnek vielleicht besser zu unserer PK mit einladen. Oder am besten auch den Lehnartz, oder gleich beide. Ich schlage vor, wir verkaufen die Sache als gemeinsamen Erfolg von Morddezernat und LKA. Dann sind alle zufrieden. Aber wir sollten uns ein paar exklusive Infos für Litzka zurückhalten. Das hat er sich wirklich verdient, schließlich hat er Kopf und Kragen riskiert. Und ohne ihn hätten wir Homberger vielleicht so schnell nicht gefasst. Übrigens soll ich schön grüßen von Flitzer. Horst, hörst du mir überhaupt zu?«

»Es gibt keine exklusiven Infos für Flitzer. Es gibt keine Rücksprachen mit dem LKA. Und es gibt erst recht keine Pressekonferenz«, sagte Steinmayr völlig emotionslos.

»Wie bitte?«

»Du hast richtig gehört. Der Polizeipräsident höchstpersönlich rief mich gerade an und übermittelte mir die Anweisung des Innenministers: Es gilt ab sofort eine strikte Nachrichtensperre.«

Sonne erstarrte. »Das darf doch wohl nicht wahr sein! Was soll denn der Scheiß?«

»Brandt hat die Order bekommen, auf der Presserunde zu verkünden, dass die Anschläge auf Stiller und Stadlbauer geklärt sind und auf das Konto eines Psychopathen gehen. Weitere Einzelheiten können aus ermittlungstaktischen Gründen vorerst nicht mitgeteilt werden.«

Sonne begriff nicht, was hinter dieser Anweisung steckte. »Aber was ist mit Kaiser? Dass er tot ist, wird sich ja wohl nicht verschweigen lassen?«

»Offiziell wird mitgeteilt, dass Ludwig Kaiser überraschend einem Herzanfall erlegen ist. Und das ist nicht einmal gelogen.«

»Ich fasse es nicht«, schimpfte Sonne und knallte seine Notizen auf den Besprechungstisch. »Was hat diese Heimlichtuerei zu bedeuten? Kann man gegen diese Anweisung nicht vorgehen? Das ist doch die absolute Verarschung der Öffentlichkeit!«

»Bei wem willst du dich beschweren? Kaserer ist amtierender Ministerpräsident. Über ihm gibt es nur noch den lieben Gott. Und der fühlt sich nicht zuständig. Und was das Ganze soll, kannst du dir sicher vorstellen, wenn du bedenkst, dass wir kurz vor einer Landtagswahl stehen.«

»Du meinst ...«

»Ich meine, dass den hohen Herren ein überführter Verbrecher in den eigenen Reihen kaum ins Wahlkampfkonzept passt. Die wollen doch jetzt dieses Null-Toleranz-Dingsbums in den Bundesrat einbringen. Die werden doch von ganz Deutschland ausgelacht, wenn ein bayerisches Kabinettsmitglied zur gleichen Zeit wegen Beihilfe zum Mord in U-Haft sitzt.«

»Klar, und zwar zu Recht! Dieses scheinheilige Affentheater gehört wahrscheinlich kollektiv hinter Gitter. Die haben doch alle Dreck am Stecken! Ich hab die Faxen dicke! Verdammte Scheiße!« Sonne war wütend geworden. Richtig wütend. Und die Wut vermischte sich mit Hilflosigkeit. Hilflosigkeit gegenüber der Staatsgewalt, deren ausführendes Organ er selber war und der er als Beamter Treue geschworen hatte. Weil er keine Worte mehr fand, um seinen Zorn auszudrücken, sprang er vom Stuhl auf, verließ den Raum und sagte: »Ich fahr zu Litzka.«

»Was du ihm als Freund erzählst, ist deine Sache«, rief ihm Steinmayr hinterher. »Aber als Polizist musst du den Mund halten. Wenn er eine Zeile in der Zeitung schreibt, bist du dran. Dann sind wir alle dran. Verstanden?«

* * *

Litzka ging es schon wieder besser. Nach seiner Einlieferung und einer eingehenden Untersuchung in der Notaufnahme hatte die Oberärztin nur Unterkühlung und einen Schock diagnostiziert und ihm für die Nacht ein Schlafmittel gegeben. Als er am nächsten Morgen aufgewacht war, kamen ihm die Erlebnisse wie ein Albtraum vor.

Er trug einen weißen Pyjama des Krankenhauses und las den *Starnberger Merkur*, in dem auf der ersten Lokalseite von einem großen Polizeieinsatz auf dem See die Rede war. Vermutlich handelte es sich um die Rettung eines Wassersportlers, hieß es. Weitere Einzelheiten seien bis Redaktionsschluss nicht bekannt gewesen.

Warum hatte er nicht noch am Abend einen Bericht für die *ATZ* durchgegeben? Er hatte doch alle Informationen. Er und sonst keiner. Das wäre der Knüller gewesen. Andererseits war heute Freitag. Für die Samstagausgabe wäre die Story noch besser geeignet. Es musste sich nur verhindern lassen, dass die Konkurrenz auch Wind von der Sache bekam. Er würde Sonne fragen, ob er sich auf einen Deal einlässt, die Geschichte heute noch nicht an die anderen Blätter zu geben. Das war er ihm schuldig. Doch zunächst musste er Hilfringhaus in der Redaktion anrufen. Und er musste Sandy anrufen und ihr alles erzählen. Wo war sein Handy? Er schaute auf den Rolltisch neben seinem Krankenbett. Dort lag eine Dose mit Tabletten, die Fernbedienung für den an der Wand montierten Fernsehapparat und der Essensplan des Krankenhauses, der für Mittag Schweinesteak mit Erbsen und Möhren sowie Salzkartoffeln versprach. Kein Handy. Vielleicht hatten sie es ihm abgenommen.

Es klopfte drei Mal kurz an der Tür.

»Herein!«

»Flitzer!«, sagte Sonne. »Wie geht es dir?«

»Blendend, könnte nicht besser sein«, spöttelte er. »Fühle mich wie im Vier-Sterne-Hotel. Ich bin mir nur nicht ganz sicher, ob die hier wissen, dass ich bei der AOK versichert bin.«

»Vor allem bist du bei deinem Schutzengel versichert. Das war verdammt knapp gestern. Um ein Haar hätten diese Wahnsinnigen dich umgelegt.«

»Berufsrisiko«, sagte Litzka und lachte. »Andere gehen als Kriegsreporter in den Irak oder nach Afghanistan. Da hat unsereins hier im friedlichen Bayern normalerweise wenig Gelegenheit für Action und Abenteuer.«

»Du bist verrückt, Flitzer.«

»Kann schon sein. Sonst hätte ich mir vielleicht einen ruhigeren Job gesucht. Beamter zum Beispiel. Bei der Kripo.«

»Dir scheint's ja wirklich wieder gut zu gehen.«

»Noch besser geht's mir, wenn ich an meinen Aufmacher in der morgigen Ausgabe denke. Diesmal kann ich aus erster

Hand berichten und bin nicht auf die zensierten Infos eines Presse-Verhinderungs-Sprechers angewiesen.«

»Hmm, also ...« Sonne machte ein Gesicht, als hätte er in eine Zitrone gebissen. »Es gibt da noch ein Problem.«

»Ja, allerdings. Ich suche mein Handy. Weißt du, wo das sein kann? Kannst du mal die Schwester fragen?«

»Nein, ein anderes Problem. Kaserer hat eine Nachrichtensperre verhängt. Über den Fall darf absolut kein Wort nach außen dringen. Tut mir Leid. War nicht meine Idee.«

»Mir egal, welche Nachrichten Kaserer sperrt. Ich bin auf keine Nachrichten angewiesen. Mir reicht, was ich gesehen und erlebt habe.«

Sonne atmete tief durch und seufzte. »Flitzer, das ist für mich echt nicht einfach. Aber als Beamter habe ich die Pflicht, dich zu bitten, nichts zu schreiben. Ich weiß, dass niemand dich zwingen kann. Aber du musst bedenken, dass du auf offiziellem Weg nie wieder eine Info bekommen wirst, wenn du dich nicht an die Sperre hältst. Ich kann ...«

In diesem Moment wurde die Tür geöffnet und ein ganz in Weiß gekleideter Pfleger betrat den Raum, er hatte eine schwarze Umhängetasche und einen Kasten mit mehreren kleinen Gegenständen bei sich.

»Grüß Gott, Herr Litzka«, sagte er mit beängstigend guter Laune. »Ich bin Norbert, Ihr persönlicher Pfleger. Zimmerservice rund um die Uhr. Sie müssen nur läuten und ich bin zu Diensten. Wenn Sie etwas aus der Minibar wollen ...« Er lachte über seinen eigenen Scherz.

»Er ist Kassenpatient«, flüsterte Sonne.

»Oh, in dem Fall bringe ich Ihnen nachher zum Essen die Reste aus der ersten Klasse. Hier sind übrigens Ihre Sachen, die gestern in der Notaufnahme liegen geblieben sind.« Er legte die Laptoptasche, eine Armbanduhr, einen Schlüssel, eine Brieftasche und ein Mobiltelefon auf den Stuhl neben dem Krankenbett. »Aber denken Sie dran, dass hier Handyverbot herrscht. Und übrigens sagen alle Nobbi zu mir.«

Noch bevor sich die Tür hinter dem Gute-Laune-Pfleger geschlossen hatte, hatte Litzka die PIN-Nummer, Carisas Geburtstag, in sein Telefon eingegeben.

»Ich seh schon«, stellte Sonne fest, »von Verboten hältst du heute nicht viel. Ich kann dich echt nur bitten! Wir kriegen alle Ärger, wenn morgen was in der Zeitung steht.«

»Ich denk drüber nach«, sagte Litzka, der noch nicht wusste, was er von der Nachrichtensperre halten sollte. Er brauchte wirklich etwas Zeit, um darüber nachzudenken.

»Okay, Flitzer. Ich lass dich in Ruhe. Die Ärztin sagt, du musst dich schonen. Also übertreib's nicht sofort. Wir können ja telefonieren.«

»Klar, Handy ist eingeschaltet«, sagte Litzka und lachte. »Aber verrat's dem Nobbi nicht!« Sein Mobiltelefon zeigte vollen Empfang. Und wenige Augenblicke später piepste es. Im Display wurde eine Kurzmitteilung angezeigt.

»Hab eine SMS von Tanja«, sagte er.

»Ach, die schöne Tanja?«, flötete Sonne. »Schickt sie ihre Pressemitteilungen schon per SMS? Oder sind's Liebesgrüße aus der Staatskanzlei? Vergiss nicht, dass du eine Freundin hast.«

Damit hatte Sonne genau ins Schwarze getroffen. Immer wenn er Tanja traf, dachte er daran, dass er eine Freundin hatte. Ihm wurde immer mehr klar, dass er sich bald mal entscheiden musste. Er hatte das Gefühl, dass auch sein Freund Jürgen Tanja durchaus nett und attraktiv fand. Wenn er nicht bald anfangen würde, sich um sie zu bemühen, würde Sonne ihm womöglich noch zuvorkommen. Doch er ließ sich nichts von seinen Gedanken anmerken und scherzte: »Pressemitteilungen und Liebesschwüre gehen bei ihr manchmal fließend ineinander über.«

Sonne verabschiedete sich und verschwand.

Als er allein war, las Litzka Tanjas SMS.

HAB'S SOEBEN ERFAHREN. WIE GEHT'S DIR? WIR MUESSEN UNS SEHEN. SOFORT. KANN ICH ZU DIR KOMMEN?

Das klang jedoch mehr nach dienstlichem Grund als nach Liebesgruß. Vermutlich wollte sie herkommen und auf ihn einreden, damit er nicht über seine dramatischen Erlebnisse schreibe. Sie stand halt auf der anderen Seite. Und das würde eine feste Beziehung wohl unmöglich machen. Die Gewissenskonflikte würden sie zerreiben, da war er sicher. Aber sie tat ja auch nur ihre Pflicht und machte ihren Job.

DANKE, MIR GEHT'S GUT, tippte er ein und schickte seine Zimmer- und Stationsnummer hinterher.

Er war ratlos. Was sollte er tun? Wenn er das tun würde, was jeder Journalist an seiner Stelle machen würde, brächte er damit nicht nur seinen Freund Sonne in Schwierigkeiten, sondern auch sich selbst um jede Chance, vielleicht doch noch bei Tanja landen zu können. Zwei Freundschaften gegen eine Top-Story? War es das wert? Andererseits würde er sein Berufsethos verraten, wenn er sich an der Nachrichtenunterdrückung beteiligte. Es ging hier um nicht weniger als um den größten Politskandal in der Geschichte des Freistaats. Es war wirklich ein »Isar-Gate«. Über seine Gedanken und Grübeleien schlief er ein. Er träumte von Carisa und Tanja, den beiden Frauen, zwischen denen er sich seit Monaten hin- und hergerissen fühlte.

* * *

Eine Dreiviertelstunde später klopfte es an seiner Krankenzimmertür. Tanja sah bezaubernd aus, als sie hereinkam und einen bunten Blumenstrauß vor sich hertrug. Litzka konnte aufgrund seiner fehlenden floristischen Kenntnisse nicht sagen, um was für Blumen es sich handelte. Aber er sah, dass der Strauß mit Geschmack zusammengestellt worden war.

Tanja strahlte ihn an: »Ich bin so froh, dass es dir gut geht!«

Er lächelte sie an. Der Anlass ihres Besuches vermied es, dass er sich von ihrer Stimmung anstecken ließ. Schließlich war sie gekommen, um ihn mit allen Mitteln dazu zu bringen, die Nachrichtensperre einzuhalten. Vielleicht hatte die Staatskanzlei sogar den Blumenstrauß bezahlt und vielleicht war ihr Lächeln nur Teil einer Inszenierung. Denn er war der Schwachpunkt in diesem ganzen Gebilde von Lügen und Intrigen, das nur er mit seinem Bericht einstürzen lassen konnte.

»Schön, dass du gekommen bist, Tanja.«

Sie hatte ihr Haar offen, trug einen engen, schwarzen Rollkragenpullover mit einem Blazer darüber. Auch die graue Stoffhose war eng geschnitten und betonte ihre zarte Figur. Sie sah umwerfend elegant aus.

»Ich hab dir was mitgebracht, Flitzer«, sagte sie und öffnete die Handtasche.

Es war ein Päckchen, das von der Größe her nur eine CD sein konnte. Die Bayernhymne? Er packte das Geschenk aus, es war zu seiner Überraschung eine Klassik-CD.

»Beethovens fünfte Symphonie«, verriet sie. »Ich weiß, nicht dein Geschmack. Aber ich finde, du solltest deinen Handy-Klingelton auch mal im Original kennen lernen.«

»Danke«, sagte er und wusste nicht, was er von dieser Aktion halten sollte. Er war immer noch davon überzeugt, dass das Geschenk nur dazu diente, ihn gütig zu stimmen, und dass der Krankenbesuch eine offizielle Mission war. »Jetzt sag schon, was du sagen musst.«

»Was meinst du?« Sie sah ihn fragend an. Wenn's gespielt war, war es überzeugend gespielt.

»Du sollst meinen Bericht verhindern, stimmt's?«

»Ich habe überhaupt keinen Auftrag«, sagte sie. »Ich bin hier, um dir zu sagen, dass ich meinen Job geschmissen habe.«

Litzka konnte nicht glauben, was sie sagte. Er richtete sich in seinem Bett auf. »Was? Wieso? Sag das noch mal!«

»Du hast richtig gehört. Ich bin ausgestiegen. Diese Nachrichtensperre war der Tropfen, der das Fass zum Überlaufen gebracht hat. Das hat mir so richtig bewusst gemacht, dass ich auf der falschen Seite stand. Ich wäre über kurz oder lang daran kaputt gegangen.«

Sie öffnete die Laptoptasche, die neben dem Bett stand, und ließ den tragbaren PC auf seinen Schoß plumpsen. »Und jetzt schreib deine Story! Ich will, dass du den Laden hochgehen lässt!«

Er schaute sie mit großen Augen an. Es waren nur Augenblicke, aber sie kamen ihm wie Ewigkeiten vor, die er an ihren Lippen hing.

»Du bist ein Held«, sagte sie. Sie beugte sich vor, und wie ein Blitz durchfuhr es ihn, als sie ihm einen flüchtigen Kuss auf den Mund drückte.

»Ich mag dich, Flitzer. Bleib so, wie du bist«, flüsterte sie, als wäre jemand im Raum, der es nicht hören dürfte. Wieder laut sagte sie: »Und jetzt schreib!«

Sie lächelten sich an. Er schaltete den Rechner ein und eine Minute später öffnete sich das Textprogramm auf dem Bildschirm.

»Das Ende von Kaiser Ludwig«, tippte er in die Maske für die Überschrift und schrieb dann in die Autorenzeile: »Von Frank Litzka«.

Epilog

Georg Homberger wurde wegen Freiheitsberaubung und Beihilfe zum versuchten Mord vom Landgericht München I zu sechs Jahren Haft verurteilt. Zugleich wurde er wegen Partei schädigenden Verhaltens aus der CSU ausgeschlossen.

Ludwig Kaisers Leiche wurde verbrannt und die Asche über den Starnberger See ausgestreut. Seine Firma wurde zerschlagen und an verschiedene Investoren aus China und Russland verkauft.

Ministerpräsident Stadlbauer wurde bei der Landtagswahl mit der überwältigenden Mehrheit von 60,9 Prozent wieder gewählt. Jedoch trat er sein Amt aus gesundheitlichen Gründen nicht an, sondern zog sich aus der aktiven Politik zurück. Er wurde Vorsitzender der Hanns-Seidel-Stiftung und ein viel gefragter Ratgeber hinter den politischen Kulissen.

Die Fraktion einigte sich überraschend auf Justizminister Max Staudinger als neuen Regierungschef. Innenminister Peter Kaserer stand nicht mehr für das neue Kabinett zur Verfügung.

Frank Litzkas Enthüllungsartikel ist in der *ATZ* nie erschienen. Der Verleger, ein CSU-Mitglied, wies die Chefredaktion an, sich an die Nachrichtensperre zu halten. Erst nach der Wahl deckte eine junge Reporterin eines Münchner Nachrichtenmagazins den Skandal auf. Die Journalistin profitierte bei ihren Recherchen von ihrem Insiderwissen, das sie zuvor als Pressereferentin in der Staatskanzlei gesammelt hatte.

Nach der Veröffentlichung ließ Ministerpräsident Staudinger zwecks Aufklärung der Affäre einen Untersuchungsausschuss einsetzen.

Nachwort

Es ist mir ein besonderes Anliegen, hier auf eine Selbstverständlichkeit hinzuweisen: Dieses Buch ist ein Roman, die Handlung ist frei erfunden. Auch wenn real existierende Parteien, Institutionen, Behörden und Medien genannt werden, sodass auch bei handelnden Figuren Bezüge zur Wirklichkeit nahe liegen, so wären Ähnlichkeiten vielleicht zwar nicht immer nur zufällig, aber auf jeden Fall niemals böswillig beabsichtigt. Es werden zwar teilweise Strukturen und Abläufe beschrieben, wie ich sie so oder ähnlich während meiner Arbeit als politischer Korrespondent in der Landeshauptstadt kennen gelernt habe, dieser Krimi ist aber gewiss kein dokumentarisches Abbild der politischen Kultur in Bayern. Ich lege Wert auf die Feststellung, dass die Beschreibung jeglichen kriminellen Handelns ausschließlich meiner ebenso kriminellen Fantasie entsprungen ist.

Mein besonderer Dank gilt zunächst allen, die mir nach dem »Isarbullen« Mut gemacht haben, einen weiteren Krimi in Angriff zu nehmen, allen voran Friedrich Ani. Meiner Frau Nicole und meiner Tochter Saskia, die ihren Mann und Vater Monate lang fast nur im tippenden Zustand erlebt haben. Dem Leiter des Münchner Morddezernats, Kriminaloberrat Harald Pickert, für den Blick hinter die Mauern des Polizeipräsidiums. Katja Sebald für die Nachhilfe in Sachen Starnberger Historie. Thomas Grimmer, der mit seiner Bearbeitung der Dialektpassagen bewiesen hat, dass er immer noch ein echter Münchner ist. Der Astrologin Christiane Durer, die mir nicht nur verraten hat, dass meine Hausnummer positive Energien ausstrahlt. Tanja Kljaic, ohne die ich nicht wüsste, mit welchen Waffen das organisierte Verbrechen auf dem Balkan umgeht und wie ein Auftragskiller aus dem Kosovo heißen könnte, sowie Ines Treffler für ihre kritischen und hilfreichen Anmerkungen.

Im Januar 2004, Harry Luck

KBV-KRIMI

F. G. Klimmek

Schnee von gestern

KBV-Krimi Nr. 123
Taschenbuch, 384 Seiten
ISBN 3-937001-13-1

Kein Geld der Welt garantiert das ewige Leben. Deshalb müssen irgendwann sogar Millionäre sterben. Weil dies aber bei drei Kameraden auf besonders brutale Art geschieht, zittern die greisen Mitglieder des exklusiven holländischen Yachtclubs nicht nur aus Altersgründen. Abhilfe soll Karl-Heinz Schmidt schaffen, der Frührentner aus dem Ruhrpott, mit dem dicken Bauch und den dünnen Haaren. Selber eingebettet in Wohlstand und die dazugehörige Langeweile, geht Schmidt mit wenig Begeisterung an die Sache heran, denn er hält die Morde für die Taten individueller Geschäftskonkurrenten. Doch dann findet er heraus, dass alles bereits im Sommer '44 in einem deutschen Konzentrationslager begonnen hat und die Toten nur Teile einer Mordserie ungeahnten Ausmaßes sind.

Anke Ahle

Pole Position

KBV-Krimi Nr. 125
Taschenbuch, 288 Seiten
ISBN 3-937001-15-8

Die Fachwelt ist überrascht, dass der völlig unbekannte Formel-Eins-Pilot Jean-Luc Dalesasse einen Vertrag beim Top Team Williams bekommt. Mit seiner unkonventionellen Art und mit spektakulären Fahrten am Limit wird er schnell zum Shooting Star der Saison. Er ist auf bestem Wege, beim Kampf um den WM-Titel dem Konkurrenten Ferrari davonzufahren, als ein Testfahrer tödlich verunglückt. War es wirklich ein Unfall? Eigentlich sollte Jean-Luc an diesem Tag im Cockpit gesessen haben. Er wittert Sabotage und Mordabsichten. Plötzlich kämpft er nicht mehr nur um den Titel, sondern um sein eigenes Leben. Ein Skandal aus der Vergangenheit wirft seine Schatten auf die Gegenwart: Als er erkennt, um was es eigentlich geht, scheint die Pole Position schon verloren ...

Jacques Berndorf (Hg.)

Mords-Eifel

KBV-Krimi Nr. 124
Taschenbuch, 192 Seiten
ISBN 3-937001-14-x

Jacques Berndorf hat die Eifel berühmt gemacht. Die Auflagen seiner Kriminalromane aus dieser Landschaft im Wilden Westen Deutschlands erreichen Millionenhöhe. Seine Titel wie »Eifel-Wasser« oder »Eifel-Liebe« erklimmen regelmäßig die Bestsellerlisten.

In diesem KBV-Sammelband hat der Erfinder des »Eifelkrimis« seine schwarzen Schafe um sich versammelt: Carola Clasen, Ralf Kramp, Gisbert Haefs, Carsten-Sebastian Henn und viele andere haben ihre literarischen Leichen in eine raue Landschaft gelegt, die tatsächlich wie geschaffen scheint für Kriminalgeschichten aller Art. In knapp zwanzig mörderischen Eifel-Kurzkrimis bieten Berndorf & Co. spannendste Unterhaltung.

KBV-HÖRBUCH
Kalle Pohl
liest
Spinner
von Ralf Kramp
3 CDs
ca. 210 Min.
€ 19,90
3-937001-10-7
Ein Serienmörder macht die Eifel unsicher, und Herbie Feldmann, der bekannte Spinner, der einen unsichtbaren Begleiter namens Julius "neben sich gehen" hat, löst seinen ersten Fall und merkt, dass nicht alle Spinner so harmlos sind wie er selbst …
Kalle Pohl, der beliebte TV-Comedian ("7 Tage - 7 Köpfe", "Kalle kocht" etc.), ist von der Figur des Herbie Feldmann begeistert und wird in loser Folge die Romane um das amüsante Ermittlerduo aus der Eifel auf CD sprechen.
KBV
KRIMI
KALLE
POHL
LIEST
RALF KRAMP
SPINNER
"Ein Eifelkrimi der skurrilen Art" (www.krimiforum.de)
"So schwarz wie die Seele mancher Eingeborener ist auch der Humor." (Rhein Zeitung)
"Auch ohne literweises Blutvergießen verdammt spannend." (Petra)